DON'T WAKE UP

千萬別醒來

麗茲．勞勒——著　吳宗璘——譯

LIZ LAWLER

1

那熟悉的聲響吵醒了她。雖然她的直覺反應是要驚慌跳起來，看看她同事到底在做什麼，但那些聲音卻出奇令人安心。她聽到器具被擺放在金屬盤上面、監測器發出規律的嗶嗶聲響、撕開消毒包裝品的聲音，還有背景永遠固定出現的嘶嘶供氧聲。

她的腦中清晰浮現這樣的場景，知道該起來了，但睡意正濃，她的四肢沉重得動不了。她不記得自己是什麼時候躺到無人使用的輪床，但一定是在半夜哪時候為了求小睡一兩個小時而爬上去。通常她會被紅色電話鈴聲吵醒，不然就是對講機的不斷刺耳尖響。這些緊急召喚通常表示她得在雙眼甚至還沒有睜開之前立刻起床狂奔，而且費力張開宛若硬皮一樣的眼瞼。

強烈光束讓她頓時什麼都看不見，她雙眼泛淚，必須瞇眼阻擋光曜。刺眼得好痛苦，她幾乎看不清輪廓，困惑加上警覺心，讓她開始注意周遭環境。她不在辦公小間裡，這裡不是她部門的那種燈，全部都是那種可用手掌蓋住的小型頂燈。*她並沒有待在自己的部門，她在手術室。*到底怎麼會出現在這裡？她當然不可能晃到這裡來小憩。*趕快想啊*，她是不是來這裡幫忙處理創傷病患？他們是不是欠缺人手幫忙？不太可能，但也不是完全說不過去。她專注盯著下面，目光定住不動。一看到綠色手術覆蓋巾裹住自己的全身，她抖得好厲害。手術房裡一片寂靜，她耳內血流發出噪響，害她聽不到其他聲音。她的雙手被撐開，以魔鬼氈固定在襯墊扶手上面，右側手腕上方的臂膀綁了壓脈帶，而且中指還夾了一個血氧機。不過，讓她最驚恐的是看到深入兩隻前臂的巨大插管，橘色針頭表示是積極治療的輸液復甦，在她的世界中就表示休克。

滴注線沿著點滴架往上纏繞，消失在輸液袋後方。她看得到裝了清透注射液點滴袋的沉重下半部，但對於輸液的種類也只能猜測而已。

她低垂目光，飄過蓋著胸膛與腹部的綠色手術覆蓋巾，發現半空中居然看得見自己搽了粉紅色指甲油的腳趾頭，立刻陷入驚慌。她這才發現，自己的大腿被撐開，小腿下方有腿架支撐，而兩邊的腳踝都被扣在腳蹬裡——她躺在某張手術台，雙腿朝上。從乾燥口腔與昏沉的心理狀態看來，她清醒之前的狀態不是自然熟睡，而是遭人麻醉。

「嗨？」她大叫，想要引起操作器材的那個人的注意，鋼鐵互撞的聲響持續不斷，令人焦躁，她的聲音更大了一點，「嗨？我醒來了啊。」

按照現在的狀況，她居然這麼冷靜，連她自己也大感驚奇。她害怕又焦慮，不過，情緒之下所蘊涵的專業知識，讓她可以在等待對方開口解釋之前，仔細思考到底可能發生了什麼事。

她晚班執勤結束，記憶力回到了最後的清醒思緒……她身穿新的印花洋裝與粉紅色鞋子，走過員工停車場，準備與派翠克見面。這段記憶讓她確定自己一定是出了意外。香檳與玫瑰，她記得很清楚，他答應要在她結束漫長工作的一日之後，獻上香檳與玫瑰，而且，要是她對他解讀無誤的話，這是要求婚的意思。

他現在人呢？想必是在走廊外來回踱步，迫不及待想要知道她的狀況，只要有人能夠給他一個答案，他一定會立刻撲上前去。也許是哪輛車出來的速度太快，而她殷殷期盼想要看到派翠克的車，所以沒多加注意？

她依稀想起自己搖搖晃晃穿著高度超誇張的高跟鞋，挺胸縮小腹，拚命展現新洋裝裡的好身材。然後，是一陣暈眩讓她大腿一軟，雙膝承受不住直接碰地，頸凹處一陣痛楚，有東西壓住她的嘴，沒有空氣，完全無法開口，然後……沒有了。

恐懼感揪得她五臟六腑好痛，她拚命想壓抑慌張，呼吸卻變得急促，她到底傷得有多嚴重？是不是快死了？所以周邊才沒有人？他們是不是乾脆把她丟在這裡等死？

她開始發揮自己的專業訓練與本能，進行初次評估，逐一檢查。按照ABCDE的順序，不，先從ABC開始。呼吸道（Airway）暢通，身上沒有氧氣罩或是鼻插管，她可以自主呼吸（Breath），而且她深呼吸的時候，並沒有任何不適。血液循環（Circulation）？她心跳強勁，噗通噗通。她聽到附近有監視器的聲響，但為什麼她張開了大腿？是不是在流血？骨盆骨折很可能是最嚴重的創傷，無法控制的嚴重失血。不過，如果真是如此，那些憂心忡忡的醫生們在哪裡？他們為什麼沒有使用固定帶？

「嗨，聽得到我的聲音嗎？」她現在的語氣不是很好。

金屬撞擊聲戛然而止。她微微轉頭，卻發現自己被頸圈固定住動彈不得，她不意外，他們還沒有排除頸椎受傷的可能。她情緒變得激動，靠，現在負責照顧她的到底是誰？她真的想要向對方吐露自己的無奈心情。讓她醒來的時候孤單一人已經夠糟糕了，而發現自己的頭與雙臂被綁住、兩隻大腿被懸在半空中，則是讓她一陣光火。要是她陷入恐慌，或是掙脫保障她安全的約束帶，她可能會犯下無法估量的傷害。

她聽到在硬木地板走路的便鞋聲，正逐漸朝她而來。然後，她的周邊視覺範圍內有東西在飄動，她看到一坨藍綠色物體，身穿手術衣的某人。她瞄到了蒼白皮膚的頸項，還有白色口罩的邊緣，但是臉龐的其他部分——鼻子與雙眼——並不在光照的範圍，她根本無法看個仔細。

她突然發覺自己眼眶盈淚，發出了尖銳笑聲，「靠，我好討厭醫院。」她的視察者依然動也不動，完全不說話，讓她原本的躁動之心增添了一層新的恐懼。「抱歉我哭了，現在我沒事。好，只要告訴我實際狀況就是了。有生命危險嗎？會留下永久性損傷？我想你知道我在這裡工作，我是醫生，所以拜託不要給我輕描淡寫的答案，我比較想要知道真相。」

「妳沒事。」

對方的聲音讓她一驚，聽起來宛若從擴音系統發出來的一樣。她困惑眨眼，是她旁邊的人在對她開口？還是有人透過後面的監視器螢幕在說話？她到底是在電腦斷層掃描室還是手術室？那是男人的聲音，但她不認得是誰，完全不是她認識的外科醫生。她瞇眼抬望那張戴了口罩的臉龐，「你是醫生嗎？還是他們在其他的手術室？我們是不是在掃描室？」

「我是醫生。」

靠，她的聽覺判斷完全失準。他的聲音聽起來是在旁邊，然而卻很飄渺，似乎透過電話發聲一樣。他為什麼不關掉那他媽的燈，脫掉口罩，好好跟她說話？甚至可以握住她的手？她不耐嘆氣，「所以你沒有發現我到底是哪裡出狀況？」

「妳沒有任何狀況。」

她充滿不耐，講話越來越大聲，「好，我們可不可以先回頭確定一下？我到底為什麼要躺在這裡？為什麼要把我送入手術室？我的傷病卡上面寫了什麼？」

「妳也知道不該讓自己這麼激動。妳心跳過快，而且妳的血氧只有百分之九十四而已。妳是不是有抽菸？」

她的目光立刻飄向身旁某張輪床的心肺監視器，看到了蜿蜒的管線，她知道自己的胸膛黏有電極貼片。

「好，我沒有不敬的意思。你很可能辛苦了一整天，但我有點不高興，醒來的時候居然只有我一個人而已。現在我們就把話說清楚，我不會去投訴。但我想要搞清楚你是誰，現在，我要知道你的名字，還想要明白這到底是怎麼一回事。」

「哦，艾莉克絲，」他高舉戴著紫色手套的雙手，而且他還握著外科皮釘，「我們兩個就把話講清楚，現在，要是妳講話不禮貌的話，我很可能會把妳的嘴巴縫起來。妳有漂亮雙唇，要是毀了它就太可惜了。」

一陣恐懼立刻掏空了她的腹部。她肌肉緊繃，雙眼睜得好大，她的思緒、怒火，還有聲音，全都瞬間麻痺。

他語氣平靜，「妳在這裡發脾氣也無濟於事。」

香檳和玫瑰，她提醒自己，惦記著那個就是了；派翠克，現在要一心想著他。

「這樣好多了，」她聽出他的聲音有微微的笑意。「我沒有辦法在吵鬧的環境中工作。」

她的腦中開始出現宛若電影以快轉速度播放的情節。她在醫院的某處，一定會有人找到她，一定會有人聽到她的尖叫。這個人是瘋子，逃脫的病患。是醫生嗎？或是扮演成醫生的某人？顯然他已經掌控了某間手術室，而她……她不知怎麼遇到了他。她的嘴，她感受到的那股壓力，她跪倒在停車場之後被人摀住嘴巴……是他把她帶到了這裡。他先毆打她，然後拿布塞住她的嘴。他一定是對她下了麻醉劑，可能是哥羅芳或其他……

「拜託，千萬不要尖叫，」他有讀心術，「這裡只有妳和我而已。我真的不想動手逼妳安靜。我現在其實頭很痛，每次冷風來就會害我這樣。在這種冷得要命的夜晚，妳穿得這麼少，居然不會犯頭痛，真讓我吃驚。」

她立刻驚覺自己綠色蓋布之下的身體一片赤裸，裸露的雙乳和陰道，屁股微微懸空上揚，由於姿勢很不自然，小腿的肌肉開始抽筋。

派翠克。趕快想他就是了，或是其他可以讓自己忘卻現狀的什麼事物都可以——媽媽、工作、今天死掉的病患，還有會忙著找她的那些人。想啊，艾莉克絲，站在他的立場，猜測他的心思。說出自己的身分，講出自己是誰，讓自己有人味。難道教科書不就是這麼教的嗎？她早就把學習到的這些知識做了多次練習。

第一條守則：了解病人的憤怒；第二條：讓對方消氣。

「我叫艾莉克絲，我是醫生。」

他冷靜回道，「妳知道妳有子宮後傾？為了要移除妳的避孕環，我必須使用弧形擴張器。」

她呆掉了，只能瞠目結舌看著他。他已經對她動了手腳，趁她失去意識躺在這裡的時候，他的手已經進入了她的體內。

趕快想啊，她叮嚀自己。要把一切想清楚，事不宜遲，不然就完蛋了。對他和氣，讓他喜歡妳。靠，拜託妳試試看好嗎，她強逼自己開口，蠕動的舌頭彷彿成了口腔裡的一條肥厚蛞蝓。

「謝……謝謝你這麼做，不是每個人都這麼體貼。」

「不客氣。」

他的回應給了她一絲希望。奏效了，兩人在對話。其實她並沒有真正看清他的臉，他應該也知道這一點。她大可以告訴他，其實她不知道他的長相，而且無論他已經對她做了什麼，她會忘得一乾二淨，他不需要擔心，可以直接一走了之。

「請問，」她語氣小心翼翼，「能否讓我起身去上廁所？」

「不需要。」他戴著紫色手套的雙手鑽入綠色蓋布裡面、撫摸她的裸露肌膚，她不禁往後畏縮。「不要亂動，」他觸摸她下腹部的時候提醒她，「妳的膀胱是空的，我已經幫妳裝了導尿管，輸出量很不錯。」

「為什麼要這麼做？」

「艾莉克絲，這是重大手術，」他呼喚她名字的態度，儼然像是並肩工作的同事一樣，「妳以正常方式排尿會疼痛好一陣子。」

她很想憋，但還是忍不住胸膛顫抖，一陣深沉哀泣，她的絕望哭聲盈滿了整個手術室。

「你到底對我做了什麼？」

「我已經告訴妳了，妳完全沒事，目前是如此。決定權在妳。現在只要回答這個簡單的問題就是了：妳自己說『不要』是什麼意思？」

她想要搞清楚這問題的意義，思緒紛亂，知道什麼？知道他是誰？他到底在問什麼？

「比方說，這個。」他舉起她那雙有細長鞋跟與纖美鞋帶的淡粉紅色涼鞋。她知道雖然穿上之後根本沒辦法走路，但一定會讓派翠克血脈賁張。「這個表示不要嗎？那麼這個呢？」現在，對方將她的絲襪拿到她的面前搖晃，「這個絕非不的意思。當我脫掉妳衣服的時候，妳沒穿胸罩，而且內褲的尺寸只能勉強做條小手帕而已。」

她拚命想要併攏雙膝，被皮帶扣住的腳踝反而因這番拉扯而被綁得更緊。她現在終於明白他在問什麼。「拜託，」她開始乞求，「千萬不要。」

「艾莉克絲，這問題很簡單，我想我們都知道當妳說『不要』的時候是什麼意思，對嗎？」

現在，她的厭惡壓過了恐懼，在那一瞬間，她覺得自由又勇敢，氣急敗壞說出了這些話：「混帳，我不懂你在問什麼。還有，我的血氧指數都是因為你害的。你還是回去好好念書吧，你是混不下去的騙子吧？對不對？人渣？」

她聽到口罩下方傳出吸氣音，略微不爽的嘖嘖聲響。「冷靜，冷靜啊，這樣對妳沒有任何幫助，妳剛剛已經逼我做出了決定。」

他轉向一旁，把光亮的不鏽鋼醫療推車拉過來，上頭擺放了一排工具，她對那一切都十分熟悉。避孕環、子宮剪、庫斯克陰道擴張器，旁邊還放有一個麻醉面罩。當她看到他拿起面罩的那一刻，她全身因恐懼而變得僵直。那是希美布施面罩，艾莉克絲先前看過一次，是在某位退休麻醉醫師書房的玻璃櫃裡面。它讓她想到了擊劍時穿戴的某種面具，掩蓋口鼻的某種保護裝置。只不過，這個面罩的版本更加殘酷：大小跟葡萄柚一樣，由細鐵絲所組合而成的支架，空隙之間填滿了紗網，所以早在配戴者吸氣之前，液體麻醉劑就可以透過它滴落而下，直接浸透。

「這是開放式系統，」他語氣冷靜，「妳沒辦法戰勝老派方法。沒有插管，沒有可供監測的麻醉機器，只有紗網與面罩。當然，還要加上瓦斯，如此一來，雙手就可以處理其他事了。」

她的勇猛全沒了，掌控力全然瓦解。沒有辦法講道理，也沒有任何脫困的方法。

他可以對她為所欲為，而她完全無能為力。在那一瞬間，她在懷疑要是死在手術台上會不會比較好一點？她可以不要命了，就算不知道自己是怎麼掛了也沒關係。

「不過，要是我讓妳昏迷，我們就沒辦法對話了。如果遇到棘手狀況，我可能需要妳幫忙。我碰到問題的時候，可以給妳一面鏡子，妳幫忙下指導棋，畢竟外陰切除術是有點難搞。」

她的呼吸變得急促短淺，盯著他手中的面罩，她的腦袋開始嗡嗡作響，她無法呼吸，無法講話……

「艾莉克絲，這是妳的最後一次機會。我可以輕鬆解決，讓妳小睡一會兒，我就趁這時候來搞一下妳我都知道妳寧可說『好』的那種事，之後就晚安再見。所以我再問妳一次：『不要』是什麼意思？」

她全身開始顫抖，胸膛、屁股、大腿的大肌肉不斷晃動。頭部固定器、頸圈、手臂扣帶、腳蹬的震搖清晰可見，淚水潸然落下，還夾帶了鼻涕口水，她在心中默默尖吼的是「不要」，但還是在狼狽不堪中，大聲說出了與自己意志完全相反的答案。

「抱歉，我沒聽到。」現在，他已經讓她的聲音很難傳出來。他改變心意，面罩已經蓋住她一半的臉，液化瓦斯正發揮作用。

「我說好，」她困倦輕聲細語，「『不要』就是『好』的意思。」

2

艾莉克絲睜開雙眼。她躺在某張輪床，白色床布蓋住全身，兩名同事態度冷靜俯視著她。費歐娜．伍茲，她最要好的朋友，也是急診部門的資深護士，還有卡洛琳．柯沃恩，急診部門的主治醫師。兩人的表情很相似——保證沒問題——隨後又立刻補上溫暖的笑容。她知道自己的確切位置，甚至連在哪一個病室也很清楚：第九號病室。

她可以看到費歐娜的懷錶，現在將近凌晨兩點。五個小時前，她自己在這裡工作，在員工更衣室迅速洗澡，她的洋裝掛在那裡，就等她穿上，然後是化妝，噴香水。就在沒多久之前的事而已，然而卻發生了這麼多的變化。她面對生死關鍵。要是她說不要……要是她拒絕……要是她再勇敢一點……

她緊閉雙眼，慢慢深呼吸，準備好之後，又睜開了眼睛。

「嗨，親愛的，」卡洛琳展現最關愛的口吻，「可以告訴我出了什麼事嗎？告訴我今天是星期幾，還有妳覺得自己人在哪裡？」

對於第一個問題，艾莉克絲還不知道該怎麼講比較好，她專注回答的反而是第二與第三個，「今天是星期天，十月三十日。我在巴斯，自己任職的醫院部門裡面。」

卡洛琳又露出微笑，「親愛的，答對了，不過現在是三十一號。妳害我們嚇了一大跳。外頭狂風暴雨不停歇，妳真的嚇壞我們了。」她點點頭，示意可以安心，「但妳沒事，膝蓋有兩三處擦傷，後腦勺有點腫，但除此之外都很好。幸好派翠克堅持要找到人，不然的話我們恐怕得治療妳的失溫症。我建議你在這裡過夜，做一些神經內科觀察，妳幾乎是完全失去意識。等一下我就叫其他人過來一起為妳檢查。妳乖乖不要亂動，我們會在妳根本渾然不覺的狀況下移除妳的頸圈。」

艾莉克絲流下釋然的淚水，她猛眨眼睛擠掉淚滴。卡洛琳蹙額，漂亮眉毛緊皺在一起。她看起來比實際年齡蒼老，身體結實，前臂精壯，原因並非是臨床工作，而是幫她丈夫從事農場工作。

「哦，親愛的，千萬不要哭，我們馬上扶妳坐起來喝茶。費歐娜，快去多叫一些人手過來，讓我們最愛的醫生迅速解決問題。對了，不要找男生幫忙。」她以友善口吻提醒費歐娜，「我想艾莉克絲不希望那些人看到她的可愛小屁股。」

艾莉克絲躺在那裡動也不動。她疲倦至極，感謝卡洛琳就事論事的態度以及談笑風生。她之後很可能會尖叫，很可能會嚎啕大哭，癱軟不成人形，不過，她現在最好還是要維持鎮定，要是她想要幫警察一點忙的話，必須要保持冷靜。

三名護士與費歐娜．伍茲一起進入病室。

費歐娜對卡洛琳說道，「我來站床頭。」其他的護士則各自站在艾莉克絲兩側，雙手壓住她身體側邊，緊扣她的肩膀、屁股、大腿。費歐娜站在床頭，雙手放在艾莉克絲的兩側太陽穴，卡洛琳則負責鬆開頸圈，取走頭部固定器，然後，這位資深主治醫師小心翼翼把自己的手放在艾莉克絲的脖子後方，盯著頭蓋骨底部，觸摸頸椎，檢查是否有任何的痛點或變形。

她發覺艾莉克絲面容抽搐，「是不是有點痛？」

艾莉克絲點頭。費歐娜下令叫她不要動，「喂，妳自己最清楚哦！」她的面孔距離艾莉克絲的臉只有幾英寸而已，她聞到了香菸的氣味，顯然費歐娜又開始抽菸。很可惜，因為她的工作表現一向很優異。

在接下來的那幾分鐘當中，費歐娜強壯雙手支撐她的頭部，她以完全不動的筆直姿勢翻身側躺，脊椎的其他部分也接受了仔細檢查。最後，是難堪的一刻，尤其，她認識現場的所有人——卡洛琳伸出指頭、插入直腸，評估括約肌張力。然後，一切結束，艾莉克絲翻身回去，卡洛琳臉上泛起燦笑。

「艾莉克絲，妳沒事，不需要頸圈。我把妳的位置稍微調高一點，這樣一來就可以喝茶了。」她看著費歐娜，「給兩片止痛藥也不會怎麼樣。」

卡洛琳．柯沃恩是在危境中保持冷靜的大師，這一點毋庸置疑，她的行事與聲音的步調及風格，就是能夠讓大家擺脫歇斯底里的情緒。她給艾莉克絲充足的時間適應現在的狀況，讓一切盡量正常化，如此一來，她就更能夠好好面對接下來的惱人處境。艾莉克絲一直很敬愛她，此時更是如此，她要確保艾莉克絲準備就緒。

其他幫手離開了病室，卡洛琳在水槽前洗手。水滴潑濺到她的綠袍與長褲，她哈哈大笑，從牆面紙巾架抽取紙巾，完全不在意。即便是現在，她的輕快笑聲讓艾莉克絲知道自己很正常。之後就是一步步慢慢來，不要著急，她現在很安全，而且一切都在卡洛琳的掌握之中。

「好，親愛的，有沒有任何問題？」

艾莉克絲猛力咬住下唇，才能忍住隨時會奪眶而出的蓄積淚水。她答應自己，之後，會在派翠克的臂彎裡大哭，除了他之外，沒有別人。

「警察，你們報警沒有？他們必須封鎖所有出口，還有必須先檢查所有手術室。我要做所有的檢查：愛滋病、梅毒、淋病、懷孕——諸如此類的項目。要花一整個晚上我也不在乎，我要知道他對我做了什麼。」

卡洛琳的篤定神情不見了，取而代之的是焦心蹙眉。

「艾莉克絲，妳說什麼？我為什麼需要打電話給警察？」

艾莉克絲胸腔冒出一股轟然激動情緒，她現在的呼吸變得越來越急促大聲，發抖的四肢造成床被滑了下去。

她後來才知道，她的聲音，其實穿透了整間病房。蓋過了其他各種噪音——他人痛苦、困惑，以及恐懼的叫喊，醫療物品推車進入病室的哐啷聲，二十多台監視器此起彼落嗶嗶作響。她的聲音、字句，蓋過了一切——

「因為他強暴我。」

3

急診部裡面出現了強暴案件，具有一定程度的隱私性。有一套保密與尊重的固定流程。主治護士、醫生、警察會在部門其他人渾然不知的狀況下、各司其職，就艾莉克絲．泰勒的狀況而言，那晚部門裡無人不知出了什麼事，或者，大家都聽到了據稱的強暴事件。就連在檢查結束之前，大家已經在猜測她究竟出了什麼狀況。大家覺得最有可能的是腦部受創，意識混亂，搞不好是腦震盪。

在檢查室的時候，法醫與女警不是不相信這名激動女子或是強暴案，但他們覺得她所說的其他部分相當難以置信。只有瑪姬．菲爾丁保持中立客觀，直到檢查結束的最後一刻都保持專業保護職責，仔細聆聽艾莉克絲．泰勒的長篇故事，只要艾莉克絲丟出任何一個問題，她都會立刻答覆。

「艾莉克絲，避孕環好好的，沒有任何移位的痕跡，我還看得到細線，一切看起來都很正常。」

瑪姬．菲爾丁等待艾莉克絲接下來的反應。她一直保持四目相接，不疾不徐。瑪姬長相搶眼，身材高䠷，四肢強健修長，還有一頭長度及腰的美麗巧克力色長髮。

而兼具家醫身分的法醫是紐西蘭人，名叫湯姆．寇林斯，臉上掛著一貫的同情神色。早在檢查一開始的時候，他就到了外頭。

艾莉克絲抬起屁股，讓紙巾塞入底下，為了蒐證之用，瑪姬梳整她的體毛，然後將紙巾、梳子，以及毛髮都放入某個證物袋，封口，簽名，加上日期之後，交給了某名警員。她的指甲也被修剪之後置入另外一個袋中，此外，還有她的頭髮。她在唾液罐裡吐了口水，口腔、肛門，以及陰道也做了拭子取樣，還有抽血，艾莉克絲盯著瑪姬拿著某個拭子摩擦載玻片，她知道這是在檢查精子。終於，她身體的每一吋肌膚開始被詳細檢查，確定有無傷勢，瘀血、撕裂傷、能夠辨識出攻擊者的咬痕或是牙印。

瑪姬．菲爾丁離開房間，把湯姆．寇林斯叫了進來。不過就在幾個禮拜之前，艾莉克絲站在與瑪姬相同的位置，身旁站的是同一名男人，當時他正忙著為某名遭男友家暴的女子抽血，然後，兩人位置一模一樣——都是專業工作者，執行任務，忙著記錄與拍下各處瘀傷。這一次，就他的角度而言，她是受害者，他是執行任務的專業工作者，而且拚命掩藏兩人其實根本互相認識的事實。

那名女警問道，「你覺得我們真的需要再重複一次這個流程嗎？」

她立刻自我介紹，名叫蘿拉．貝斯特，她告訴艾莉克絲發生了這種事很遺憾，還有，不需要客套稱呼，直接喊她蘿拉就可以了。不過，現在蘿拉看起來沒什麼同情心，長滿雀斑的臉龐不情不願，貌似略嫌不耐。他們四人待在這間隱密的檢查室已經超過了一小時之久，溫熱與窒悶的空氣讓大家都喘不過氣來。

蘿拉翻閱自己的筆記本，往前找了兩三頁，開始唸道，「妳記得走過停車場的時候，有人打了妳的脖子後方，把布塞到妳嘴裡，然後，妳在某間手術室醒來，發現自己被綁起來，兩條大腿懸空，被扣在腳蹬裡，某個偽裝的外科醫生現身。」

「我不知道他是不是偽裝的外科醫師，」艾莉克絲爆氣，「我說過他的打扮是外科醫師。」

蘿拉嘛了一下嘴，才繼續說道，「然後，他威脅要用皮釘封住妳的嘴，讓妳看到了裝在盤內的一堆儀器，他還說已經移除了妳的避孕環，給妳放置了導尿管，然後，他說要對妳動手術，外、外什麼——」這個名詞讓她卡住了。

「外陰切除術，」艾莉克絲不耐回道，「對，對，對對對。」

「然後，他問了妳一個問題，讓妳覺得他打算對妳性侵，妳說之後他對妳下了麻藥。」

「對。」

「妳接下來就只記得自己在這裡醒來。」

「對。」

「妳無法描述他的長相，也認不出他的聲音。」

「不行，我剛告訴過妳，手術室的燈光讓我看不清楚。我見到了外科手術口罩，也可以看見他身穿手術衣。但是他的聲音……就像透過喇叭在講話一樣，似乎不在我身邊。他是講英語沒錯，但後來聽起來有點美國腔。」

「所以這個英國與美國醫生對妳做了這些事？哦……泰勒醫生，恕我講話可能駑鈍或是不夠審慎，不過，妳是在晚上九點半離開，而到了凌晨一點半的時候，妳被人發現在停車場。」

「哪裡有問題？」

「這些巨大的針頭——妳說插入妳體內的那些橘色針頭——雙臂都有，想必留下了刺痕吧？」

「妳沒有聽我說，根本沒有認真聽我講什麼。本來是有的，我有看見，這顯然是他要騙我，讓我誤以為自己受傷的一部分詭計。反正就是要讓我以為自己完全沒有辦法抵抗，所以我……只好讓他得逞。」

艾莉克絲望向湯姆．寇林斯與瑪姬．菲爾丁，她發現他們眼神迅速交會了一下，他們正在以眼神向彼此示意，而且把她排除在外。這是一種只允許專業者加入的私人俱樂部——不含受害人。

「如果這是演電影的話，我一定會嚇得半死。」蘿拉．貝斯特差點露出竊笑。

怒火讓艾莉克絲從襯墊輪床上跳起來，她光著腳，穿著病袍，距離貝斯特警員只有三十公分的距離而已，「好，他媽的這不是電影，所以收回妳的賊笑，靠，這又不是我在作夢！我被攻擊，遭到綁架，要不是因為我乖乖就範，媽的我現在早就躺在太平間了。」

「抱歉惹妳不開心，我們的意思並不是沒有這件事，」她這段話的主詞包括了湯姆．寇林斯與瑪姬．菲爾丁，「我們只是想要釐清事實而已。妳的內褲與鞋子都在身上，而且洋裝的每一個釦子都扣得好好的。」

然後，她說出自己真正的想法，在她整個問案過程當中，非常明顯，「妳的同事們告訴我，妳昨天過得很辛苦。」

聽到對方小心翼翼的語氣，艾莉克絲猛抬頭。

「跟平常一樣。急診室的每一天都很辛苦，難道妳沒注意到嗎？」

「我的理解是比平常嚴重，當然，要是每天都有死嬰的話，那就另當別論了。」

「我……我……當救護車把她帶進來的時候，她已經死了，我們對那個寶寶也無能為力！」

「我想艾莉克絲已經受夠了折磨，」瑪姬．菲爾丁插嘴，「她需要休息。還有，貝斯特警員，下次妳遇到這類案件的時候，我認為適當處理方式是有更資深的警官在場，或者，至少要有一名具性侵案件訓練背景的警察，我想等到妳回報的時候，上級也會這麼告訴妳。」

艾莉克絲平常不覺得瑪姬．菲爾丁有多可愛。她是很棒的婦科醫生，但態度一直很粗魯。不過，瑪姬此刻出現在這裡，讓艾莉克絲很開心。

「我要找派翠克，他人呢？我要找他來這裡！」

瑪姬．菲爾丁點點頭，「他在，現在人在外頭等候。」

「好，我要找他！派翠克！」她大吼，「派翠克！」

癱軟在派翠克的懷抱裡，她終於大哭。她在抽咽的空檔將自己的這一夜告訴了他。他又驚又怒，要求蘿拉．貝斯特找到這名男子，而且還要她找更多人馬過來，他質問為什麼還沒有看到任何一組警察搜尋醫院。艾莉克絲好不容易才制止他半夜衝出去尋找那名男子，她緊抓他雙手，不願放開，她需要他留下來陪她熬過去。躺在他的臂彎中，她終於覺得安心，能夠被哄慰入睡。

4

蘿拉．貝斯特站在派翠克．佛特的身邊。雖然他在女友的病床邊陪了一整晚，但整個人依然看起來帥氣有型、神清氣爽。從他目光的急切程度看來，他準備要再次質問她。哦，可以讓他繼續等下去，現在輪到她作主。他昨晚逼她要找到那個外科醫生打扮的男子，又忙著安撫女友，她一直找不到機會找他做筆錄。

他們才剛走到停車場，他就立刻指出他與警衛發現那名女醫的地點，還有他的停車處。其實距離她只不過相隔了幾輛車而已，但當時他卻沒有看到她。他對這一點的解釋很合理：到達現場，等了一會兒，然後進部門去找她，但院內的人卻說她十五分鐘前就離開了。他覺得她一定是搭計程車去了他家，因為他遲到而沒接到人，所以他回家，然後又回到醫院繼續尋找。

蘿拉問他，「你為什麼會遲到？」

派翠克．佛特聳肩，「其實不算遲到。我的意思是，與平常我等候她的時間相比，並不算晚，她從醫院離開從來就沒準時過。我結束了手術，我是獸醫——有點晚到，大約晚了五或十分鐘，但我沒有太擔心，我說過了，艾莉克絲總是遲到。我來這裡的時候是九點四十分左右，也可能是九點四十五分。」

「你回頭找她是什麼時候的事？」

「可能是十一點。我回家、再過來，每一趟得花二十分鐘，我在家大約找了十五分鐘，確定她沒在我家。」

蘿拉嚇一跳。「所以，怎麼會花這麼久的時間才找到她？」

「精確的說法就是笨，」他不耐回道，「我們一開始的時候只在車子之間找人。然後我們浪費時間尋找醫院裡，查看每一間病房，想知道她是否與哪位病患在一起。就連我們找到她的時候，她躺在樹下的位置也不是很顯眼，因為那裡天色一片漆黑。」

「她那天早上的時候怎麼樣？有沒有多說些什麼？」

他搖頭，「她在睡覺。」

「你知道出了什麼事嗎？」

他突然抬頭，嚇了一大跳。「這話什麼意思？」

她微微聳肩，「只是想知道你對昨晚的事是否有什麼想法？」

「妳的意思是妳不相信她的話？」他語氣挑釁，「我不知道該怎麼看待這件事，聽到之後我嚇壞了。但我對於艾莉克絲告訴我的一切完全沒有任何質疑。」他目光灼灼，「你們應該有搜查過那男人的下落吧？至少問過了她的行蹤？」

蘿拉的點頭動作很刻意，「當然啊，是的。我們已經檢查了所有的手術室、所有的樓層，也詢問了手術室工作人員。還有現在，當然，你和我剛剛看過了你發現她的地點。她上方的樹枝被風吹晃得很厲害，地面有落葉與殘枝，某些很粗重，全部都散落在她躺的位置附近，她後腦勺有腫塊，昏迷不醒。」

「所以妳的意思是說樹枝就可以把她敲昏？」他單刀直入，「而不是她所說的那樣？」

蘿拉迅速抿了一下雙唇。「會不會她昨天受了創傷?我聽說她昨天有個嬰兒沒救活,也許對她的心理狀態造成了一些影響?」

派翠克.佛特瞇眼,「她的心理狀態!我真心盼望妳不是在影射泰勒醫生心理失衡。因為我可以向妳保證,她沒有問題。我很清楚,我和她相處已經很久了,妳想從這方面去偵辦就免了。如果還有其他的解釋理由,一定是生理因素,最有可能的是腦震盪。」他以冰冷目光檢視這名警察,「除非妳窮盡所有辦法卻找不到那個人,不然我看妳還是要以她的說法為事實。如果妳只是想要和我討論這個的話,抱歉,我現在急著要去看她狀況如何。」

蘿拉等他離開之後,在他背後扮鬼臉。就她個人看來,這傢伙有點過於浮誇。長得好看,又精心打扮,但比較是都會風格,與他的職業不符,超級自信,但不是她的菜。不過,這次的會面很順利,她已經蒐集到誰在哪裡的時間架構,以及這場所謂綁架案的發生時間。泰勒醫生顯然在停車場待了很久,要是她男友及時到來的話,那麼就不會發生這些事了,蘿拉.貝斯特也不需要花一整晚搜索醫院。她絕對不容許別人說她輕忽,因為她的專業無懈可擊。

當天早晨的稍晚時分,艾莉克絲凝望派翠克眼眸的時候,很擔心他的想法。他一直坐在她床邊,等到她醒來,然後以掌心包住她的雙手。在那雙深藍色的虹膜之中,她看到了他的愛、理解,還有焦慮,因為她所受到的煎熬與其他。除了那些情緒之外,另有一份格外明顯的心思,她看出了他的懷疑。

當她第一次凝望他的時候,他不發一語,純粹就是盯著她的雙眸,挨身親吻她的唇。輕輕的一觸，溫暖舒心的一秒鐘，然後，他稍微挺直坐姿，等待她開口。

她說道，「我們沒喝那瓶香檳。」

他笑了一下，「放在冰桶裡。」

「現在冰塊一定早就融光了，而且標籤也變得濕爛。」

「但還是很好喝，不然，我再買一瓶就是了。」

她伸手，與他十指夾纏，輕捏了一下。「我媽媽呢？」

「很可能在想妳和我是不是會過去吃午餐，她拚命想要討論婚禮最後安排的一切細節。」

艾莉克絲苦笑，這是有史以來籌備最冗長的一次婚禮。她妹妹帕蜜拉，終於決定了場地、禮服、攝影師、鮮花，還有唯一的伴娘。至於伴娘禮服的決定權，艾莉克絲就交由妹妹處理。她每次都得聽帕蜜拉哦哦啊啊不斷驚呼，一直猶豫不定，因為每一件都好漂亮，十多次之後，艾莉克絲終於放棄了，畢竟她能夠休假購物的日子就這麼多而已。

「我是問認真的，她對這件事的反應呢？」

派翠克放開她的雙手，十指攏聚為尖塔狀。「她不知道。我想要是妳能和她談一談最好，等妳先冷靜下來，想清楚。這個……」

艾莉克絲起身，緊盯著他，每一個表情都不放過。「這個怎樣，派翠克？」

他搖搖頭，「我只是要說，妳今天可能會有不一樣的感覺，對於事件會採取不同的角度。親愛的，妳知道嗎？昨天妳真的嚇到我了。當我們找到妳的時候，我一生中從來沒有這麼如釋重負的時刻。天候惡劣，搞不好有人會開車輾過妳，妳很可能會在寒風之中死去。」

熟悉的顫慄感又出現了。艾莉克絲現在知道那從何而來——恐慌——不只是因為那起事件，而且還因為沒有人相信她。她緊緊握拳，指甲深陷在掌心，拚命逼自己要保持平靜。

「你們在哪裡找到我的？」

「停車場。」

「我的意思是，停車場的哪裡？」

「就在後面。警衛和我發現妳躺在某個樹林下方的草地。附近掉落了兩三根樹枝，我們覺得應該是其中一根敲到妳的後腦勺。」

「你真的這麼覺得嗎？」

他安靜了好一會兒。「沒有。我的意思是，對啊，妳有可能被樹枝敲到後腦勺，但這並不表示我不相信妳所說的其他的一切。好，卡洛琳．柯沃恩已經為妳預約了電腦斷層掃描，我覺得這樣的處置很合理。我們不知道妳頭部受創有多嚴重，但我們估計妳失去意識超過三小時，在這種冷天氣待在外頭，實在是很久。」

「派翠克，大家怎麼說？現在警方在做什麼？」

「他們在找他，但目前看起來毫無頭緒。老實說，親愛的，我看到他們其實是在詢問妳的同事，而不是積極找尋這男人。我覺得他們不是很相信妳的話。當然，大家都很擔心，但我認為警方不信妳。」

「你呢？你相信我嗎？」

他沒接話，讓艾莉克絲已經百分百確定他要說什麼了。她如果不是有腦傷，就是瘋了。

他起身，為了抱住她而改坐在床墊邊緣，他的輕聲細語進入了她的耳中，「我當然相信妳。」他傾身向前，先前她在他眼中看到的疑慮已經不見了，「我沒有不相信妳的理由，妳什麼時候對我撒過謊？」

艾莉克絲又倒在他的懷抱之中，她早已覺得這男人能給她安全感。他勾起了她的濃烈興趣，也激發出同樣的挑戰心，他對獸醫手術的熱情，與她自己對人體醫學的熱切不相上下。他野心勃勃，活力充沛，對於也擁有男模外貌的他來說，更是一種充滿性魅力的組合。他們當初之所以會認識，都是因為他對橄欖球的熱情。他在某場賽事結束之後，因為疑似腳踝骨折而進入急診室，他們並非一見鍾情，其實，她當初覺得這傢伙很難搞。他對醫學知識的掌握程度與她旗鼓相當，而且還為自己開了落落長的醫囑，她讓他搞清狀況，還告訴他會由她決定他最後是否需要拐杖，狀況才為之改觀。第二天，他送了中規中矩的花束到急診部門，然後他打鐵趁熱，邀她出去小酌。

當她回抱他的時候，她充滿了焦慮。她覺得好受傷，而且從來不曾有過如此孤絕的感受。一想到大家都不相信她，就讓她難以承受，尤其是警方。她旁邊飄著一顆灌了氦氣的氣球，細繩上黏了張寫有「早日康復」的便利貼，她心中甜滋滋，猜想可能是費歐娜從某個病人那裡順手牽羊而來。不過，康復所為何來？是腦部撞昏？還是煎熬一整天的辛勞？難道大家真以為這是她瞎編的嗎？

她放開他，直視他的雙眸，話講得直白，「有個殺人犯逍遙法外。這男人不只是性侵犯，還是殘忍變態。我需要你相信我，昨晚的事並非是我幻想的虛構情節，也不是腦傷的後遺症。派翠克，我當時被囚禁，而讓我唯一能夠保持清醒的原因就是惦記著你。我很確定自己並非躺在停車場數小時之久，而是落在超越你想像的至極禽獸的魔掌之中。你知道讓我最不爽的是什麼嗎？就是警察不打算好好偵辦。他們無法接受會發生這種事。但我會做電腦斷層掃描，然後我們就可以得到最想當然耳的結論——靠，我就是瘋了。」

當她做電腦斷層掃描的時候，他堅持要陪伴在她身邊。當她快要進入隧道的時候，身穿鐵衣的他一直對她保持微笑。

他對放射科醫生連珠砲似的丟出問題，他的論點是，剛出現的腦部創傷不會在意外發生之後立刻顯現，除非是已經腦出血，不然也未必能夠看出有腦血管意外。而他的建議是，應該要過幾天之後再做一次掃描進行追蹤。放射科醫生耐心回答所有問題，他還指出她的電腦斷層掃描結果不僅正常，而且連腦部微小瘀傷都沒有。當艾莉克絲看到派翠克臉龐流露失望之情，她好想哈哈大笑。派翠克顯然希望事發另有起因。又怎麼能怪他呢？這將會是更加容易令人接受的結果。派翠克的雙肩緊繃，放射科醫生立刻就注意到了。她很喜歡愛德華・唐寧，他今年底就要退休，到時候她一定會覺得很惋惜。他是充滿魅力的老派男人，總是樂觀又彬彬有禮，很可能是全國最好的放射科醫生之一。他對著艾莉克絲友善大笑，還眨眨眼，「當然，這並不能排除發瘋的可能性。」

「真的，是有這可能。」派翠克一本正經，看到艾莉克絲臉色一沉之後才改口，「我只是在開玩笑罷了。」

她捏了捏他的手表示感激，不敢開口，因為她不知道自己到底會說出什麼話。當然，她會熬過去的，她有派翠克、費歐娜，以及卡洛琳，在這場惡夢之中，她並非孤身一人。

派翠克與她在兩三點離開醫院的時候，他把自己的計畫告訴了她。他已經詢問了卡洛琳．柯沃恩，得到她的核可，而他自己也把工作交給了某名代班醫生。他們兩人接下來要去度假，離開這裡一個禮拜，到某個可以躺在沙灘上的炎熱地帶，暢飲銷魂的雞尾酒，大啖美食，一個可以讓她再次補足元氣的地方。

在艾莉克絲的脆弱心靈中，她唯一懸念的是為什麼大家都急忙要攆走她。

要是警方想要繼續詢問她更多問題，或是他們發動逮捕抓到了這個男人，她應該要留在這裡才對吧？在正常狀況下，出現犯罪惡行的時候，受害人不會準備度假吧？因此，她很懷疑大家如此寬待的原因，其實就是他們認定沒有犯罪事件，不相信她是受害人。

5

十天之後，他們搭乘從巴貝多出發、歸返蓋威克機場的維京航空回程班機，兩人都有了淺曬色，派翠克還胖了一點。他心情很好，但是她卻有點悶悶不樂。他一直穿著機上發的螢光黃襪子，就連落地之後也不肯脫掉。當他以皮質涼鞋配襪、走過空服員面前的時候，大家都面帶得體微笑。他說，「我從來沒穿過這麼舒服的襪子。」

走出航站的時候，他在她前面，兩人相隔數步之遠，他盯著行李輸送轉盤顯示螢幕的時候，整個人活力十足。

艾莉克絲知道他為什麼心情很好。昨晚他們有上床，她不能稱之為做愛，因為她沒有感受到愛。他大方愛撫，她的每一個部分都被照顧到了。他一直遲遲未插入，與平常相比，時間拖久了許多，她已經快要迎接高潮，皮膚與肌肉全然放鬆，骨頭酥軟。當他插入之後，她慾火更烈，但他的那段呢喃卻讓她冷了下來，「這感覺不錯，是不是……？妳似乎是沒有……」然後，他深吸一口氣，依然遲疑，「妳的避孕環沒問題，對吧？內射安全嗎？」

寥寥數語，卻讓她受傷極深。她不斷反芻那幾個字，*這感覺不錯*。這是要她與她的幻想強暴犯做比較嗎？他說的每一個字都透露出真正的感受：*似乎是沒有……*

她在心中幫他接話，她好想尖叫，她默默幫他講出了那句靠他媽的話，*妳似乎是沒有被強暴*。

昨晚是他們離開英國度假的七天之中唯一的一次做愛。至於其他時間，她都推說是晚餐共飲的紅酒以及追加的那兩三杯雞尾酒，害她失去了興趣與動力。她每晚總是立刻鑽進那兩張大型單人床的其中一張，佯裝自己不勝酒力而入睡，聽到他的巨鼾之後才安心起身，然後，悄悄走下殖民式風格飯店的後梯，前往住客專屬的私人海灘。在飯店守衛的監看下，她在綿長的岸邊來回漫步，期盼這幾天盡快過去，她就不需要繼續假冒這是一次尋常假期，自己只是個普通遊客。

派翠克把他們的行李放在推車上面，經過了WH史密斯便利商店的時候，停下腳步，「我們得要買點檸檬水或是可樂搭配蘭姆酒，好好為這場假期畫下句點。」

「我們路上再買就好。」她的回答單刀直入，拚命掩藏自己的不悅。雖然他們是開他的荒原路華到機場，但他顯然不能當駕駛，他在飛機上已經喝了好幾杯，而且用餐空檔之間還點了淡啤酒。

她開車的時候，他幾乎都在睡。座椅斜放，穿著黃襪的雙腳就擱在他前方的儀表板。當她把車駛入奇彭納姆休息站的時候，他醒了過來，當她匆匆前往服務中心準備上廁所，他對她大叫，「別忘了買可樂。」

她站在排隊隊伍裡，手臂裡抱著可樂還有準備早上喝的牛奶，極力想要擺脫憂鬱情緒。在陽光普照的環境下，面對他容易多了，但隨著返家之路漸漸進入尾聲，也不斷增添了恐懼感。他忘了他們一開始度假的目的，對他來說完全沒差，似乎他關心的只是一切結束，然後就此埋葬。如果這是他的處理態度也就算了，但是他返抵機場時歡樂過頭的模樣，還有諸如此類的愚蠢要求，才是她火大的癥結。

她深呼吸，想要讓自己冷靜下來。快要到結帳櫃檯的時候，她的目光飄向報架，《西英格蘭每日新聞報》吸引了她的目光：

巴斯護士依然下落不明

她湊過去，仔細閱讀：

懷有身孕的二十三歲艾咪．阿博特，越來越令人擔憂。這位護士失蹤已有四天之久，最後一次的身影是在週日晚間的金斯梅德廣場現蹤。當時她身穿藍色牛仔褲、淺綠色襯衫，還有鞣皮外套，她——

嗶嗶聲響打斷了她，接下來是店員助理的聲音，「總共是兩英鎊八角九分，謝謝。」把錢遞過去之後，她意志消沉，慢慢踱步回到停車處。

在旅程快要結束的時候，她做出了決定。她把車停到他家外頭的時候，伸肘推醒派翠克，還說今晚他們最好還是各自睡在自己的住所。她得編謊自己明天要值夜班，而且他一早要回去上班，所以一起歡飲蘭姆酒可能不太妥當。她明天會把他的車開回去給他。她語氣一派輕鬆，而且他並沒有爭辯太久，讓她鬆了一大口氣。他們的臨別之吻草草結束，就連他揮手道別的姿態也很隨便，她也不管那麼多了。

她進入自己的公寓之後，打開所有的燈，確定每一扇窗戶都鎖好，然後鎖了大門的兩道門閂。當初她之所以選擇住在這裡是為了安全與心情寧和。連接到大門入口的對講機系統，大大加分。

她拿著一大杯蘭姆酒，坐貼客廳牆面，一旁是電話，她專心聆聽留言。三通來自她的母親，全部都是下週婚禮的最後安排細節。還有一通是卡洛琳——雀躍開心——祝她度假愉快，也期盼她回到工作崗位。

最後一通留言是五點三十分。

「你好，這是給泰勒醫生的留言，我是瑪姬．菲爾丁。我已經收到妳的檢驗報告了，通常我不會打電話告知，但我確定妳一定迫不及待想知道，全都是陰性，泰勒醫生，所以妳可以停用抗生素了。」接下來，對方停頓了兩秒鐘，「好，如果妳想要聊一聊……隨時找我都不成問題。妳有我的分機號碼，但我還是把我的自宅電話與手機留給妳，以備不時之需。」

艾莉克絲沒抄下號碼，只是儲存了留言。喝了三杯蘭姆酒之後，她從沙發上抽了一個靠墊，放在地上。她頭壓靠墊，熱燙的背緊貼客廳牆面，雙眼圓睜，盯著明亮的客廳。

派翠克再也沒有說他不相信她，但除了昨晚之外，他也沒有再提過那件事，從這一點就有跡可尋了。她懷疑他誤以為她得了某種精神病，也許這是一種簡單的選項，能讓他得以做出這種結論。她不知道自己的同事是否也作如是想，而她的母親與妹妹依然不知道這件事。

而瑪姬．菲爾丁主動開口，願意與她聊一聊。

艾莉克絲知道專業諮商師可以幫助她釐清幻想與現實、夢境與真相——如果她真的曾經陷入某種崩潰，抑或是出於自己的幻想。

但她知道自己並沒有。她的洋裝——她還記得當自己看到它回到自己身上時是何其驚訝。當時卡洛琳扶她在輪床上起身坐正，她拉下白色被單、盯著身上洋裝的那一刻，根本是不可置信。蘿拉．貝斯特還強調所有的鈕釦都扣得好好的。的確如此——每一顆都是。複雜難扣的愛心形狀，全部都在正確的扣眼裡面。然而，沒有任何人發現這一身衣衫有多麼乾淨，不是說她在樹下草地躺了三個多小時嗎？大家都提到當時的天氣何其惡劣，又冷又濕——卻沒有人注意到她全身乾燥。

6

艾莉克絲彎身，繫緊耐吉運動鞋的鞋帶。她把聽診器與止血帶放入口袋，別上名牌，把兩支筆扣在V領上衣的領口，然後走到長鏡處，站在鏡前。綠色上衣的下方是有腰帶繫身的綠色長褲，看起來鬆垮垮。她有跑步習慣，所以身材一直纖瘦健美，而且大學時代還是連續兩年的百米亞軍，後來，有個十六歲女孩在某個充滿涼意的夏日初登場、打破全校紀錄，害她落到了第三。艾莉克絲自學校畢業之後，看過了好幾篇有關那女孩的報導，發現對方贏得了二〇一六年奧運金牌之後，繼續追蹤她如流星崛起、成為世界冠軍的過程。

有了淡淡的曬色，加上剛洗過的黃褐色頭髮在頸底部位挽成髮髻，艾莉克絲看起來氣色不錯，而且生氣勃勃——乍看之下是如此。不過要是細看，遮瑕膏底下的黑眼圈清晰可見。她已經點過洗眼液，雙眸閃閃發亮，但這全靠的是她掛在臉龐的決然神情所散發的光采，欺瞞的笑容讓她的臉頰好痠痛。

這一整個白天，她都在拚命壓抑來杯烈酒的強烈渴望，不過，到了最後一刻，她穿上外套，準備離開公寓的時候，她的決心軟化了，痛飲伏特加，吞下了兩毫克的煩寧。要是她不夠小心的話，很可能就會成癮。自從被綁架的那一夜之後，她天天喝酒，休假是喝酒的好理由，但工作前的小酌絕對是下不為例。她認為自己是借酒壯膽，僅此一次就好。

她深呼吸，如往常一切就緒，她離開了更衣室，步入了所屬部門的樓層。

時值星期五之夜，沒有人多看她一眼。白板上每一個病室空格都寫了「重大傷患」姓名，而在走廊的另外一頭，救護車人員正在等待、準備移出他們的病患。她望向電腦，迅速瞄了一眼「輕症」病患名單，同樣紛亂。透過長型玻璃隔窗，她看到了納森．貝爾在醫生辦公室裡邊打鍵盤邊吃洋芋片，她慢慢走過去，想知道他是否已經準備要交班。

他骨瘦如柴，個頭過高，就連坐下來的時候也無法保持不動。他的右腳不斷在地面上打拍子，造成膝蓋與大腿頻頻晃動，這搞不好就是可以徹底消耗那些垃圾食物的主因。他在急診部待了一年，已經證明自己是位令人信賴的醫生，但病患對他總是敬而遠之，他左側臉旁的深紅色胎記很嚇人，艾莉克絲很好奇，不知他有沒有探詢過可淡化深紅色素雷射治療的可能性。

「等我一下就好，但妳不需要著急，我會在這裡待到半夜。」

「為什麼？」她問道，「是不是有誰請病假？」

他搖搖頭，目光依然緊盯電腦螢幕，讀取血液檢測結果，「不是，卡洛琳覺得這是妳第一天回來上班，也許需要一些支援。」

他說話很直接，但她猜想卡洛琳應該不希望讓她知道才是。其實，她應該早就告訴納森要找個加班的合理藉口。他大可以說這是週五夜晚，醫院負擔沉重，他可以幫忙分擔，但納森．貝爾不擅長說謊，直接了當又坦率。

她正打算要告訴他不需留下來的時候，無線電收發機傳出轟然的高頻尖響。

「我馬上跟過去，」他說道，「給我兩分鐘就好。」

費歐娜．伍茲在管控中心，一手拿著無線電收發機，另一手則拿筆，準備寫下救護員提供的細節。她附近的同事們都立刻噤聲，讓她更能夠聽清楚她聯絡對象的回應，而某些病患與訪客也突然停下動作，這樣一來就能夠聆聽他們的對話。

費歐娜語氣鎮定，口齒清晰，「急診部準備接收資料。」她的新髮型讓人看得好痛苦，編得過緊的法式髮辮，抽縮太陽穴周邊的皮膚，她一直搞不定自己的天生自然捲，艾莉克絲覺得，費歐娜今天下班之後一定會因為這樣的嚐鮮而犯頭疼。「這裡有位年輕女性，現場無反應。格拉斯哥昏迷指數現在是十二，收縮壓八十五，心跳一百一。呼吸頻率二十六，血氧飽和度百分之九十九。牛仔褲有滲血，可能是直腸或陰道受傷，請回答。」

費歐娜按下傳送鍵，「她有懷孕嗎？請回答。」

「不知道。我們有口語回應，但是斷斷續續，不知病史，請回答。」

「大約還需要多久才會抵達？請回答。」

「四分鐘，我們在醫院停車場，她一直硬撐到現在。」

「謝謝你，五三四號救護員，急診部門正待命中。」

艾莉克絲直接進入「復甦急救區」，費歐娜跟在她後面，當她們一進去，費歐娜立刻向護士們簡報狀況。艾莉克絲很慶幸是費歐娜當班，她是超厲害的醫護人員，而且，她在這個護理單位待了七年，對於急診醫學幾乎可說是無所不知。艾莉克絲不假思索戴上手套，穿上綠色塑膠袍，進入二號隔間檢查器材。這是最靠近救護車急救人員的隔間，而且通常也是使用頻率最高的一個，所以，在接收每一個病患之前與送離之後，都必須檢查裡面的庫存。

病患輪床後方的牆面有一個放置器材的層板，她瞄了一眼，一切就緒，但她還是逐一檢視。

她花不到一分鐘的時間就做完檢查，然後又繼續查看其他的器材，供氧儀器、幫助呼吸通暢的甦醒球，以及貼合的口罩。她按下按鈕，打開了開關，心肺監測螢幕亮起，找不到來源而發出了警示的嗶嗶聲響。

納森在隔簾的另一頭取出針筒放在桌面，某些已經裝滿了生理食鹽水，而其他的則是準備拿來抽血。費歐娜．伍茲與另一名護士吊起了兩袋一公升裝的加溫輸液，這是二級優先警戒狀況，X光小組與病理實驗室也正在待命。一切就緒，大家準備好了，都在等待，要為意外狀況事先預備。

她的血從白色蓋毯流滲出來，一大塊的深紅色污漬，而且還從輪床側邊滴下去，現在連地板都濕了。氧氣面罩下的面容慘白，眼瞼不斷顫動，發出了微弱的呢喃哭求。在他們把她送進來的這幾分鐘當中，她的狀況急劇惡化，每一秒鐘都在大量失血。

他們正準備要給她上麻醉，但納森．貝爾還是先壓住她的左臂，綁好壓脈帶，插針。那一公升的輸液旁邊還連接了一個加壓球，可以增加輸入體內的速度。

艾莉克絲馬上問道，「是否知道任何病史？創傷？有沒有任何資料？」她的目光同時投向那女子的身體，立刻進行評估。失血嚴重，而且那灰白臉龐與泛白的手指也令人擔憂。

「我們接到九九九緊急報案電話，」救護員答道，「有人發現她在醫院停車場，顯然是在拚命求援。發現她的那對情侶說她在哀號，然後在他們面前癱軟。我們一到達現場的時候，她並沒有反應，把她送入救護車後頭之後，我們聽到了好幾次痛苦呻吟。」

「名字呢？」

「還沒有檢查口袋。她沒有隨身包包，但外套裡可能有東西。」

那女子的喉底發出聲響，某種低沉的悶哼，艾莉克絲覺得不妙。聲音來源太深了，還有，她的格拉斯哥昏迷指數，也就是評估神經功能與病患意識清醒程度的方法，一直在往下掉。

費歐娜．伍茲拿出她的剪刀，而另一名護士則移開被血浸濕的床被。那女子藍色牛仔褲的下體處全部濕透，鮮血還滴流到膝蓋，而且淺綠色襯衫還染有更多的鮮血。

費歐娜輕鬆剪開病患衣物。「她血崩，」她語氣焦急，「我就不放置導尿管了，還有，她內褲裡有血塊。」

艾莉克絲離開輪床的前端，仔細檢查新發現。除了深色的凝血，還混雜了白色鬚狀物。「看起來像是胚胎的東西。把它放在腎形盤裡面。呼叫創傷小組，告訴他們這裡急需婦產科醫生。」這次的呼叫也會找來其他醫生——麻醉醫師與一般外科醫生，「病患失血程度第三級迅速轉為第五級，現在需要更多人手支援。」

在接下的二十分鐘當中，更多的輸液與血液注入這年輕女子的體內，手術室也準備好了，隨時待命。緊急馳援的幫手已經到達現場，大家動作精準，節奏急快有序，他們已經使出一切能夠穩定與幫助積極治療的方法。

麻醉醫師準備要為這女子進行麻醉，現場幫助救治的每一個人都精神緊繃，想要盡快把這名女子移出急診間，才能找到出血原因，不管是什麼，趕緊動用止血鉗就是了。

艾莉克絲站在輪床前面，準備呼吸器，就在這時候，她看到那女子氧氣罩底下的嘴唇在嚅動。她靠向病患的臉部，音量蓋過氧氣的嘶嘶聲響，她語氣冷靜，使用的是類似當初卡洛琳對她所說的措辭，「嗨，親愛的，我是艾莉克絲，我是醫生。妳人在醫院很安全。我現在要幫妳，可以把妳的名字告訴我嗎？」

那女子的眼瞼迅速翻動了幾下，然後，藍色眼眸瞪得好大。艾莉克絲看到了一股自然而生的專注力，某種意識，她對重傷女病患展露溫暖笑容。「嗨，親愛的，在跟我說話嗎？」

對方聲音很微弱，上氣不接下氣，艾莉克絲心底知道她的病人撐不下去了。這可能是這年輕女子必須交代遺言的時刻，麻醉醫生指示艾莉克絲讓開，讓他可以繼續處理，但她不予理會，她要把這樣的時間給她的病人。

「跟媽媽說我很抱歉，我愛她。我好蠢……我……」

她氣喘吁吁，艾莉克絲趕緊又為她蓋上氧氣罩。

費歐娜出現在她身邊，對著病患微笑，她的語氣溫柔但堅定，「艾莉克絲，她現在得離開這裡。」

艾莉克絲撫摸那女子的前額。

「親愛的，我會轉告她，但妳會好起來，妳可以親口告訴她。」

費歐娜咬牙切齒下令，「艾莉克絲！」

「泰勒醫生，妳必須讓麻醉醫生處理病患。」瑪姬．菲爾丁語氣平靜，但她的語氣終於讓艾莉克絲明瞭狀況的嚴重性。

艾莉克絲盯著自己周邊的醫療小組成員，他們的臉上都出現了明顯不耐的神情。

瑪姬為大家發聲，「泰勒醫生，我們得幫她！」

那女子的眼瞼突然翻得更高，目光充滿恐懼。「妳說過妳會幫我，妳，妳……」那女子雙眼往上吊，然後，氣若游絲，講出了最後一句話：「我應該要說好的……」

7

雖然還得等家人確認，不過她皮衣裡的錢包有張國民西敏寺的簽帳金融卡與巴克萊信用卡，足以證實了她是艾咪・阿博特。

兩個小時前，院方宣布她死亡，然而遺體卻還沒有移出復甦急救區。他們不會把艾咪・阿博特推出走廊前往停屍間，而是讓驗屍官的黑色救護車在外待命，準備把她帶走。他們已經將她的衣服裝袋，完成影印病歷，稍微檢查了一下屍身。有名警員守在輪床附近，等到屍體運走之後才會離開。

艾莉克絲好想要撥開她的深色髮絲，洗乾淨那雙沾滿血污的手，抽出她嘴裡冒出的那根醜陋插管。但她沒有，艾咪・阿博特不再是她的病人了，現在由驗屍官負責。她會遭開腸剖肚，器官被取出體外，每一塊都會被切割，放在顯微鏡底下仔細檢視，一定要找出死因。

艾莉克絲站在原地不動，足足有一個小時之久。她沒有擋住警員，但距離卻還是夠近，能夠看清楚艾咪的臉龐，那五官完全沒有任何的安詳氣息，雙眼圓睜，凝凍的驚訝目光，雙唇被硬邦邦的塑膠管給撬開。

一名便服員警到達現場，艾莉克絲盯著他與納森・貝爾、瑪姬・菲爾丁，還有站在角落的麻醉醫師講話。他望向她的方向，稍微點了一下頭，示意他知道她是誰。在講話的幾乎都是那名麻醉醫師，從他朝她指了兩次的手勢，以及緊繃神色看來，似乎是把出包的責任怪罪在艾莉克絲身上。

艾咪．阿博特剛說完遺言，麻醉醫師就以不是太溫柔的態度推開艾莉克絲，直接接手。他又努力急救了三十分鐘之久，他負責呼吸道，而納森．貝爾則忙著壓胸。當艾莉克絲說出必須要通知驗屍官的時候，他默默同意了。只要是原因不明的猝死，都得要通知警方，不過，當艾莉克絲說出她認為艾咪是遭人謀殺的時候，他驚訝挑眉，而且她還真的聽到他咬牙切齒說道，「哦，天，所以原來妳就是那個人啊。」一不禁讓艾莉克絲有些懷疑自己的事早在眾人之間流傳，而他也聽說了她的綁架案，從對方的語氣判斷，他心存懷疑。

費歐娜．伍茲與其他護士一臉尷尬，別開目光。納森．貝爾則是以腳對地打拍子，不斷翻弄櫃檯上面的器材。但瑪姬．菲爾丁的反應卻讓艾莉克絲嚇了一大跳。她假意要關掉艾莉克絲背後的氧氣設備，卻好心捏了一下艾莉克絲的肩膀，開口支持她，「妳盡力了。」

身著灰色西裝的警官朝她走來。

「是泰勒醫生嗎？我是葛雷格．透納督察，能否找個安靜的地方說話？」

艾莉克絲發現他的深色圖案領帶尚有一塊發亮的污漬，而且白色衣領的尖角還捲縮。應該最多是三十出頭，但一頭深色捲髮已處處冒出了灰色髮絲，疲憊的綠色眼眸佈滿魚尾紋。

她脫掉橡膠手套塞入口袋，帶引他進入家屬室的安靜房間。她一屁股坐入某張低矮的方形扶手椅，他也跟著坐下，兩人膝頭的距離只相隔了幾英寸而已。

他雙手貼放大腿，「妳為什麼決定要報警？是因為妳知道她是失蹤人口嗎？知道她是艾咪．阿博特？在這裡工作的護士？」

艾莉克絲清了一下喉嚨，心中在思索合適的措辭，才能表現出是專業人士想要襄助的架勢。「我一直是等到她死後才知道她是誰，打完電話報警後才知道。我聽說她在這裡工作，但我從來沒見過她。都是因為她說出的話，讓我決定應該要打給警方。」

她變得安靜，逼他必須要問出顯然該問的那句話。「她說了什麼？」

「她說的不多。我們正準備要麻醉她的時候，我發現她企圖開口。她請我轉告她母親，她很抱歉，她做了蠢事，然後，她又說：『我應該要說好的。』」

葛雷格．透納的表情高深莫測，從眼神完全判斷不出他的心思，他的下一個問題也同樣聽不出任何端倪。「妳覺得憑這個理由該報警？」

「對。」

「為什麼？」

艾莉克絲的背脊緊貼椅身，真希望這個房間大一點就好了，那麼她就可以起身踱步。要是她能夠對自己的腳講話、不需要如此靠近這個男人的話，狀況就會輕鬆許多。

「兩個禮拜之前，我出了事，我覺得你們警察不相信的事。我待在停車場，要與我男友派翠克見面。我剛結束晚班，結果昏過去，醒來的時候，發現我被那名男子所掌控。我……好，要是你詢問貝斯特警員也許會比較好，她那裡有全部的細節。我，呃……倒不是難以啟齒，只是……嗯老實說，我不確定你會不會相信我。」

她完全沒料到自己會潸然落淚。

葛雷格．透納從附近的面紙盒抽了幾張紙，交給了她。「好，顯然妳自己深信不疑。要是妳不介意的話，我倒是希望先聽聽妳的說法。」

在接下來的那半個小時當中，艾莉克絲把一切都告訴了他，甚至連電腦斷層掃描以及巴貝多島假期的事也都講了出來。

「這是妳回來後的首次執班？」這是他的第一反應。

「對。」

「妳會不會覺得太快了一點？」

艾莉克絲灰心閉上雙眼，無奈嘆氣。

「泰勒醫生，無論這件事到底有沒有發生，妳是醫生，妳會建議其他相同處境的人這麼快就返回工作崗位嗎？畢竟妳歷經了令人不安至極的過程。」

艾莉克絲挺直身體，雙肩後縮，下巴抬得更高了一點。「她就是這麼說的，而且他也曾經對我講過一模一樣的話。」

「泰勒醫生，她的話可能代表了千百種意思，她口中的『好的』也許有各種含義。今天早上會進行驗屍，在目前這個階段，我們最好乖乖等待結果。艾咪．阿博特的父母知道女兒的死訊之後，一定有許多事得要處理。我們不可能現在告訴他們女兒很可能是遭到謀殺。等我回到警局之後，我會仔細檢查妳在貝斯特警員面前所做的口供，判斷事態狀況，我一有結果就會打電話給妳。值此同時，我會建議妳千萬不要散布有關今晚的任何謠言，這對艾咪的父母沒有任何好處，容我直言，對妳也沒有任何好處。」

艾莉克絲鼓氣勇氣問道，「你相信我嗎？」

他起身，撫平西裝，扣好了第二顆鈕釦。「泰勒醫生，妳先前壓力很大，也許不該這麼早回來工作。要是妳需要更多時間，我相信妳的同事們都會諒解。」他對她禮貌一笑，「妳的工作很辛苦，我相信妳眼見這麼多的苦痛，一定讓妳心力交瘁。所以，何不給自己多一點時間呢？」

8

她雙手的皮膚變紅，手指顯得笨重腫脹。她一回家就坐在淋浴間裡面，環抱著彎曲的雙膝。她的工作服已經全部濕透，緊貼著她的顫抖身軀，依然不斷落下的淚水讓她雙眼刺痛。

除了嘩啦啦的巨量濺水聲之外，她還聽到電話響了兩三次，她知道如果不是費歐娜就是卡洛琳，因為現在卡洛琳一定已經知道她部門裡出了什麼狀況。艾莉克絲還沒準備好要討論這些事，他們一定不會相信她的，所以講出來有什麼用？納森．貝爾企圖阻止她在大半夜衝出醫院，但她還是決心要離開，放眼所及，每一名同仁的臉上都只有不安與困惑。費歐娜．伍茲給了艾莉克絲一個大大的擁抱，不過，就連費歐娜也一樣，一開始表達了關切，看到她打算解釋就立刻氣惱翻白眼，就算她還殘留任何一點信心，也立刻萎縮消逝無蹤。

她們是最好的朋友，不只是同事而已，只要其中一個備感壓力，另一個一定會隨時作陪，她們會因為慘到不行的病患而一起哭泣，尤其是那些年紀輕輕的死者，兩人會一起沉浸在悲傷之中，借酒澆愁。費歐娜是少數知道她十三個月前歷經了何等煎熬的人之一。不過，費歐娜似乎忘了一切，而這又怎麼能怪她呢？

她親眼目睹艾莉克絲在急診部忙得要命的夜晚成了亂源，造成每一個人嚴重耽擱進度。當納森．貝爾建議呼叫卡洛琳的時候，艾莉克絲立刻失控，怒火爆發無極限，在員工辦公室裡面對著牆壁大罵髒話。

納森嚇壞了，小心翼翼避開她，而費歐娜則是擋下想要進去的每一個人。納森臉龐的那塊胎記本是甜菜根的色澤，現在則成了她從所未見的深紫色，她嚇呆了，最後受不了奪門而出。她狼狽逃出的時候，不小心撞到了絲蘭盆栽，還弄翻了茶盤，留下了更多的混亂與不可置信的驚呼聲。

她心想，到底她的生活是怎麼會淪落到這樣的田地？她撿拾殘片，繼續過生活，將那一次的壓力事件拋諸腦後。一個月一個月慢慢過去，她的個人驚慌狀態也逐漸鬆綁，不再那麼經常東瞄西瞄幽黑地帶。她知道派翠克也逐漸緩解了恐懼，屆滿一年的那個時候，她很慶幸自己決定留在巴斯，不再害怕，回到了瑪麗皇后醫院。那已經成了一段遙遠記憶，她覺得再也不會發生的事件。然而，過了十三個月之後，她面對的卻是惡劣千倍的處境。

這次不一樣。這個男人不會因為強佔了某個女人而感到滿足，他想要體會與舔嚐沾染雙手的鮮血。他就在那裡，四處走動，也許此刻正在挑選之後下手的對象，而警方根本還不相信有這號人物。怎麼可能呢？她真的是那種大家都不相信的受害人？大家在背後嘲笑她，從那名麻醉醫生所說的話來判斷，全醫院都知道她就是「那個人」，艾莉克絲懷疑大家都是這麼喊她的，「發瘋的那個人」。

她真希望自己瘋了。盼望是自己崩潰，因為這樣一來她還有機會重新振作繼續過生活，而不是一直在猜疑他為什麼留她活口，為什麼讓她糾結不休，不知道自己到底有沒有被強暴。沒有任何的生理徵狀，沒有內部瘀傷，大腿也沒有留下痕跡，但話說回來，她可能完全沒有抵抗，自然也不會留下那些跡證。她一開始就被下藥，當然不可能阻止對方，也不知道他到底對她做了什麼。或者，這從頭到尾全都是他的詭計？純粹讓她誤以為自己快要死了，馬上要被性侵？擺明要讓她心神發狂，某個變態要滿足他的慾望。

不論他的理由是什麼，她的正常生活已經被偷走了，取而代之的是再也不像正常生活的日子。每一天，她都會回顧這些事件，再次聽到自己企圖找出對方行事動機的可悲聲音，同時浮現出自己被綑綁、受傷、軟弱無力的畫面。

她的思慮，超過了大多數的女子，曾經想過要是再遇到那人的時候會作何反應——全力嘶吼的那種尖叫，拚命又抓又咬，如何打退對方。而到了最後一幕的時候，她總是在奔跑，看到了某道光，發現有人準備伸出援手，她投入撫慰的懷抱，釋然淚水流個不停，大家都圍繞在她身邊，保護她——而且相信她。

她一直很勇敢。她是倖存者，面對無法想像狀況的時候，有能耐也膽敢做出一切的女子。

再也不是了。

她伸手拿起伏特加酒瓶，又灌了一大口。她今晚不會回去工作，所以何需保持清醒？酒精至少可以幫助她暫忘一切。

9

她身穿藍色皮質洞洞鞋，全身運動衣，外頭套了外科手術衣。她經過了接待區，沒看到人，但這也沒什麼好驚訝的。現在依然是午夜時分，櫃檯無人輪班。

等到水變涼之後，她爬出淋浴間，決定不喝酒了，回到醫院，以免等一下勇氣衰退，永遠不回頭的決定恐怕會完全佔據心頭。

她直接前往手術室。她想要趁現在人流較少的夜晚一探究竟，她找出了一個方法可以悄悄溜進去，不會被任何人發現。

目前看來成功的可能性很大。

通往建物的每一個入口都放置了隨時準備使用的輪椅，而主要手術室樓下的走廊還整齊擺放了好些張未使用的輪床。要是她被放在其中一張床上面，以毯子蓋住，然後由某個身穿手術服的人一路推著走，那個人絕對不會被攔下盤問。

要是有人發現她在這裡走動，她得想出一個解釋的理由才行。

二號房是創傷手術室，目前正在動手術，雙開門上方的燈箱警示為「使用中」，她的心中不禁湧起一股罪惡感，不知道這名病患是不是從急診部匆匆送上來？不知納森．貝爾是不是待了一整晚？還是呼叫某人，很可能是卡洛琳，前來解救他？

醫院裡共有十八間手術室：八間在主棟，五間是日間手術，三間在產科，還有兩間閒置的手術室。關閉的手術室以前是作為日間手術之用，而現在則作為門診病人評估區。謠傳院內還有其他的秘密手術室，源自維多利亞時代，她從來沒有見過，位於地下室，完全沒有開放，不只是一般民眾，就連員工也不得其門而入。謠傳幾百年前淹過水，院方沒有修復，乾脆直接在平面層建立新大樓。她曾經思索是否要過去一探究竟，看看到底有多麼戒備森嚴，應該要得到誰的核可才能進去。她先前躺的那個手術室很現代，充滿了監視器與儀器的聲響，還有氧氣的嘶嘶聲，她決定先搜查現代的手術室。

她在走廊移動，靜悄悄迅速進入每間手術室，以銳利目光探巡天花板與周邊環境，但是卻沒有找到她在尋找的東西。當她接近八號手術室的時候，聽到了輪床的聲音，趕緊躲起來。她豎起耳朵聆聽輪床的去向，目光則緊盯走廊牆面上的某塊黃銅匾額，那是部門的某一紀念品，而那些字句似乎在嘲笑她目前的慘況。

所有善行的光都是永恆。

那麼惡行的幽暗面呢？也是永恆嗎？或者，那是我們必須要予以原諒的某種考驗，通過之後才能進入天堂之門？原諒那些侵犯你的人，之後就可以得到通往天國的自由通行證。

她趁機偷瞄走廊，沒看到人，她從藏身處出來，走向八號手術室。她推開了第二層雙開門，進入了麻醉間，空間很小，只能讓麻醉醫生放置儀器，完成初步工作而已，手術室輪床與小型麻醉機的兩側分別是上鎖的藥櫃以及工作桌面。

她推開第二道雙開門，進入手術室。

一大塊鋼板蓋住了某面牆——那是有數十個開關、插座，以及查看X光片內嵌玻璃燈箱的控制台。艾莉克絲沒開燈，走到了手術台前面，麻醉間霧面玻璃所透過來的光，已經足夠讓她繼續前行，她可以看到懸掛在上方的圓形頂燈的清晰輪廓，這並不是她當初躺過的地方。

這盞燈雖是圓形，但直徑卻相當寬，裡面一共有七個燈泡。某側有個突出的定位桿，宛若固定的天線一樣。當燈光大亮的時候，被藥物控制的人，要是誤以為那是一個巨大的七眼機械昆蟲盯著自己，也不會有人怪罪他們。

理智回神，她的雙肩陡然一沉。這樣做根本是愚蠢地浪費時間。她怎麼可能找出當初到底是躺在哪一盞燈下面？她當時到底看到的是什麼？那個大型圓頂燈的形狀，搞不好比她剛剛檢查的那些都來得小吧？不過，也有可能就是她方才看到的其中一盞，畢竟當時的光曜讓她什麼都看不清。

她聽到外層雙開門唰的一聲開啟，全身緊繃。她依然站在原地不動，躲在近乎全黑的光線之中，她透過霧面玻璃看到了裡面有人，對方個子很高，身穿藍色衣服，應該是某名外科醫生或是麻醉醫生，她能夠辨識出來，全靠對方的亮粉紅色頭套。對某些人來說，那是某種時尚宣言，但某些人之所以會戴彩色頭帽，是因為他們知道別人必須在一大片藍色頭帽之間立刻能夠認出他們就是醫生。

她覺得自己馬上就要被發現了，心跳得好激烈。她聽到鑰匙發出哐啷聲響，某個藥櫃被打開了。過了一會兒之後，她又聽到金屬門被猛力關上，通往走廊的那道門又被推開，接下來是一片沉寂。

她因為鬆了一口氣而顫抖，現在的呼吸從容多了。她得要回家，遠離這個地方及其所帶來的回憶。她要鎖好家門，喝她的伏特加，減輕自己對幽影的恐懼，她還不夠勇敢，不敢自己一個人探索真相。

10

葛雷格．透納解開襯衫最上方的鈕釦，鬆開領帶。他聞到胳肢窩散出的一抹汗味，露出苦笑，他應該要換件衣服，而且在員工室稍微淋浴一下才是。昨晚他看到泰勒醫生瞄到他領帶污漬的眼神，他真想伸出雙臂遮住。他很少會感到難堪，但都是因為她的特質吧——某種清新感、乾淨的髮絲，抑或是那雙脆弱的雙眼——讓他覺得除非自己好好洗個澡、刮鬍子、配戴自己不需遮遮掩掩的領帶，不然就應該要與她保持一定距離。

他嘆了一口氣。睡在辦公室椅子上頭實在不是什麼好主意，但他收工得這麼晚，似乎不值得回家一趟。他現在的工作量幾乎已經是撐到了極限，而且，要不是因為去了醫院，他早就可以休息了，現在，他得要負責更多的文書工作，浪費了可以處理其他案件的寶貴時間。而且，與艾咪．阿博特的父母見面之後，又一個家庭柔腸寸斷的哭聲在他腦中縈繞不去。

至於泰勒醫生，他實在無法判斷，她看起來算正常，但是她的說法，真是瘋狂！

他早就猜到會有人敲他的房門，蘿拉．貝斯特進來了。長度在下巴線的金髮妹妹頭，柔順光滑，訂做的合身無領白色襯衫俐落乾淨。她的打扮一如往常，無懈可擊，已經準備迎接全新一日的到來，蘿拉．貝斯特外表的確令人驚豔。

她在刑事偵緝組已有十八個月，葛雷格很清楚她野心勃勃。大家都知道她很注意時間，但不是為了下班打卡，蘿拉．貝斯特從來不介意加班，她似乎從來不管時間。

不是這樣，她會贏得這種秘密綽號，是因為同事們發現她會為了自己的前途而對時間斤斤計較。她曾經不小心說溜嘴，想要在自己二十八歲之前成為督察，而且她很認真，這一點毋庸置疑。她不計一切代價在組內力求表現，目前她手中的案子不僅都處理得很妥當，甚至在囚室門關上之前，每一份文件都早已經複印好，放在該收到的人的手中。她能夠如此成功，主要是因為她很小心挑案。她垂涎的都是一定會成功的案子——依此就能迅速結案——耗時的案件就丟給別人。

她是很酷的人，其他的警察幾乎都很喜歡她，但葛雷格對她甚是提防，不是因為她想要衝上與他平起平坐的位階，與工作無關，而是私人因素。

「你看起來好憔悴，」這是她的第一句話，「而且你穿的衣服跟昨晚一樣。」

要不是因為私人因素，她用這麼隨性的語氣對他說話，怎麼可能不受到懲處。

「好，蘿拉，至於妳呢，跟往常一樣容光煥發。」

「也許是因為我有在健身，而且不菸不酒。」她刻意盯著窗台上的那個空可樂瓶，她知道他習慣把菸屁股丟在裡面。

警局有嚴格的禁菸規定，大部分的時候，葛雷格都會乖乖遵守，只有在外頭大雨滂沱的凌晨時分才會偶爾破戒——比方說，就像是昨晚。或者，在發生過性愛之後，在這間辦公室裡就只有那麼一次，對方正是蘿拉．貝斯特。

「所以那個瘋子醫生現在如何？」她問道，「你看了我的報告沒有？」

他點點頭。昨晚他回到警局的時候就開口要了報告。要不是他已經見過泰勒醫生，他恐怕也會認同蘿拉的結論。她看起來並沒有發瘋。也許是緊張不安，涕淚縱橫，不過，發瘋？他立刻拋開了那股不快思緒。

「所以妳覺得真有其事的一點可能性都沒有？徹底搜查過了嗎？」

「我報告裡有寫，制服員警已經全部搜查過了。由麥金泰爾探長帶隊，一定是叫我們掀開所有病患的床被。停車場與所有的樓層，我們都搜過了。」她嘲諷大笑，「當然，葛雷格，是有這個可能。這種事一直都有嘛，哦，要是你朝窗外張望，甚至可能會看到大象在飛。」她誤以為他的沉默是讚許，繼續滔滔不絕，現在她不笑了，開始徹底摧毀那醫生的人格。

「那女人瘋了，就連她同事也不相信有這種事，他們認為是腦震盪。不過，你要是想知道我的意見的話呢，」她深吸一口氣，沒等他回答，「當天有名病患在她手中死亡，對，一個嬰兒。我想泰勒醫生瘋了，太多嚴重狀況要處理，就這樣理智斷線。或者……」她稍作停頓，「她編造這整起故事，是為了某個截然不同的理由。」

葛雷格瞪著她，眼神凌厲。她固然提出了某些有憑有據的觀點，但她的呈現方式卻觸怒了他。「蘿拉，不要詆毀那女人。稍微有點同情心可以嗎？」

她好驚訝，雙眼與嘴巴都成了圓形。「同情心！要是這一切都是她編的謊言，應該要把她關起來才是。至少，也應該讓她停職，別忘了大家的性命操之在她的手中。難道你想讓這種人照顧你嗎？」

葛雷格真希望當初是自己找出報告就好，而不是請蘿拉交給他。在他辦公室裡面，只有他們兩人的時候，她的過度親暱感讓他神經緊繃。有其他警察在的時候，他應對得比較好，因為她不會那麼直接，但即便如此，他也是坐立難安，擔心她一開口就講出了在這間辦公室裡所發生的那件事。

他不該跟她上床才是，但當初她在他脆弱的時候趁虛而入。事發的那天早上，他收到了暫准離婚令，失敗感加上喝了太多酒的雙重作用，讓他想要尋求另一個女人的溫暖與肯定。六個月之前，他把自己的某個強力武器送給了她，一個可以輕易毀掉他前程的武器，如果，她打算告訴別人的話。

「她在處理的是妳我根本無法想像的狀況，」他努力對她講道理，「當妳或是我見到那些命懸一線的人的時候，只不過算是最接近她的處境而已。但她是拯救他們，或是根本救不回他們的那個人。」

「這就是我的重點，」她的回答乾脆俐落，「她處理這麼多的創傷，所以也幻想自己出了可怕的事。」她轉身離開，但又慢慢旋身。她死盯著他不修邊幅的外表──該刮鬍子了，頭髮也該剪了，而且脖子上還鬆垮垮掛著骯髒領帶。「她現在又打電話找我們，就是為了某個所謂的殺人犯？如果我是你的話，我會認真考慮向她提告，浪費警察的時間。」

她離開之後，葛雷格嘴裡出現了一股苦味。他站在辦公室窗戶旁邊，眺望他出生的這座城市。巴斯，如此美麗獨特，天生就註定是世界遺產地點，是富人與上流階層的發源地，長達兩千年之久。想必珍．奧斯汀、托馬斯．庚斯博羅、波爾．納許都曾經喝過這裡的治療泉水，或是放鬆浸泡其中。每當他醒來，迎接嶄新一天的時候，喬治亞風格建築的熟悉感就像他自己的右手一樣，不過，它已經無法給他任何的歸屬感。

本來的家，感覺卻再也不像個家。蘿拉．貝斯特這個人根本就是芒刺在背，到了新年的時候，他會做出決定，如果不是她走，那就是他走人。

他比她大十歲，依然有他自己的雄心壯志。但這種狀況卻讓他開始元氣大傷。他不該和她有染，而這已經是既成事實。

他累了，而且這些念頭對現況也無益。他還有艾咪．阿博特案子的文件要整理，等一下驗屍還要到場。他離開窗前，整理心緒，準備繼續工作。

蘿拉回到辦公桌前，剛才被葛雷格訓了一頓，她依然很難受，因為她忍不住心想，要是泰勒醫生又老又胖，他還會這麼激動地為她辯護嗎？有時候他實在把她惹得很毛，害她氣得口不擇言。他就是有這個能耐，會逼出她最美好與最醜陋的部分，然而，通常顯現的都是她暴躁惡毒的那一面。她發出哀嘆，根本不應該和他上床才是。結束的那一刻，她就知道他後悔了，他連她的雙眸都不敢多看一眼。對她來說，這不只是羞辱而已，因為她真的很喜歡他。在過去這六個月當中，她拚命在他面前表現出這不重要，她本來就不期待兩人會有什麼進展，也不想望會有羅曼史的結局。要是他至少能夠在一開始的時候，展現出承認事實的氣度，她也沒差。

蘿拉深呼吸，努力平復心情。他當初利用她滿足性慾，她努力原諒了他，好，就這樣了。她曾經竭盡努力贏得他的心，現在已經放棄，她接下來反而是要讓他見識到她的能耐。最重要的就是，她會證明泰勒醫生是瘋婆子。然後，她會繼續過自己的生活。她喉頭突然一緊，因為她想起了他之前是如何吻她，還有當他在事後不肯看她的時候，她感受到的那股噁心感。她是笨蛋，唉，她學到教訓了，以後絕對不會卸下自己的防備，真的是一場寶貴教訓。她剛才差點就想向大家宣告自己的心情，所幸葛雷格渾然不覺，好在那些感受也已經消失無蹤，現在，重要的是她的前途。

11

大門的重捶聲讓她從酒醉昏眠狀態中醒來。她抬頭，移開靠墊，逼迫頑強的眼瞼趕緊睜大。是白天，但是她客廳裡的燈光依然大亮。昨晚脫下的濕衣服散落在地毯上，當她爬出臨時床褥的時候，還有個伏特加空酒瓶從她肚子滾下來。

她大吼，「馬上來！」她抓起地上的靠墊與床被，塞到沙發後面。

在玄關處的那面鏡子裡，她看到自己的憔悴面容。一雙熊貓眼回瞪著她，昨晚待在淋浴間，睫毛膏早已花糊一片。她氣色糟透了，恐怕就連她的熟人也認不出她。

她開了門，透過門縫往外瞧。

昨晚的那名警察站在那裡，穿的是同一套西裝，但換了襯衫，現在的領帶也很乾淨。

「可以進來嗎？」

她退後，把他帶入客廳。她根本懶得撿起濕衣服或是掩藏她喝酒的證據，他愛怎麼想就隨便他。她覺得其他人都一樣，他怎麼可能是例外呢？「要不要來點咖啡？」

「麻煩了。」

她留他一個人在那裡，趁著在煮開水的時候，她趕緊洗臉梳髮。等到她回到客廳時，他站在窗前，背對著她，她發現在自然光的映照之下，他的棕褐髮色比較偏向琥珀色。她的公寓幾乎很少有男性訪客，她心想對方可能會覺得這裡的風格太陽剛了。

「這地點真棒，」他開口說道，「真的是一走出去就可以在雅芳河划船，好羨慕妳。」

她的公寓位於雅芳河的南岸，這是她當初之所以選擇買下的其中一個理由，而其他因素包括了樓層只開放給住戶，保全十分嚴格。想必他純粹是因為警察身分，才能夠直接殺到她家門口。

一組棕色真皮沙發，中間有黑色絨毛地毯加上鉻質玻璃咖啡桌相隔。高大的銀色圓形地燈擺放在沙發前，展現優雅弧線，還有第三盞燈，搭配酒紅色的線紋燈罩，放在某個角落。屋內沒有什麼裝飾品，只有兩個空無一物的沃特福水晶花瓶，放在狹長形的邊桌上頭，中間擺放了一大塊已經乾化為銀灰色的漂流木。

她當初任由派翠克決定她家的裝潢物件，最後就演變成現在的空寂風格，直到現在葛雷格．透納站在這些簡潔家具旁的時候，她才注意到這一點。他散發一股樸實特質，他應該是比較喜歡被木作以及織品包圍的家居生活。她腦中浮現他伸出髒兮兮的雙手，忙著準備大盆炭火的情景，有隻狗兒在壁爐邊打盹，懷著濃濃的睡意抬頭討拍。

她搖搖頭，放下了這些天馬行空的幻想。他是進入她家的警官，身著一般西裝與領帶，而她開始想像他待在不同地方的場景，只是因為他的髮色，還有他與客廳的裝潢格格不入。老實說，除非是穿帥氣西裝或是雞尾酒洋裝，不然鮮少有人站在這裡不會出現違和感。她現在才發現這空間很冷調——經過精心算計的時尚感——那種不會讓你掉落麵包屑或是亂丟鞋子的地方。

他面向她，「今天還好嗎？」

「我覺得自己的腦袋彷彿被放進果汁機裡面一樣。」

他露出同情微笑。「試試看Resolve——我覺得那是最有效的藥。但妳自己是醫生，所以我想妳一定很清楚什麼是最好的方法。」

「我通常會給病患注射食鹽水，而我自己吃兩顆普拿疼就沒事了。你會因為工作而熬夜嗎？」

「不只是通宵達旦，而且還繼續工作到早上和下午，」他看到她的詫異神色，「現在已經是下午三點四十五分。」

艾莉克絲嚇了一跳，她躺在自己的臨時床鋪已經將近十小時。她巡過那些手術室之後回家的時間是剛過五點沒多久，她窩在客廳的牆邊，身旁放著還沒喝光的威士忌。她本以為還是早上，但再過五個小時，她又得去上班，必須面對後果，對納森．貝爾道歉，害他一個人收拾殘局，干擾了急診部，搞得亂七八糟，她又來了。

「我剛剛見過驗屍官，拿到了初步結果，還在等毒物與其他的化驗，但是他給我的資料已經可以讓我繼續偵辦下去。」

她深吸一口氣，等待宣布結果。

「他認為是她自行墮胎。」

艾莉克絲癱坐在沙發裡。她很確定，深信當初攻擊她的人就是這起事件的元兇，她顫抖吸氣，努力搞清楚剛才聽到的答案。「他們為什麼認為是她自行墮胎？」

葛雷格．透納搖頭。「他們並沒有排除任何可能性，但目前的跡證傾向是如此，工具上面留有她的指紋。」

「什麼工具？」

「她想要依照醫學步驟，所以有可能是自行操作的時候昏倒，不然就是太痛了，無法取出來。」

「你是說還在她體內？她用的是什麼？」

「某種子宮刮匙。我不太確定那到底是什麼。那東西穿破了她的子宮，而且驗屍的時候還卡在那裡。病理學家所寫的死因是失血性休克。所以那到底是什麼？」

「那是外科手術工具，形狀像是長型的鉤針，尾端有個淚滴形狀的鉤鉤。它的功能是刮除子宮內的組織，在進行墮胎手術時使用，而且永遠只能在病患處於麻醉狀態的時候。你能想像有女人會自己動手嗎？將某根長針插入自己的陰道？抱歉，我講得這麼血腥，但事實就是如此。」

她看到他面露痛苦神情，乾脆一口氣講清楚。「她為什麼要對自己做出那種事？在這裡，在英國，在二十一世紀，沒這個必要。我們有健保，而且還有許多的私人診所樂意幫忙。為什麼會有女人要以這麼危險的方式終止意外懷孕？」

「根據她家醫的說法，她憂鬱了好一陣子，差不多是她發現自己懷孕的那時候。他曾經為她治療過淋病，她擔心這問題會傷害胎兒。兩個禮拜前，她與他討論過終止懷孕，他正等她做出最後決定。」

艾莉克絲又站起來，絕望揮手。「所以她為什麼不去找他？她求援明明是很簡單的事。」

「我們還不知道她為什麼這麼做，她是合格護士，也許她覺得可以自己處理，或者是因為憂鬱症讓她鋌而走險。我們現在要想辦法找到胎兒的父親，她爸媽說她沒有固定的男友，但要是我們能找到他的話，也許可以從他那裡找到一線曙光，問出一些我們不知道的事。」

「所以我告訴你的一切都變得荒唐可笑，你一定覺得我是瘋女人，打電話報警，我只是覺得……」

葛雷格．透納挨在窗台邊，交疊腳踝。「泰勒醫生，我們找不到關聯性。我仔細看過了妳的口供，也與貝斯特警員確認過了。妳也知道他們在當晚就搜過了停車場與醫院，什麼都沒有。所有的手術室也都查看過了，妳聲稱待在手術室的那段時間，一共有三間在進行手術，我們已經問過當晚在手術室值班的所有人，要是有哪間手術室裡面有人，他們不可能不知道。當晚的清潔工一直待到十二點才離開，因為當天稍早有間手術室出現感染超級細菌的病患，他們進行了全面深層消毒。很不幸的是，監視器的範圍並沒有包括他們找到妳的那一塊停車場區域，但我們也搜查過那裡，距離妳躺臥地點的附近，有一些剛斷落的樹枝。」

艾莉克絲努力保持冷靜。她得要喝一杯，她手中那杯加了幾滴威士忌的咖啡還不夠勁，她想要來點濃烈、沒有經過任何稀釋的東西，直接進入她的血液之中。「我的洋裝，還放在你的警員那裡，我想貝斯特警員那天晚上並沒有注意到那個物證。」

當他聽到她提到那名女警姓名時的語氣，立刻瞇起雙眼，不過，他只是坐在那裡沒有吭氣。

「很乾，十分乾燥——就我看到的印象，上面沒有任何印記。他們在停車場找到我的時候，我躺在雨中，而衣服卻是乾的，透納督察，這又作何解釋？」

「我沒辦法，但也許實驗室可以給妳答案。要是他們還沒有查這條線索，我會追下去。我也會與貝斯特警員討論這一點。但我確定她一定有注意到妳洋裝的狀況，她一向行事仔細。」

聽到這樣的指責，艾莉克絲臉色漲紅，但她氣急敗壞，來不及致歉，先抱怨貝斯特警員連打電話給她、詢問她狀況的基本禮貌都沒有。

「貝斯特警員在幾天之後曾經找過妳，但妳不在，妳同事說妳請了一個禮拜的假。」

艾莉克絲緊咬下唇，以免讓嘴巴顫抖不止。她厭倦哭泣，討厭顯露出自己有多麼軟弱。她緩緩穩定呼吸，等到平靜一點之後才開口。

「兩個禮拜之前，我還過著正常生活。我有一份表現優異的工作，信任我判斷的同事，現在一切都毀了，如果換作是你，你會怎麼辦？」

他托住雙手裡的咖啡杯，思索了一會兒之後才開口。「我見過許多面臨生活危機的人。我有個警察朋友執勤時出了意外，現在依然因為嚴重壓力在接受心理治療。他怪罪自己沒有盡力，開車疾駛時撞死了某名過馬路的行人。儘管一切都證明他的清白，但他就是覺得自己應該提早知道有人會在那一刻突然冒出來過馬路。天空中的直升機沒有注意到那個路人，而坐在我朋友身旁副座的員警也沒有注意到那個人，但我朋友依然非常自責。泰勒醫生，找人談一談，心靈很脆弱，它可能會在我們最沒想到的時刻欺瞞我們，而且可能會以某種大家都無法解釋的方式懲罰我們。等到妳準備好了，妳就可以再次振作起來，回歸正常生活。」

12

在她小時候住的那個房間之中，奶油色的牆面依然留有以寶貼黏貼的照片，以及透明膠帶貼海報所留下的污痕，而安迪．沃荷的賈姬與英格麗．褒曼的肖像畫作的大型玻璃相框，依然掛在牆上。她在兒時臥房裡日日入眠，幻想未來。

艾莉克絲雙腿抖晃得好厲害，她立刻緊抓衣櫥門的門把，不然她一定會立刻摔倒。她盯著那件洋裝，與她被攻擊那晚所穿的是一樣的粉紅色澤，同樣的風格，只不過長了一點，而且，連綁帶鞋的式樣也一樣。她的妹妹帕蜜拉盯著她，眼神混雜了怒火與憎惡。這也不是新鮮事了，艾莉克絲一直感受到妹妹的恨意。兩人相差十八個月，但就成熟度來說，艾莉克絲總是覺得自己大她許多。

帕蜜拉從小就覺得艾莉克絲無論達成任何目標都不費吹灰之力，所有的成就都是信手拈來。她從來沒想到艾莉克絲多年苦讀的時光，也沒想到艾莉克絲錯過了那些重要的派對、家族旅遊，以及社交活動，純粹就是為了要保持專注與自律，就是為了要通過考試，設定未來目標，對，還要實現她的抱負。

帕蜜拉念的是學院，不是大學；拿的是國家文憑課程，而不是學位；她半工半讀，並非靠學貸念書，最後當了飯店副理。過去這幾年，她似乎很享受生活：帥哥男友、漂亮閨蜜、開心假期，一切都很美好。美好又安穩，除了對姊姊的幼稚憎惡感之外，沒有任何事物會破壞她的幸福。偶爾姊妹見面，妹妹向當時在場的朋友介紹艾莉克絲的時候，對方總是不能免俗會提出「妳做什麼工作」的問題，而艾莉克絲會看到帕蜜拉朋友眼中的崇拜，還有自己妹妹投射過來的嫉妒目光。讓帕蜜拉最惱怒的就是頭銜，她最看重的就是這個。

她未來的老公有頭銜，是什麼地主還是領主，蘇格蘭的貴族代表，他們家族是蘇格蘭高地具有悠久歷史的地主之一。他是帕蜜拉工作飯店的客人，很有錢，超過了帕蜜拉白馬王子夢想的極限。他叫她立刻辭去工作，今天就要迎娶她。艾莉克絲還是不明白，富有，有一點無聊的哈米許，擁有那種數目的銀行存款，大可以精挑細選任何一個上流富家女，為什麼會挑上她妹妹？

當艾莉克絲還在忙著還學生貸款、努力繳納鉅額房貸、過著崩潰邊緣人生的時候，帕蜜拉卻已經得到了一切。然而她卻堅持覺得自己是個後段班小孩，被學業表現傑出的姊姊的陰影所籠罩的小可憐。

「艾莉克絲，這到底是怎麼回事？」帕蜜拉推開她，把手伸入衣櫥，拿出了那件洋裝。「這是妳喜歡的顏色！要是妳當初肯花時間一起看禮服，不喜歡的話就可以早說啊！」

艾莉克絲閉上雙眼，努力振作。「帕蜜拉，沒事。」

「沒事！好，真是謝謝妳，艾莉克絲。我幫妳準備了我誤以為妳會喜歡的衣服。但沒有，妳只是說很好。妳曬得漂漂亮亮回來，找到時間去度假，現在，到了我大喜的這一天，卻不喜歡這洋裝了。」

艾莉克絲勉強擠出微笑。「抱歉，我很喜歡。與衣服無關，我真的喜歡。」

「我看到妳變臉。」

艾莉克絲不確定現在是不是向妹妹說出事發經過的時機。「我向妳保證，真的不是衣服的問題，我——」

帕蜜拉的目光滿是恨意。「艾莉克絲，這是我的大喜之日！不是妳的！妳的專屬日已經夠多了，媽媽老是告訴我們聖人艾莉克絲是怎麼又拯救了別人的生命。」

「帕蜜拉，拜託，這與衣服完全無關，我有事得告訴妳。」

帕蜜拉搖頭，臉上掛著假笑。「拜託不要挑今天，艾莉克絲。今天的重點是我，就這麼一次可以吧。」

臥室房門砰一聲關上，留下艾莉克絲一個人待在臥房裡。她的顫抖雙手伸入自己的包包，取出這幾天一直帶在身邊的那個紙袋。她緊抓紙袋口，把它湊到口鼻前，重新吸氣呼氣，直到自己的恐慌結束，起伏激烈的胸膛與狂亂心跳才終於慢慢平緩下來。

她的喉間迸出一陣歇斯底里大笑，因為她不知道什麼時候才能把事情告訴帕蜜拉，她覺得永遠不會有適當時機，她妹妹一定會覺得那是她瞎編的。十三個月前，當她把另一起事件告訴妹妹的時候，她曾經看到那眼中的懷疑之情，而且那件事明明本來就有可能，那是許多女性的經驗。而最近的這一次，就像是蘿拉．貝斯特所暗示的一樣，很可能是來自電影情節。

親戚們已經聚集在樓下，而且她的爸媽也在自己的房內準備就緒。派翠克待在花園裡，想必是靠著「動物醫院」的那些故事，取悅那些小客人，而她卻待在自己的兒時臥房，拿著紙袋摀嘴，面臨崩潰。

水晶吊燈之下的光線，因應夜晚而變得朦朧，兩百多名左右的賓客聚在巴斯集會廳，隨著某個六人爵士樂團的音樂翩翩起舞。而用餐的時候是另一組樂團——弦樂四重奏，營造氣氛。他們花錢根本不手軟，在巴斯修道院教堂的合唱團相當傑出，當某名獨唱者高歌〈萬福瑪利亞〉的時候，艾莉克絲感受到已經多年不曾體會的平和心情。聖壇上堆滿了整面的一叢叢奶白色花朵，空氣中瀰漫著它們的香氣，當帕蜜拉悄悄走上聖壇的時候，她根本就是百分百的童話故事公主。在接待處也有堆高如噴泉的相襯花朵，一路延伸，蓋過了兩側的白色石柱。

放在芭蕉葉的干貝點心、草蝦、迷你魚餅、鮭魚碎丁，由衣裝講究的成排男女服務生不斷送上。最好的年分香檳不斷被倒入香檳杯之中，這時候還沒有任何人上台致詞，手捲的雪茄已送到了每一位願意一試的男士手中。

這是一場值得懷念、向朋友們津津樂道的婚禮，想必也會登上星期一早晨《電訊報》的名流版。

艾莉克絲望著自己的妹妹，毫無任何妒意，真心希望她可以與哈米許幸福快樂，兩人將成為天造地設的一對。從她妹妹眼中的光芒，還有臉龐的快樂紅暈看來，帕蜜拉的確嚐到了幸福滋味。

其實，當帕蜜拉從勞斯萊斯出來的時候，姊妹兩人就已經和好了——她看到身穿粉紅伴娘禮服的艾莉克絲，棕色眼眸立刻盈滿了淚水。

「很抱歉我脾氣這麼壞，妳能夠在這裡，我真的好開心。」

艾莉克絲小心翼翼透過面紗親吻她，這是她一整個禮拜以來心情最舒暢的一刻。

坐在另一頭的派翠克，旁邊有一群小孩聽眾全神貫注聽他講故事，他一直負責照顧這些小客人，而且依然能夠講出生動有趣的動物故事逗他們開心。她一臉甜蜜望著他，也就暫時放下了最近對他的失望之情。他是好人，個性溫善，如果他不想討論那件事，不願一直被提醒，真能因此說他很糟糕嗎？要是她從費歐娜或是帕蜜拉的口中聽到了相同的故事，她猜自己也很難相信真有其事。至少他願意相信她。沒有證據，沒有道理可言，她歷經可怕煎熬之後倖存下來，可以說是毫髮無傷，警察沒把它當一回事，而她懷疑費歐娜也是同樣態度。倒不是她特別說了什麼，但費歐娜似乎就是一直在迴避她。她們會在工作時講話，但永遠都是病人的事。要是去年沒出事，費歐娜應該會相信她的說法，或者，至少願意接受她狀況的嚴重程度不只是被敲昏而已，而且，艾莉克絲一直很懷疑，去年那時候費歐娜相信她嗎？甚或覺得艾莉克絲多少該受到譴責？

也許現在苦思這一點真的沒有意義，她還活著，搞不好攻擊她的那個男人已經不再對任何人造成威脅。也許他是從精神病患院區脫逃的病患，在溜出來的那一晚，趁還是自由之身的時候下手攻擊她。如果真的是這樣，那麼就不會有其他人陷入危險。這種念頭令人寬心，在香檳發揮作用，鈍化了她平常的分析理性的時候，她也樂於接受。

當派翠克向她舉杯時，她發現他正在以目光愛撫她，自從那可怕的一晚之後，這是她第一次想要和他上床。

她低聲問道，「你覺得怎麼樣？」

他挑眉，顯然正在仔細斟酌。

「哦，我不知道，蛋糕、紙花，還有『我願意』的部分——的確一想到就令人暈陶陶，」他擠眉弄眼，「但是蛋白霜風格的禮服我就不敢說了。」

「噓，」艾莉克絲哈哈大笑，「她好美。」

「我只是忍不住在想，」他越來越接近她，嘴唇摩擦她的耳朵，以氣息在挑逗她的頸項，「搞不好她在禮服裡墊了一捲衛生紙。」

她哈哈大笑，緊盯著他的雙眸不放，害得他顴骨微紅。好棒的一天，是個轉捩點，暫時放下過往的一切。她將來還是忘不掉，但至少可以繼續走下去。

13

一起連環追撞車禍，共有五輛車遭殃，而且還有一輛載滿退休老人、結束週末倫敦遊的遊覽車，事故地點就在M4高速公路的十八號出口。

艾莉克絲在員工更衣室灌了一大口的漱口水，然後吐在自己雙手的手心之間，嗅聞自己的氣息。那股薄荷氣息讓她安心了，不會有問題，但她還是決定要加一道預防措施，拆開一包箭牌綠薄荷口香糖。

她再次咒罵自己，怎麼會忘了自己在待命？幸好，距離婚禮結束還有一大段時間，她就停喝了，她一整天都很注意自己喝了多少，她不想喝醉。不過，她沒有做血液檢測，也沒有使用呼吸感測器，不知道自己是否有超標。諷刺事件總是對她緊追不捨：這是她第一次不是為了遺忘而喝酒，但是卻狠狠摔回現實之中。她真是白痴，居然會忘記還有工作在身如此重要的事。

她也可以找人代班，但她完全斷念，她不想再給任何人藉口，害自己的名聲更加不堪。

好，其實這次的待命急召，讓她大夢初醒。就某種程度來說，出了這樣的事算她幸運，她差點因為喝酒而沉淪，她知道自家附近那間酒品專賣店的店員已經非常熟悉她的面孔。真的，不會繼續下去了，她再也不需要逃避自己的恐懼。

她臉上硬撐著笑容，進入混亂現場。第一批傷者抵達之前的三十分鐘預警通知早已是許久之前的事，現在走廊裡擠滿了排隊的傷者。放眼所及，到處都是忙亂狀態，而艾莉克絲終於放鬆下來，這是她的工作，她最擅長的事。

一切順利，雖然她必須力抗疲憊，但她對於目前的進度很滿意。復甦急救區的每一個隔間都有病患，所有監視器都發出了嗶嗶聲響，發出警示。垃圾桶全滿了出來，周邊散落著丟棄的用具。而擺放在工作桌面的黃色硬殼針頭棄置箱幾乎要爆炸，用過的注射器到處都是，醫生得拚命騰出小空間寫醫囑。有拖把與水桶靠放在牆邊，因為噴濺物四溢，根本來不及叫清潔工處理。最靠近現場的人自己動手清理血跡還比較快，畢竟在這麼忙亂的狀況下，大家最不想看到的就是濕答答的地板。剩下的那些等待看診的病患，雖然需要緊急照料，但至少遠比先前的那些病患穩定多了。目前狀況危急的七名病患與狀況嚴重的十二名病患都已經得到了妥善處置。

創傷小組的成員們在病患之間來回奔忙，增援的醫護則負責照顧所有的傷者。一如往常，卡洛琳主導全場，但艾莉克絲發現她雙臂下方有汗漬，顯見就連她也覺得這樣的速度很辛苦。瑪姬．菲爾丁被叫來支援照顧某名女病患，在傷者哭喊、緊急示警急響、電話鈴聲，以及儀器移動的可怕重重噪音之中，艾莉克絲聽到她在安撫某名受傷女病患，瑪姬原來也這麼溫柔，讓艾莉克絲大吃一驚。

四號隔間的病患緊盯著艾莉克絲，他的眼中滿是恐懼，他絕望地緊抓她的手腕。「醫生，妳不會讓我死在這裡吧？」

她放開他的手，露出微笑，示意他完全不需擔心，然後她又再試了一次，想要把導管插入他的老化靜脈之中。「喬治，你不會有事的。給我一秒鐘，讓我把這東西插進去，然後我就可以給你藥，你的心跳馬上就會恢復正常。」

「我覺得要是再跳快一點，馬上就要炸裂了。」

這名老人並不是那起連環車禍的傷患，他是從自家被送過來，需要在復甦急救區接受緊急治療。

「靠，」她低聲罵了一句，又再次對他微笑，「你的靜脈不是很想配合。」艾莉克絲趕忙繞到輪床的另一頭，把她的止血帶綁在他的另一隻手臂。她讓他的手懸晃在床邊，自己單膝跪地。她拍了拍他前臂血管好幾下，看到血湧而出，她的辛苦得到了回報。

費歐娜出現在她旁邊，「需要幫忙嗎？」

艾莉克絲覺得這個動作很真誠。她們一開始值班的時候，費歐娜對她露出愉快微笑，傳達出某種無聲的歉意。她眼中的那種評斷消失了，艾莉克絲滿心感激。

「麻煩妳幫我拿安室律，這裡空間太小，什麼都放不下。我貼好了標籤，而且已經準備好了，就放在藥櫃那裡。」

喬治對她們微笑。「我老是惹麻煩。大家每次都沒辦法把這鬼東西插進去，我想我這些靜脈一看到你們的針頭就縮起來了。」

艾莉克絲準備導管，費歐娜去拿藥。過了一會兒之後，她回來了，開口問道，「借一步說話好嗎？」

艾莉克絲跟著費歐娜走到藥櫃前面，她拿起一個空的安瓿。「這就是妳準備的東西嗎？」

艾莉克絲盯著它，充滿困惑。注射器的確貼有她所寫的標籤，上頭的名字是喬治·巴勒特，但這並非她剛才拿出的安瓿。要是她對喬治施打這瓶藥的話，他現在就斷氣了。一毫克的腎上腺素，將會讓他本來就過快的危急心跳變得更快。

她結結巴巴，「我……我不明白。我拿出來的不是這個，這一點我可以向妳保證。一定是別人先前放在那裡，我絕對不可能給他這東西，絕對不可能。」

費歐娜咬住下唇，死盯著她。「艾莉克絲，這裡只有一個安瓿，就放在注射器的旁邊——它們都在這個注射盤裡面。」她把那個安瓿放回托盤，拿起了注射器。

艾莉克絲拚命尋找櫃面，不肯相信自己居然會犯下這樣的過錯。安室律的空安瓿一定是放在這裡的某處，一定是。她先前還拿在手上，仔細閱讀過標籤，她沒有犯錯。

「有人把它丟掉了，」她大叫，「然後不小心把這個安瓿放在我的注射盤裡面。妳去問其他醫生，我想，在剛才那五分鐘當中，一定有哪個人才剛使用了腎上腺素。」

費歐娜怒氣沖沖，斜眼盯著她，艾莉克絲的心臟怦怦狂跳，因為她知道費歐娜真的以為她犯下了這天大的錯誤。然後，她想到這樣的錯誤很可能引發一場大悲劇，不禁為之顫慄。

「艾莉克絲，妳去喝杯茶吧，我去找納森來處理，我會告訴他妳要暫時離開五分鐘。」

艾莉克絲感受到眼睛後方的一股沉重壓力，她知道自己的淚水馬上就會奪眶而出。「不行，我不能這樣，我要自己處理。」

「泰勒醫生，一切還好吧？」瑪姬．菲爾丁問道，「可不可以讓我過去藥櫃那裡？」

艾莉克絲退到一旁，讓出位置。「沒事。我，呃，妳剛才應該沒有使用腎上腺素吧？是不是？」

瑪姬搖頭。「沒有，但我得為我的病人拿一些止痛劑。」她找尋藥櫃裡的東西，其他兩人在旁邊沉默不語，她停下動作。「妳確定沒事嗎?我要為誰注射腎上腺素?」

費歐娜迅速回她，「沒有啊。」

「艾莉克絲，怎麼了?」卡洛琳突然在她們背後大吼，「巴勒特先生現在是怎麼狀況?為什麼還沒有處理好?」

費歐娜面向藥櫃，取出安室律給主治醫生看。「我們正準備要注射這個。」

卡洛琳拿起那個寫有喬治・巴勒特姓名的注射盤與空安瓿，「好，那這是什麼?」然後，她又瞄到費歐娜手裡緊握的那個貼有標籤的注射器，「把那交給我。」她的聲音透露出她已知道出了狀況。

費歐娜遞出去的時候，雙眼盯著地板。

這位主治醫生訓練有素，立刻檢查安瓿。「這是——」

費歐娜馬上打斷她，「我們沒有給他打這東西，這不是給他的。」

「真的嗎?!」卡洛琳語氣尖酸，接下來的那段話，更凸顯了她的懷疑。「上面有他的名字!顯然妳們等一下就是要給他打這個!」

艾莉克絲吐了一口顫抖長氣，挑得不是時候，她看到卡洛琳眼中的驚嚇之情，艾莉克絲知道她聞得到酒精的氣味，她不可置信地望著艾莉克絲，然後又死盯著如今握在她手中的那個注射器。終於，卡洛琳再次揚起目光，艾莉克絲看到的那股憎恨，讓她立刻凋萎得不成人形。她想哭，因為她急欲解釋這並不是她的錯，但卡洛琳眼中的厭惡告訴她，這麼做只是在浪費時間而已。

卡洛琳．柯沃恩平靜下令，「離開急診部。」

艾莉克絲嚇傻了，幾乎無法講話，「我……我……」

「喂，不需要這樣！」瑪姬．菲爾丁插嘴，擺出了最專橫的主治醫生語氣，「柯沃恩醫生，這裡站的是她們兩個人，難道妳不覺得自己在責難下屬之前應該先釐清事實嗎？妳連是誰的錯都沒有問，直接就認定是泰勒醫生出包。」她的雙眼緊盯著費歐娜，「是泰勒醫生叫妳來準備藥品嗎？」

「不是！」費歐娜氣急敗壞，「她叫我來幫她拿已經準備好的藥。」

瑪姬露出一抹淺笑，語氣冷酷，「一樣啊。」

費歐娜目光如火，憤怒地挺起下巴。「不！不一樣的事！」

在她們你來我往的過程當中，卡洛琳不發一語。她依然盯著艾莉克絲，然後再次下令，「現在就離開，不然我要叫警衛過來了。」

艾莉克絲搖頭，淚水在眼眶刺癢難耐。

「泰勒醫生，我等一下再找妳好好談一談，拜託現在狀況已經夠棘手的了，不要再給我添麻煩，我要妳立刻離開急診部。」

艾莉克絲拖著顫抖的雙腿，走到了門口，她覺得有數十雙眼睛一路跟著她。不過，她知道這只是她自己的想像，其他人都忙得要命，根本不會注意到她的世界已然崩解。

14

如果失望能夠佔據實體空間的話，那麼卡洛琳的辦公室一定早就爆了，她的失望之情明顯至極。她一向客氣有教養，但當她赤裸裸點出艾莉克絲違紀情事的時候，語氣中完全沒有溫度。

「說我失望還算是客氣了。我來找妳開會，是想要給妳一個機會解釋自身行為，然後我再決定是否要正式上報。妳也看到了，目前這階段我還沒有找人資，這是妳我攤牌講清楚的一個機會。如果妳也同意，就這樣處理吧，明白嗎，泰勒醫生？」

艾莉克絲用力嚥了一下口水，點點頭。「是，謝謝妳沒有正式呈報。」

「這還不一定。好，請妳解釋一下。」

她小聲回道，「我忘了自己在待命。」

卡洛琳一臉驚駭盯著她。「忘了？妳忘了！那就是妳的理由？」

「我是真的忘了，」艾莉克絲語氣真誠，「我妹妹週六舉行婚禮，所以我忘了自己要待命。」

坐著的卡洛琳傾身向前，神情嚴厲。「好，艾莉克絲，顯然妳對於工作心不在焉。雖然我知道妳這一陣子很煎熬，但妳應該多休息一陣子，才能讓妳自己走出來。」

艾莉克絲壓抑激動。「從什麼走出來？」

「妳狀況就是不好！妳懂不懂我在說什麼？妳知道我有多擔心妳嗎？」

艾莉克絲知道自己眼眶泛淚，一陣刺癢，她喜歡與尊敬卡洛琳的程度，超過了她所認識的其他醫生，她不希望失去這名女子對她的信任。

「抱歉讓妳失望了。我永遠忘不了昨天發生的事。我知道妳不信任我了，但我真心覺得自己可以勝任工作。」

「艾莉克絲，就是因為這樣，我才會失去對妳的信任。妳現在說的話，就跟那些酒醉司機出車禍肇事之後所講的一模一樣：『我以為我開車不會有問題。』妳這女孩真笨，這種亂七八糟的事會自毀前程。艾莉克絲，我希望妳可以加入我的團隊。我對妳寄予厚望，我希望看到妳將來能成為這裡的主治醫生，但妳要是像這樣繼續下去的話，一切就沒了。妳去年過得不順，而最近這幾個禮拜的狀況，顯見妳還沒有完全康復。妳去找專業人士，好好解決。我不會向上呈報，但我必須監控妳的行為。」

艾莉克絲的淚水不受控，從臉頰撲簌簌落下，她立刻抹去淚滴。卡洛琳剛才講出了實話，她不相信艾莉克絲被綁架，一個月前的那起事件只是出於她的幻想，這都歸因於艾莉克絲去年所承受的那段「低潮期」。

「好，妳再休息一段時間，去找妳的那個帥哥男友多陪陪妳。艾莉克絲，他很擔心妳，擔心妳的酗酒問題。」卡洛琳微笑，想要減輕接下來那段話的殺傷力，「他說你們出去玩的時候，妳喝酒喝得很兇。」她往後一靠，剛才的嚴厲神情已經消失，「仔細想想我剛才說的話，要審慎思考妳的前途。」

艾莉克絲坐在自己的車內，因蒙羞而全身顫抖。他怎麼敢這樣？居然在她背後講出這種話？他背叛了她。他對她做出了這種事，所有的擁抱與保證都不算數了。他為什麼不直接對她說？講出自己的憂心？與她好好討論眼前的糟糕狀況。

他一直裝作若無其事，她會酗酒，難道他完全不覺得奇怪嗎？還有，他是什麼時候找卡洛琳講了這段話？他們是什麼時候變得這麼要好讓他覺得自己有權可以這麼做？他大可以講些其他話題，而告訴她老闆她是個酒鬼真的是惡劣至極。

她拿起手機，猛戳螢幕，找到了他的電話號碼，一聽到他的聲音她就大叫，「叛徒！」

他劈頭第一句話嚇到她了，「卡洛琳有權知道。」

「知道什麼！你差點就毀了我的前途，幸好我沒有被停職！」

他直接回嗆，「幸好沒有病患死在妳手裡。」

「派翠克，那不是我的疏失，我沒有弄錯給藥。」

他語氣冷峻，「艾莉克絲，很不幸的是妳沒有證據。要是他們認為妳在酗酒，不會有人相信妳的話。」艾莉克絲的怒火全沒了，現在毫無戰力。

他現在問道，「妳還好嗎？」

她坐在那裡沉默不語，無法回應。

他主動接腔，「我愛妳。」

她低聲問道，「但你還相信我嗎？」她聽到他嘆氣，立刻理智斷線，「直接告訴我就是了！」

「我越想越覺得這起事件是幻覺，妳腦袋受到重擊，引發心智混亂。艾莉克絲，警方完全沒找到那名男子的蛛絲馬跡。」

她無言以對。

「親愛的，妳還在嗎？跟我講話，妳現在變得一點都不像妳了。」

她問道，「你還記得我曾經告訴你當我在那手術台醒來時的情景嗎？」

「記得，但是——」

「我告訴過你，手術室的光線讓我睜不開眼。」

「拜託，艾莉克絲，」他語氣嚴厲，「那可能是來自我與警衛的手電筒，我們照向妳的臉。」

「所以你再也不相信我了。」

他溫柔回道，「我沒這麼說。」

她按下通話結束鍵，他沒聽到她的回應。

她淒楚低喃，「對，你不相信我了。」

參加醫生派對是費歐娜的主意。艾莉克絲覺得不太好，但為了讓費歐娜可以有個開心的休閒之夜，她還是會去。許久之前她就知道費歐娜除了工作，以及兩人的友誼之外，幾乎沒有其他的生活。而且艾莉克絲也很清楚，在過去這幾個禮拜以來，她自己一直鮮少主動關心朋友。

每個月最後一個禮拜四的醫生派對地點都不一樣，如果不是在市中心，就是在醫院。今晚在醫院的社交俱樂部舉行，那裡距離醫生宿舍很近，也就是說，等到他們一如往常喝了一大堆酒之後，只要走一小段路就可以倒在床上睡覺消解宿醉。當艾莉克絲搬回巴斯的時候，她曾經住在醫生宿舍區一段時間，後來是被情勢所逼，讓她得要尋找更安全的住所。

費歐娜擺明了要盡情狂歡。她放下頭髮，以平常的模樣示人：襯托臉蛋的一整頭捲毛。她身穿貼身黑色牛仔褲，綠色真絲上衣，還別了一個全新閃亮的聖誕老公公胸針。費歐娜在外頭抽菸，艾莉克絲陪著她，她把自己的戒菸貼片從肩膀撕下來，貼在菸盒外頭，等到捻熄菸頭之後，才把那片黏乎乎的貼片黏回肩上。艾莉克絲搖頭，覺得好笑。

她告誡費歐娜，「要是妳繼續這樣下去的話，妳需要的尼古丁濃度會越來越高。」

「哦，閉嘴啦，萬事通醫生，」費歐娜哈哈大笑，「人生就只有這麼一遭，而且我今天慘斃了。我們還年輕，而且我是單身自由人，所以我們就開始準備狂歡吧，妳哦，」她假裝擺出嚴肅表情，接下來的話開始口齒不清，「要玩得開心。妳哦，最重要的就是，要開始找樂子。妳這麼美，煩耶，要挑誰都可以。妳……」她看到艾莉克絲的受傷神情，趕緊改口，「喔靠，妳明明知道我沒那意思……好，媽的我們就忘了男人吧，直接進去玩個過癮，最重要的是不醉不歸。」

艾莉克絲無奈聳肩，露出牽強笑容。「給我一分鐘，我等一下就進去，裡面超熱。」

「哦，妳腦袋是在想什麼啊？媽的穿毛衣來參加派對？就不能脫下來嗎？」

艾莉克絲搖頭，「裡面只剩下胸罩而已。讓我在這裡透個氣，一分鐘就好，等一下我就準備進去跳舞。」

她們後頭的門砰一聲開了，出現的是派翠克，臉色漲紅，目光迷離，站到了她們身邊。

「喂，妳們兩個，派對地點在裡面啊。」

艾莉克絲無奈嘆氣。「派翠克，我只是出來吹風，你也看到了吧，我穿太多了。」

他打量她。「親愛的，妳一定還有更適合的衣服吧？妳在我車裡留了一件緞面小外套，要不要我拿過來給妳？」

費歐娜說道，「太好了，小派！」艾莉克絲注意到他的表情，他對於她朋友以這種暱稱叫他很不以為然。費歐娜知道派翠克惹她生氣，但不知道原因。

「費歐娜，我是派翠克，妳知道我希望大家喊我派翠克。」

費歐娜對他露出甜笑。「我當然知道，所以我故意這樣叫你。」

他立刻損她，「妳想當好人的時候，表現還真是稱職。」

艾莉克絲再次嘆氣，派翠克盯著她。「為什麼一直唉聲嘆氣？是因為我嗎？雖然是妳邀我過來，但妳看到我出現在這裡顯然是不高興。我看到妳一小時前就到了，但一直沒有來找我，顯然我現在說什麼做什麼都自討沒趣。」

艾莉克絲胸口一陣抽痛。她覺得無處可逃，想要放聲尖叫趕走每一個人，讓她可以獨自靜一靜。不過，她卻選擇說實話，「好，派翠克，在這個時候，我覺得無論說什麼做什麼都自討沒趣的人是我。我沒有辦法編造故事迎合你的事件版本，除非你真心覺得我不是瘋子或騙子，否則我們也沒有什麼好說的了。事情就是這麼簡單，你說是不是？」

他的眼眸露出一抹冷光。「親愛的，妳變得歇斯底里，我真的覺得此時此地並不適合。」

艾莉克絲搖頭，一臉憎惡。「派翠克，我們永遠找不到合適的時間地點，這才是問題。」

「也許妳要是少喝一點，妳就能夠明白時間地點未必是問題。」

她盯著費歐娜。「等一下我會去吧檯那裡找妳，再給我五分鐘冷靜一下。」

說完這句話之後，她扭頭就走。

艾莉克絲喝光了第三杯伏特加，後腰開始冒出汗滴，早知道喝淡一點的飲品就好了。最近她老是穿著掩蓋身材的衣服，她懶得整理頭髮，而且化妝只是為了要蓋住蒼白膚色與黑眼圈。她不想要再有什麼嫵媚性感的樣貌，她只想當隱形人。

她在吧檯看到了納森．貝爾，她嚇了一跳。她從來沒有看過他出現在這種場合，但也沒多想是什麼原因，如果叫她猜的話，他覺得是他太內向害羞，所以從來不參加社交場合。她對他私人生活一無所知，只聽說他母親最近「又進去了」。她不知道到底是進去哪裡，納森沒有多加解釋，所以她猜他指的是醫院。

她當時是意外聽到他在講電話，對電話另外一頭說道，「給她最好的，然後跟她說我會在星期二過去看她。」他一看到艾莉克絲，簡單交代了狀況，「是我媽媽，她又進去了。」

她朝納森那裡走去，瞄了派翠克一眼。他與費歐娜、急診部的其他幾名護士待在舞池裡，他脖子上掛了一條金鬚花環，從他的狂放舞姿看來，玩得很痛快。卡洛琳與一些醫護助理和護理員一起跳舞，她的動作保守多了，看起來有些彆扭，另一頭的她向艾莉克絲揮了揮手，但兩人並沒有講話。愛德華．唐寧，那位放射科醫生，他被放射部的許多成員重重簇擁，看起來與其他的派對賓客截然不同，她心想也許他正在舉行自己的惜別派對。湯姆．寇林斯與瑪姫．菲爾丁在聊天，兩個都優雅高䠷。她與他們眼神交會，迅速點點頭，然後她就轉身與納森講話。

「嗨，納森，很少看到你參加這種派對。」

他尷尬聳肩。「我想我應該多出來走走才是。其實，是費歐娜，她說急診部很多人會來，所以……我就來了。」

艾莉克絲現在只看到他的右臉，發現他臉型很好看，緊實平坦的顴骨，長下巴，他的嘴唇色淡，形狀並不肥腫。

他突然冒出一句，「妳好嗎？」

「很好啊，」她回答的語氣興高采烈，「非常好。」

「真的嗎？我本來以為妳最近還是很煎熬。」

「你為什麼會這麼覺得？」

「那個，嗯……一個月前的攻擊案，還有，嗯，工作時的狀況。很遺憾……柯沃恩醫生建議我們這幾個禮拜要一起值班，妳不會介意吧？」

雖然納森一直出現在她旁邊，但這幾天的工作狀況其實很順利。別的不說，兩名醫生同時照顧一個病人，就可以縮減其他病患的等候時間。卡洛琳就是以這一點當成必須有人跟著艾莉克絲的理由。她向其他同仁解釋，這是一場工時學的研究，大家似乎也接受了。艾莉克絲知道自己對此必須心存感恩，就算有什麼八卦耳語，反正她也沒聽到。

她明白自己因為喬治·巴勒特事件所受到的處置結果有多麼幸運，換作其他的上司，一定會針對給藥錯誤事件進行全面調查，但是卡洛琳給了她緩刑的機會。她伸手拿了納森的酒杯，喝下了三分之一的啤酒。「抱歉……」她的道歉並不真心。她應該要感謝卡洛琳，因為她並沒有堅持提出正式的紀律調查；當然，對於自己的人生已被徹底摧毀，她應該要心存感激。

他聳肩，完全不以為意，而且伸手向某名吧檯員工示意。「我再請妳喝一杯吧。」

過了幾分鐘之後，新的飲品送上吧檯桌面，找回的零錢也放入他的口袋，艾莉克絲繼續接腔，彷彿剛才的對話完全不曾中斷。

「你沒有聽說嗎？我是妄想症。」

「真的嗎？」

她大口喝酒。「嗯，至少靠著妄想症，可以讓我誤以為自己能夠主宰一切。腦部受損或是瘋子還不夠精準，妄想症，哦哦，這名稱聽起來真是響亮。艾莉克絲，最誇張的妄想症患者。」

她快要醉了，講話莽撞也不在乎了。

「想找人談一談嗎？」

「不，謝了。我比較希望我們再喝一杯，改聊你的事吧。貝爾先生，我想知道為什麼你今晚沒有美女相伴。」

「我也可以反問妳一樣的問題。」

「哦，我有人作陪啊，遠方角落的那個深髮色帥哥，他覺得我是酒鬼，而且分不清真相與虛構。」

納森．貝爾面露尷尬。「我想他一定沒有這樣的念頭。」

「納森，不要再想辦法安慰我了。結束了，媽的他根本不相信我！所以我們之間結束了。」

他面色抽搐。她這麼粗野，當然可以怪罪是酒精效應，但她沒有辦法。她本想要嚇一嚇這可憐的男人，但這樣一來反而嚇到的是自己，她從來不曾以這種態度講話，從來沒有逾越禮貌行為態度的界線。她自取其辱，現在她好羞慚，想要立刻冷靜一下。

「抱歉，我得走了。」

「要走了？哦不要吧！」費歐娜在後面大喊，「我們根本還沒跳舞呢。幹嘛這麼急啊？現在有可愛的貝爾醫生在這裡，我想他一定想要和妳跳舞。貝爾醫生，你說是不是？」

納森舉高雙手，掌心向外，表現出防備姿態。「不了，但還是謝謝。我站在這裡就好。其實，我想我等一下就要離開。」

費歐娜往後一站，站出三七步。她皺著臉，瞇眼好奇端詳納森，然後又以模仿得近乎維妙維肖的語氣說道，「我站在這裡就好。其實，我想我等一下就要離開。」

納森愣住了，勇敢一笑，緩緩拍手。「哇！精采的派對花招！」

費歐娜露出魅惑笑容，擠進納森與艾莉克絲之間，但注意力只放在艾莉克絲身上，學派翠克的聲音，「親愛的，親愛的，妳一定還有更適合的衣服吧？」

吧檯女服務生聽到費歐娜的男聲，瞠目結舌，充滿了崇拜。「妳好厲害！能不能學一下哪個名人講話呢？」

在吧檯的其他人不再說話，全都在專注聆聽，費歐娜對著那群等待的群眾微笑。

她的目光鎖定艾莉克絲，眨眨眼，目光飄向艾莉克絲後方，派翠克突然出現在那裡。現在，她學的是艾莉克絲的聲音，「納森，不要再想辦法安慰我了。結束了，媽的他根本不相信我！所以我們之間結束了。」

艾莉克絲覺得自己彷彿被人甩了一巴掌。費歐娜居然能夠把她的聲音學得這麼像，讓她好吃驚，而且，最要好的閨蜜居然如此冷酷，也讓她嚇了一大跳。

她低聲說道，「我得走了。」

她蹣跚走過停車場，臉龐因為羞慚而一片熱辣，她渾然不知納森也追了出來。

當她看到自己那輛綠色迷你庫柏的時候，立刻愣住了。她先前刻意把車停在安全的地方，靠近建物，而且在外頭光照的範圍之內。擋風玻璃遭塗鴉的字跡清晰可見。

她看到黃色噴漆所寫的那句話佈滿整片玻璃：艾莉克絲喜歡說好。

到了警局，他們與櫃檯員警短暫交談之後，他們就被帶到不同的地方。納森被請入接待區旁邊的問訊室，而另一名員警則是對著某個數字鍵盤按下一連串密碼之後，護送她上樓，進入透納督察的辦公室。她被單獨留置了四十多分鐘之久，房內的陳設與物品已經深深烙印在她的腦中。

四面牆都是淡色紫丁香，搭配海軍藍的地毯。唯一的窗戶被白色直立式百葉簾所遮蓋，擋住了外頭的夜色，讓這個房間充滿了幽閉氣息。她坐在辦公桌的訪客那一側，座椅與對面的主座同一款式。《巴斯紀事報》、《衛報》、《每日郵報》散落在辦公桌桌面，翻過的張數各有不同。塑膠保鮮盒的盒蓋是打開的，裡面有吃了一半的雞肉與萵苣，看起來依然很新鮮。窗台底下的暖氣管上方，穩妥放置了一個捏爛的可口可樂瓶。

她聽到走廊有聲響，透納督察出現在門口，他拿了個托盤，上頭有兩個馬克杯與一個糖碗。

「咖啡，」他以這句話當作是招呼，然後，下巴又朝放在咖啡杯旁的手機點了一下，「妳朋友反應不錯。」

當她在現場驚呆凝視的時候，納森迅速拍下了她車子的好幾張照片。

「抱歉讓妳等這麼久。我派了一些警察到醫院，希望可以從社交俱樂部那裡拿到一些監視器畫面，應該不會太久。」

艾莉克絲鬆了一口氣，過沒多久之後，她就會知道是誰對她做出這種事，其他人也會知道真相。

葛雷格．透納問道，「他是妳男友嗎？」

艾莉克絲搖頭。「不，是同事，一個朋友。」

「妳和他一起去參加派對的嗎？」

「不是，我和我男友，還有另一個朋友費歐娜．伍茲。納森也參加派對，當我那個……他一路跟著我……哎，我喝醉了，覺得很丟臉，當我衝出俱樂部的時候，納森跟在我後面，我走到停車處的時候，他陪在我身邊。」

「妳該不會想要開車吧？」葛雷格．透納的語氣裡聽得出有一絲不以為然。

她再次搖頭。「我只是想要獨自靜一靜。反正我也不可能開車，我的鑰匙放在我包包裡，而包包還在派對現場。」

「妳男友呢？」

「很可能還在裡面，應該是沒注意到我已經離開了。」

她聽出剛才那段話裡有自憐，臉紅了，立刻轉換主題。「艾咪．阿博特的父母呢？」

他聳了一下肩。「傷心欲絕，無法接受事實。」

「男友呢？找到他了嗎？」

他低頭望著自己的辦公桌桌面，不斷搓弄鼻梁，「我們不知道她有男友，只知道她懷孕而已。」

她不肯放棄。「你們還找不到任何線索，對不對？」

「泰勒醫生，我現在真的沒辦法和妳討論案情。」

「當你說出這種話的時候，也不能抬頭看我嗎？」

他立刻抬頭，她這才發現他不只能夠保持四目相接，而且道行很高。她覺得自己好蠢，他早就鍛鍊出面對罪犯的技巧，而他們那些人當然會盡量避免眼神接觸。

「她父母相信她對自己做出這種事？」她問道，「相信他們的女兒是因為對自己做了那種事而死亡？」

他依然沉默不語，但她已經知道了答案。

「他們當然不會相信，」她平靜說道，「年輕女子會對自己做出這種事，完全令人無法想像，駭人聽聞。而且，她這段失蹤的時間在哪裡？」

他的嘴唇動了一下，類似禮貌微笑。「我們還不知道，依然在追查中，她有許多朋友。有人看到她出現在某條街，我們發現她最後一次的身影是——」

「在金斯梅德廣場，」她接口，聲音軟綿無力，「我知道，我在報紙上有看到。」

「好，泰勒醫生，就我們的角度而言，這並非是謀殺案，最糟就是自殺，但比較可能的是一起悲劇意外。妳千萬不要誤會這與妳有任何關聯。當然，還是妳知道什麼隱情？那就另當別論了。」

她頭痛欲裂，剛才喝了太多的酒，而且腦中依然殘留震天價響的音樂節拍。

「她死掉的時候，你不在現場。她在對我說話，我知道她想要對我講些什麼。她透過雙眼在訴說……她——」

有人敲門，打斷了他們的談話。進來的是蘿拉．貝斯特，讓艾莉克絲嚇了一跳。

這女人對她微笑時所展現的友善，遠遠超過艾莉克絲的記憶之所及。也許是因為艾莉克絲現在穿的是自己的衣服，並沒有躺在檢查台上面，讓這位女警把她當成了一個正常人，而不是等待問訊的受害者。或者，她是為了葛雷格．透納而顯露她的陽光面？

「需要幫忙嗎？」

她揚了揚手中的黑色影帶盒。「這是監視器畫面。」

「天，真快——妳是怎樣？飛過去那裡嗎？」

蘿拉．貝斯特微笑。「我正好在附近，所以過去拿很方便。泰勒醫生飽受煎熬，我想她一定急著要知道誰是她的攻擊者。」

「攻擊者」這個字詞的強調力道很隱晦，但艾莉克絲夠敏感，她聽得出那是在挖苦。

透納督察對那女子點點頭，示意她該播放影片了。從蘿拉．貝斯特看上司的表情，還有那略帶不屑的聳肩動作看來，顯然她早已看過了畫面，而且裡面沒什麼線索。艾莉克絲的心陡然一沉，盯著自己座車遭殃的時候，依然提不起勁。

惡徒身穿兜帽深色大號上衣，完全蓋住了他的頭部與面孔，而且鬆垮垮的長褲加上手套也掩蓋了他的四肢與膚色，沒辦法看出到底是誰。

「我想這是在開玩笑。」蘿拉．貝斯特說。

艾莉克絲眼睛突然睜得好大。「抱歉？」

她真想起身甩蘿拉．貝斯特一巴掌。

蘿拉．貝斯特瞄了一下葛雷格．透納，慫恿他附和她的意見。「開玩笑啊。」

葛雷格．透納回道，「有點變態的玩笑。」

「哦，對啊，當然，但還是玩笑。或者，你高興的話也可以稱之為惡作劇。」

艾莉克絲聽懂了這段話所帶來的暗示，感到一陣噁心。「你們覺得有人會這麼做是因為大家都知道我對他說好？」

他們兩人都沒接腔。

「你們覺得有人做出這種事是因為大家都覺得我很隨便？」

葛雷格．透納猛搖頭。「除非妳曾經與別人講過妳這個案子的私密細節，否則不會有人知道。妳覺得是否可能是自己告訴過某人？然後對方破壞了妳的車子？」

她奮力搖頭。

「好，那麼我只能說貝斯特警員的推測應該沒錯，這是一種變態的玩笑。可能是某人聽說妳的事件之後的作為，把它當成一場殘忍的餘興活動。」

艾莉克絲好不容易站起來。「我好累，我現在想要回家。」

「先把妳的咖啡喝完。我們再談一談，然後我開車送妳回去。」

艾莉克絲已經走向門口。「不需要了。我只是個笑話，透納督察，你說是不是？哦，別忘了可以好好揶揄一下我這個笑柄。」

「泰勒醫生，要不要拿這個？」

艾莉克絲轉頭，看到蘿拉·貝斯特遞出她的黑色肩包。她嚇了一跳，趕緊回頭拿自己的包包。

「吧檯女服務生說妳忘在那裡，我想妳可能需要拿回去吧。」

艾莉克絲低聲道謝。

她穿過門廳，走了出去，沿途一片寂靜。納森已經不見人影。她進入幽暗地帶，依然只有靜默相隨，但她卻能夠聽到攻擊者戴著手術口罩的聲音在奚落她：「這問題很簡單，妳說『不要』的時候是什麼意思？」

15

那恐怖之夜迄今已經有六個禮拜，而那場醫生派對也已是一週前的事。她只要一看到自己的車，就算心中有任何一絲他早已不成威脅的企盼，也會瞬間消失無蹤。一想到他還在那裡，而且她完全無法提出證明，就讓她好害怕。警方認為留在她車上的那些字只是惡作劇，她是某人搞殘忍玩笑的發洩對象。

她把紙袋湊到嘴邊，大口呼吸吐氣。她不能再想下去，不然她將會成為自己心牢的囚徒。但要做到這一點真的很難，她總是因為焦慮而憂煩不已。上班的時候，她總是把車停放在最接近自己部門的地方，只要經過她身旁的每一個男人，她都是以銳利目光緊盯不放。她遇到的每一個工友、護士、醫生，現在都成了嫌疑犯。而她治療的輕症男性病患，也會被她當成可疑對象。當她站在那裡端詳他們五官的時候，她最專注的其實是他們的聲音。但沒有人符合。怎麼可能呢？畢竟他的音頻已經經過變聲，扁平難辨。

她印象最深刻的是某名接受氣切、插入人工發聲器的病患。他開口時就像是機器在講話一樣，因為空氣再也不會通過聲帶，而是某條導管。她現在開始胡思亂想，難道當初真的是某名氣切病患擄走了她？某個失去了聲音而怪罪她的人？

這些亂七八糟的臆測快要把她給逼瘋了，他害她變得不正常，同時也正在摧毀她的人生。

派翠克已經不再打電話給她了。最後一通留言，來自三天之前，她依然存在手機裡，反覆聆聽，找尋虛偽的痕跡，但他對於傷害她的道歉聽起來十分真懇。他根本不該背著她去找卡洛琳談話，他行為失當，後悔莫及，他覺得自己對於艾莉克絲所遇到的狀況無能為力，而且害她失望了，因為他不相信她。他一直態度鎮定，但最後聲音崩潰。「我愛妳，艾莉克絲，我想要娶妳為妻。拜託，打電話給我。」

她沒有回電，不是因為他向卡洛琳吐露心事，當然，這一點很傷人，但重點是因為他也坦承他不相信她。要是對於你所愛的對象缺乏信賴，沒有百分百的信心，那麼就完全沒有可以延續下去的基礎，類似婚姻的長期關係不會有未來。雖然雙方都還沒有人正式宣布關係結束，就她的立場看來，已經劃下了句點。

她孤零零站在家裡的廚房之中，真希望自己斷了對他的思念。她期盼一切能夠回到當初她遇見他時的那些情境，現在兩人正在計畫要在聖誕節買什麼禮物互贈對方。

然而，她最盼望的是自己現在看到的他，並不是一個變樣的人，一個比以往脆弱、一個以往的她絕對不會愛上的人。這簡直就像是她失去了她的派翠克，這一個新的取代了他，悲傷的是，他對她可能也有一模一樣的感覺。他們失去了彼此，就算他們努力尋索，到頭來還是會一樣失落，因為他們已經再也不是原來的自己。她剛歷經了一場可怕劫難，而他覺得那只是出於她的幻想。

六個禮拜之前，她還有個她深愛的男友，她深愛的工作，完全自我掌控的人生。

而不過就在短短幾個小時當中，她的理性世界突然風雲變色，現在充滿了不確定與焦慮的潑濺跡痕，還有未解謎團的大塊污漬。要不是因為她的工作，還有小小藍色藥丸的幫忙，她知道自己一定撐不下去。

當天下午，她拚命想要在一天之內完成聖誕購物計畫，最後提著約翰．路易斯百貨、瑪莎百貨，以及桑頓巧克力的購物袋吃力走回停車處的時候，一直在咒罵自己。她應該要堅持原定計畫，送給每一個人禮券就好。這樣一來，就可以省下她的時間與精力，現在就不會累得要命，還得擔心自己買的禮物是不是哪裡不對勁，買給父親的襯衫似乎太時髦了，而買給母親的浴袍似乎和去年的重複。好漫長的一天，完全沒有節慶的感覺。她並沒有打電話給費歐娜，提醒她兩人該一起去購物了，自從那場派對結束之後，她們就再也沒有講過話，艾莉克絲到現在還是無法原諒她。

她把所有的購物袋放在後座，加入了準備離開出口的緩慢車流行列，她希望從布里斯托回到巴斯的時候，一早就打結的交通已得到疏解。她想要找間車廠，把車子洗乾淨，因為雖然她猛刮擋風玻璃，已經磨光了兩三公分吧，上面還是看得到黃色的油漆斑點，一輛乾淨的車，就不會一直讓她想起那段回憶。等她到家之後，如果還有足夠的氣力，一定會把自己的公寓整理得乾乾淨淨。不過，她明天休假，也可以到時候再處理家務，這樣一來，就可以讓她在重返工作崗位之前處於忙碌狀態。

然後，她就會回到日常工作軌道，掛念的是別人的生命，而不是自己。

她把車駛入自家公寓地下室停車場緩坡的時候，是下午四點鐘，冬日的夜黑已經到來。她現在已經拋下所有的紛擾思緒，心中想的是晚餐要吃什麼，還有她期盼要泡個過癮的泡泡浴，以及晚上九點的電視節目。

要是她再快那麼一點點的話，一定會從那女子身上直接輾壓而過。她猛踩煞車，把車頭燈開到全亮。那女子躺在地上，整個人趴在艾莉克絲的停車格裡面，動也不動。艾莉克絲不假思索，立刻打開置物櫃，取出為了突遇意外而隨身攜帶的各式各樣醫療器材。她一手拿著古德爾口咽導管與聽診器，另一手抓了一堆繃帶，立刻衝過去準備援救那名女子。

她立刻瞄了一下對方的衣著與妝容：黑色亮面高跟靴、幾乎無法蓋住豐潤大腿的紅色緞面短裙、低胸黑色T恤、外搭奶油色緞面外套。艾莉克絲一開始以為這女子被毆打，但她湊前一看，才發現自己錯了。對方的右手肘出現不可能的彎折角度。而且肩膀腫得異常嚴重。她的指骨穿破皮膚，而且向後彎折。艾莉克絲沒有理會那隻滿是鮮血的手，她最憂心的是橫跨奶油色外套上的那道黑色污痕，那是某個輪胎的印記，她拿出手機叫救護車。

她把耳朵靠近那女子的嘴巴，感受到溫熱的呼吸，值此同時，還看到胸膛起起伏伏，而頸脖靜脈擴張，激烈搏動。她還有呼吸，但傷勢如何就是另一回事了。

要是被車輾過去，那麼很可能有多處肋骨骨折以及肺部損傷。她解開了奶油色外套的唯一鈕釦，將單薄的黑色T恤從中間剪開。胸腔變形，胸膛左側只剩下微弱的起伏。艾莉克絲現在要處理的是嚴重的胸部創傷，她知道要是沒有外科團隊與合適器材，這女子恐怕很快就會喪命。

她的後車廂有胸腔引流工具、胸管、手術刀，以及其他可以幫助肺部擴張的器材，但萬一有嚴重的血管損傷，只有輸血或補充大量輸液才能夠讓心臟保持跳動。不過，她必須要正面思考，現在必須全神貫注，讓這女子盡量能夠撐久一點。

一陣輕咳，讓她注意到那女子出現動靜，她的目光又回到了對方的臉龐，看到那女子雙眼睜開，她嚇了一大跳。

「嗨，妳發生了意外，我在幫妳……」

那女子想要回應，但是卻沒有任何聲音從抖動雙唇中發出來。

「我是醫生，救護車已經在路上了。」

艾莉克絲心中燃起一絲希望。要是這女子意識清楚，也許沒有內出血。一定是肺塌陷，但艾莉克絲處理不成問題。她需要讓這名女子保持呼吸，這一點最重要，因為萬一對方心跳停止，艾莉克絲就必須對斷掉的肋骨施壓，很可能會造成心肺受損。

對方噴咳了一坨鮮血，有些血還從臉龐滴落而下。艾莉克絲小心翼翼以指尖抹去對方眼瞼上的血，焦急祈禱救護車能夠盡快到來，這女子馬上就要大出血！

然後，那女子講話，低頻的起泡聲響讓艾莉克絲心中一驚，失血引發了氣道阻塞。「想要演醫生……救我……」

她又咳嗽，她的牙沾滿鮮血，露出陰森笑容。「有個醫生……」

那女子開始吐血，艾莉克絲運用繃帶、對方的衣服，然後是自己的衣物，拚命抹去鮮血，一直等到她心臟停止跳動之後，冒血才終告結束。

救護車急救人員抵達，找到這兩個渾身是血的女子，一開始的時候以為她們都受傷了。後來，當急救人員接受警方詢問，他們是這麼說的：看到泰勒醫生的時候，她儼然像是瘋女人一樣，跪在屍體的旁邊。「她就像是魔女嘉莉，頭髮與臉龐都在滴血，眼睛直勾勾不放，」其中一個說道，「完全就是血淋淋的嘉莉。」

16

四輛警車與一輛廂型車圍繞在死亡女子陳屍處的周邊，救護車急救人員到達之後又走了，現在由十多名警員接管現場。公寓住戶陸續下班回來，全都被下令把車停放他處。現在這裡是犯罪現場，禁止有任何其他車輛入內的管制至少會持續數天之久。艾莉克絲坐在某輛警車後座，全身顫抖，他們不准她上樓換衣服，她衣服與雙手所沾染的血已經全部擰乾，指甲裡塞滿了黑色血塊。

她看到蘿拉．貝斯特與另一名警察在她剛洗過的酒瓶綠迷你庫柏周圍繞了好幾次。還有位女警請艾莉克絲對某個吹嘴吐氣，她很慶幸自己過去這幾天抵抗了酒精的誘惑。她現在成了某起犯罪事件的嫌犯，未必是主嫌，但一直會是嫌犯。她已經對第一個到達現場的員警提供了簡短的口供，對方告訴她，他們等一下會再次找她問案。距離她結束聖誕購物之旅回到了家，已經超過四個多小時，雖然在這段時間當中她的周邊十分忙亂，卻是她有生以來度過最漫長的時光。

也許要是她直接離開警車，走過停車場，進入電梯，她就可以逃回自己的公寓，完全不會被人發覺。她可以好好洗個澡，煮頓晚餐……

她哭得泣不成聲，完全沒意識到車門開了，也沒發現那雙幫助她下車的手，她沒意識到自己被人護送進入自己的公寓、有條披毯蓋在了她的肩頭，以及熱呼呼的馬克杯塞到她手中，一直到甜茶的暖意沁入肚內的時候，她才意識到自己身在何處。

葛雷格．透納站在幾公尺外，以憂心的目光盯著她。他的一頭捲髮被雨水淋得平塌，皮衣的雙肩位置也濕漉漉，這是他第一次神色看起來沒那麼嚴峻。

「抱歉，等一下我會訓他們一頓，我想他們把妳放在警車後座之後就整個忘了。」

暖意穿透她凍僵四肢的時候，艾莉克絲不禁全身打顫。地下停車場總是冰冷，在那裡坐了數小時之久，已經讓她凍僵了。「我救不了她，」她低聲說道，「那就像是戰場一樣，她的血流不停，而我無能為力。」

「救護車急救人員說她傷得很重，我認為在這種狀況下難有任何人能夠扭轉情勢。」

「但我是醫生，」她大叫，「那是我的職責，我拯救生命，我應該要採取更多的作為，動作更快一點，趕緊使用引流器，避免她發生氣道阻塞！」

「我相信妳盡了全力，」他在哄慰她，然後，繼續說道，「我們需要妳提供完整證詞，越快越好。」

艾莉克絲雙手緊握溫暖的馬克杯，看到自己指甲的乾涸血塊，當她大口喝茶的時候，還聞得到它所散發出的金屬腥氣。

「可不可以讓我先洗澡？」

他遲疑了一會兒，然後態度軟化。「沒問題，但我們需要妳現在穿的衣服。」

「我現在成了嫌犯，對不對？大家都覺得是我開車輾過她，是不是這樣？」

他搖頭。「這只是標準作業程序，妳的衣服上可能會有移轉性證物。她是小咖的妓女，外號叫作『午餐莉莉』。」

艾莉克絲一臉嫌惡盯著他。

他揚高雙手，表示這並非他所取的綽號。「莉莉安．阿姆斯壯，她的朋友以及我們都叫她莉莉。她會得到這稱號，是因為她通常只在午餐時間接客，她小孩這時候在上學，而且她也沒有老公可以在晚上照顧小孩。」

艾莉克絲早已猜到她的身分，但不想多說。這些年來，她遇過許多類似莉莉的女孩，也知道她們會從事這一行有其苦衷。當她們為了乳膏與抗生素出現在急診部，而不是到性病防治診所的時候，她從來不會對她們做出任何評價。而且，她們經常被打得遍體鱗傷，經過包紮之後，為她們送上一杯茶的人幾乎都是她。

這是一個病態的社會，而她的職責就是治療病人。

「我把我的衣服放在垃圾袋裡面，這樣可以嗎？」

他從外套口袋裡拿出兩個透明的大型塑膠袋。「放在這裡比較好。」

艾莉克絲疲倦起身。「有胎痕，就在她的外套上頭，有輪胎的印記。」

透納皺眉。「在外套的什麼位置？」

「胸腔，她被車子輾過去。」

「妳去救她的時候有沒有移動她的位置？」

「當然沒有，」她厲聲回道，「她可能脊椎受傷！她呼吸困難，一度微弱呼喊。抱歉，我不是故意大小聲。」

「我明白，妳今天辛苦了。」

「為什麼要問我這問題？」她問他，「你為什麼覺得我動過她？」

他聳肩，「只是想到問一下罷了。」

她不覺得葛雷格·透納是那種沒有理由就隨口發問的人，但她也不覺得他會說出真正原因。只能等到自己沒那麼疲累的時候，靠自己找出答案。

當她送他離開，關上大門的時候，已經超過了十一點。他們叫她明天早上得要前往巴斯警局提供完整證詞，希望取證的不會是蘿拉·貝斯特。當她坐在警車後座的時候，那女人打量她好幾次，態度疏遠又冷漠。警方依然在檢查停車場與建物外面，她又聽到好幾個鄰居被敲門，她知道大家都會提供證詞，但她對於警方能否找到任何的蛛絲馬跡完全沒有信心。

她身上有胎痕，不過，她猜他們擁有的線索也就只有這個而已。

就像家居寵物會找到自己習慣的地方熟睡一樣，艾莉克絲也找到了自己的位置。她的背脊緊貼客廳牆壁，被單包住雙肩，她又聽到了那女子的遺言：「想要演醫生……」

她當時以為那女子指的是她，她在當醫生，想要救人一命。但如果不是這樣呢？那名死亡女子所指稱的其實是敲昏她的人？

有個醫生……

假設撞傷她的是某個醫生，為什麼對方沒想要救她或是打電話叫救護車？會不會是蓄意的行為？是否就是攻擊艾莉克絲的那一人？難道他正準備再次對她發動攻擊，而莉莉安·阿姆斯壯不知怎麼會在半路出現？

他知道她住在這裡？

想要演醫生……

莉莉安·阿姆斯壯的話可能沒有任何意義，只是某個垂死女子想知道自身狀況的微弱最後一搏。艾莉克絲衷心期盼是如此，不然的話，他就在那裡，依然活躍，而且她並非只是一次性的目標，他依然在假扮醫生，但現在開始殺人。

17

他們在兩人都沒去過的某間餐廳見面。普爾特尼橋的某間法式餐酒館，石面地板，原木桌，到處都擺放了垂積蠟淚的紅燭。這地方是休閒風，有些破舊，但依然很貴，每逢週末幾乎一定是爆滿，所以他們以前從沒有來過。不過，這樣的星期三之夜，除了他們之外就只有另一桌客人，而派翠克坐的是可以飽覽河堰風景的座位。

她到達的時候，他正盯著菜單，他身穿她幫他選購的酒紅色襯衫，搭配帥氣外套。在燭光的映照之下，他的英俊臉龐顯得紅潤。他的桌前放了一大杯紅酒，肢體姿態很輕鬆，她猜這應該不是他的第一杯。

當她坐入他對面座位的時候，他嚇了一大跳，她行動迅速，讓他立刻落居下風，自己頗是得意。他站起來，必須要以彆扭姿態橫過桌面吻她，他們之間那根點燃的蠟燭與單枝鮮花害他縛手縛腳，而且她刻意迴避，所以他的雙唇只是輕刷了一下她的臉頰。要是她稍微側頭，那麼他就可以好好吻她，但她對於這樣的動作卻還沒有心理準備。

接下來的那幾秒鐘，充滿了尷尬的沉默，直到他把第二份菜單交給她的時候，才打破僵局。

「東西很好吃，我們早就該來了。」

有名服務生現身，幫她倒了水，詢問她想要喝什麼。艾莉克絲挑的是微甜白酒。甜度越低越好，這樣就會逼她小口啜飲，而不是暢快痛飲。此時此刻，酒精是她的另一個仇敵，她一定要謹記在心。要是她放縱自己的話，在主菜到來之前喝光兩杯紅酒或是甜度較高的白酒絕非難事。這樣一來，聊天也會變得比較輕鬆，遇到尷尬的時刻也會更從容。不過，等到今晚將盡的時候，艾莉克絲會發現她其實想要喝更多的酒，會想念自己家裡那些宛若好友的未開紅酒，忘記它們都是仇人，遠比執著於一杯白酒好太多了。

「淡菜，然後鮟鱇魚。」服務生還沒開口問她是否準備好點餐，她自己已經先講了出來。

派翠克也點了一樣的餐點，而且又要了一杯梅洛紅酒。

「謝謝妳過來。」又只剩下他們兩個人了，他說出了這句毫不意外的話。然後，他清了一下喉嚨，擺出古怪手勢。「抱歉，這聽起來很粗魯，我的口氣像是派對主人一樣。」他等待她看著他，「我需要解釋自己何其抱歉。不只是因為我去找卡洛琳的行為不可原諒，同時也因為在此之前的那幾個禮拜，我一直拒絕聽妳好好講述那起事件。我的表現真的很糟，匆匆逼妳去巴貝多島那樣的地方，彷彿只要給妳陽光與漂亮的海灘，我就可以讓妳好過一點。」

艾莉克絲發覺自己開始卸下內心的矜持，鼻梁與喉嚨一陣痛，因為她在忍淚。她不會輕易原諒他，她得要聽他更多的說法。

服務生把酒送過來了，幾分鐘之後，又有溫熱的麵包，以及兩碗熱氣蒸騰的淡菜。接下來的那十分鐘當中，兩人很平和。背景有「美聲男伶」的〈聖善夜〉歌聲，聖誕樹的燈光閃閃發亮，他們聊天的話題只有目前所在的地方以及享用的美食，兩人放鬆，再度開始享受有對方作伴的時光。

主菜到來，她笑得暢懷，派翠克點了一瓶波爾多高檔紅酒。她忘了他這個人有多麼風趣，也忘記笑聲可以催情，她好想跟他做愛，差點問他可不可以現在起身走人。她為了要壓抑自持，只能專心凝視裝潢，當他的手指開始愛撫她手臂的時候，她嚇了一大跳。

「美麗的艾莉克絲，可不可以原諒我？我絕對不會再讓妳失望。我曾經捫心自問，自己怎麼會以這麼惡劣的方式對待妳？而我唯一想到的答案就是，我實在不忍直視妳崩潰的模樣。」

她與他手指夾纏在一起，心情飛揚。他們之後就可以無所不談，她可以告訴他她發現艾咪．阿博特死亡的疑點，還有兩天前在她家停車場失血身亡的那名女子，她昨天已經做完筆錄，同時提供了DNA樣本。也許派翠克可以幫她取得警方的信任，的確有人在幕後操控這一切。他沒她那麼激動，搞不好對於她的案子更能夠侃侃而談。

她悄聲說道，「派翠克，謝謝你說出這樣的話。」

他把蠟燭與單枝鮮花移到一旁，她再也沒有任何的矜持與抵抗，他傾身吻她。

那是充滿柔情的一吻，治療她傷痛的良藥，她從來沒有過這種備受寵愛的感覺。

他平靜說道，「我一直自問，我的行為是不是造成妳的狀況惡化？」

「什麼——？」

「讓我講完，」他抓住她的手，「我一直覺得妳如此堅強完美，所以當妳說出那些事的時候，我卻拒絕接受妳明明需要幫助的事實。適切的幫助，而不是什麼愚蠢的假期。」

她的身體變得僵硬如石，現在唯一正常運作的是她的腦袋，她的身體並沒有顫抖，胸膛之下的心臟也沒有劇烈起伏。

這比她想像的狀況還糟糕。原來他覺得癥結是他真心覺得她在幻想，但卻沒發現那些是她需要援助的徵象。

沒救了，她真蠢！他根本不了解她。過去一年來最深刻的交心過程，卻沒有讓他領悟到她是什麼樣的人。他一直把她視為堅強完美、絕對不會屈服示弱的人。

然而，如果他真覺得如此，那麼至少應該會想要探索另外一種解釋的可能性吧。

難道他不想挺身而出，對她說道，「好，艾莉克絲，我們來好好調查一下。妳是理智正常的人，要是沒有發生這種事，為什麼妳會堅持這種說法呢？」

不過，當然，就他的立場來說，也不需要講出這種話，因為就他的角度來說，根本沒有出事，完全沒有，她只是瘋了，需要適切幫助而已。

她好不容易站起來，從宛若硬石的雙唇吐出這些話，「再見，派翠克，謝謝你今天邀我出來。」

18

「你的仰慕者又打電話來了。」葛雷格才剛到辦公室，蘿拉就對他丟出這句話。

她明明值夜班，但卻散發出宛若迎接一日之初的元氣。當他經過她辦公桌的時候，她的香水清新怡人，而且淡藍色的襯衫完全沒有任何皺痕。

他不需要多問仰慕者是誰，已經知道蘿拉所指的是什麼人。過去這兩天之中，艾莉克絲・泰勒打電話到警局好幾次，迫切想要知道莉莉安・阿姆斯壯之死是否有任何進展，由於她老是找他，所以蘿拉另眼相看，但他沒有任何消息可以告訴她，因為他還在等待驗屍結果。

「她想要幹嘛？」

「想要知道莉莉安・阿姆斯壯的案子有沒有新的進度，搞不好希望叫我們哪個人開警車飆過去，握住她的手呢。」

葛雷格放下公事包，隨便瞄了一下蘿拉。「她又出事了嗎？」

蘿拉眉毛挑得老高。「你是說另一起謀殺案？或是幻想的外科醫生要對她開腸剖肚？你有沒有想過？為什麼莉莉安・阿姆斯壯一開始會出現在那棟建物裡的停車場？那裡並不是她平常出沒攬客的地盤，當然，她一定是被邀請入內。能夠進入那個停車場，一定是裡面的住戶或者擁有鑰匙卡。葛雷格，你聽到這個一定是心中一驚吧？比方說，泰勒醫生正好住在那裡？或是我們完全沒有找到任何證人目睹有車子逃離現場？而且還那麼剛好，就是沒有任何監視器拍到那一刻？」

他咬牙切齒。「我的意思是，有人又在她車上噴漆寫字之類的事。」

「哦，那個啊。」她的聲音透露出她有不同的想法。

「我們明明都看到有人接近她的車。」

蘿拉聳肩。「很可能是她自導自演。穿上了鬆垮垮的衣服，悄悄離開派對現場幾分鐘，就可以下手。然後，發現的時候旁邊還正好帶了目擊證人。」

「她怎麼可能知道納森・貝爾跟著她？」

「不可能嗎？她那張臉，不可能有什麼愛慕者，」她扮鬼臉，「她也許給了他某個跟在她屁股後面的理由，外頭天色暗黑，她可能不介意吧。」

葛雷格發現自己又開始咬牙切齒，有時候蘿拉的思維讓他覺得好噁心。「所以妳覺得她勾引他要在她車後面打砲，所以他才跟在她後頭？」他拿起公事包，貌似在思索她的話，然後，他壓低聲音，假裝真誠，「妳厲害，想必是自己有過經驗才會出現這種念頭。我們需要像妳這樣的女人，才會了解其他女性的行為舉止。蘿拉，我會好好想一想，妳看起來好累，趕快回家吧。」

等到他離開之後，蘿拉坐在自己辦公桌前面，思索他剛才講的那段話。一個小時之後，她上床準備就寢，依然不知道他是不是在刻意羞辱她。

艾莉克絲絕望又心急，逼得她前往瑪姬・菲爾丁的住所，她已經找不到任何人可以傾訴。瑪姬・菲爾丁在電話裡什麼也沒有問，也沒有對於幾個禮拜前自己提出的好意到現在才被她接受而顯露任何驚訝之情，她只是講出自己在家的某個時段，還有該如何前往她家的方向指引。

現在，艾莉克絲站在瑪姬家外頭的幽黑人行道之中，好後悔打了那通電話。她與對方幾乎一點也不熟，而且她對瑪姬僅知的那一點印象也讓她無法放心，她並不覺得瑪姬是那種會遞茶、顯露同情的人，比較像是會訓人。但現在說要取消會面已經太遲，裡面窗簾掀動，瑪姬已經看到她了。

她上了三個階梯，站在深藍色大門前面，正當她拉起黃銅門環的時候，大門開了。

「我看見妳到了，」瑪姬．菲爾丁以這句話當成了招呼，「妳是步行還是開車過來？」

「走路，」艾莉克絲步入寬敞的玄關，「我找不到我公寓停車場的鑰匙卡。」

「很好，既然是這樣的話，妳就可以喝酒了。」

玄關充滿貴氣，牆面挑高至少有四點五公尺，紫漆、拱道，以及畫作鋪陳出某種低調奢華。宛若古老人行道鋪面板塊的大型石板，讓她踩踏時的清脆聲響發出了美妙回音。照理說金漆玄關桌上方的鍍金巨鏡會顯得太過華麗，但並沒有，它所表述的是高度自信。

「這房子有多久歷史了？」

「建於一七三〇年。第一任屋主是我爸爸的曾曾祖父，或者是再上一代，我們家族就一直留下來了。」

客廳更是富麗堂皇。從地面延伸到天花板的書架的每一層都塞滿了大部頭的文學書籍，兩側之間是某個深沉紅寶石色澤漆色的拱形凹室，裡面放置了一張書桌，底下是以欄杆改裝的桌腳，而凹室兩側各有一排狹長形的抽屜。由黑金兩色組合而成的燈座上方是一個黑色燈罩，營造出幽光氣息，書桌上唯一的物品，就是麥金塔電腦。

喬治亞風格窗戶懸掛的是厚重金色窗簾，灰色石造壁爐前方擺了一組紅色錦緞靠背長椅。屋內的豪奢，還有這名她其實不熟的女子所展現的豐厚財力，讓艾莉克絲嚇了一跳。她自小住在愛德華早期風格的雙拼屋，樓下的總面積大概就跟這客廳差不多大。她的父母雙方都提供女兒日常足夠的享受，當然什麼都不缺，但眼前的這種奢華是靠祖產累積而成的財富，想必這棟豪宅至少還有十幾個房間。

她再度後悔打了這通電話，這簡直像是拜訪皇族一樣。

「好，」瑪姬．菲爾丁說道，「就當自己家吧，隨便晃晃。這條走道到底的左側就是廚房，冰箱裡有一些白酒，妳可以幫我們先倒酒，我幾分鐘之後就過來。」

能有一點時間可以獨處，讓艾莉克絲很開心。要是她們立刻開始進入話題，她很可能會陷入病患模式，開始語無倫次說起失眠、掉體重、惡夢連連之類的事，對方最後會客氣但堅定送客出門。她需要冷靜，像個理智女人一樣思考，才能說出自己的感覺。

瑪姬拿起自己的手機，示意她現在得要打電話，艾莉克絲走到外頭，給予對方隱私空間，並且開始找尋廚房的位置，她左轉之後，又得走過第二道長廊。

另一個令她屏息的空間。四面白色木質櫥櫃的中央是一座可容納至少十多人站立與準備食物的奢華深色木質中島，木面嵌有一個圓形的黃銅水槽，應該是洗滌水果之用。還有另外兩個水槽，又深又寬，在某扇窗戶的下方，可以遠眺某座高聳石牆花園，面積廣大又具有足夠的隱密度，可以舉辦大型花園派對。

她不想再被這等刺目的奢華繼續驚嚇下去，決定專心找冰箱，她發現它就在廚房旁邊的某間工作房。這台銀色冰箱可以提供冷水、冰水、碎冰，要是按下正確的按鈕，搞不好連伏特加與可口可樂都不成問題。

她取出那瓶酒的時候，根本沒看標籤，她不想知道究竟有多貴，也不想喝。她想要待在放眼所及全是自己物品、普通奢華風格的自己家裡，獨飲伏特加。

基於禮貌，她會留在這裡喝一杯，告訴瑪姬．菲爾丁一切都很好，然後——

她發現有個東西飛快移動，害她頸後寒毛直豎。她無法動彈，她的本能告訴她必須要按兵不動，冰箱櫃架上那個不知道是什麼的東西與她的距離很近，跳到她頭頂不成問題。驚呆的她揚起目光，看到有一對眼睛也回瞪著她，然後，牠肥嘟嘟的棕色身軀又開始移動，她看到了牠的噁心長尾巴。

酒瓶從她手中滑落，撞擊石材木板之後成了碎片，而她的縱聲尖叫幾乎可以割斷自己的扁桃腺。

瑪姬．菲爾丁狂奔而來，看到她的客人滿是驚駭，杵在原地不動。無法停止顫抖的艾莉克絲，被主人帶到了最靠近的椅子坐下來，她努力了好幾次，才終於聽懂瑪姬．菲爾丁想告訴她的話。

「那是狄倫。真是抱歉，我忘記牠出來了，真是抱歉，艾莉克絲，我真的是完全忘了。」

艾莉克絲一臉不可置信望著她，「妳是說……」

「牠是寵物鼠，乖得要命，現在應該是嚇得縮起來了。」

「難道妳不擔心牠會隨地便溺嗎？」現在她也只能擠出這句話而已。

瑪姬．菲爾丁微笑。「牠不會，有經過訓練。或者，應該說我知道牠的習性，牠不會在籠外的地方便溺。」

瑪姬展現專業侍者級的手法開了第二瓶白酒，為艾莉克絲斟了一大杯。空腹喝了幾大口之後，她覺得自己慢慢平靜下來。

她不打算與那隻老鼠來一場正式面會，但是瑪姬．菲爾丁卻堅持狄倫第二次的表現會令人扭轉印象。當她回來的時候，她手裡拿了一盒玉米片，而狄倫則窩在她的肩頭。

當她把老鼠放在桌面的時候，艾莉克絲站起來，趕緊躲到角落，她緊張問道，「牠會不會朝人撲過來？」

「不會，要是妳給牠機會的話，牠會是個友善的小可愛。」

那隻老鼠窩在原地不動。瑪姬稍微搖了一下盒子。牠的大頭開始晃搖，尖鼻子與鬍鬚開始動了。瑪姬取出了一小片玉米，夾在手指之間。老鼠毫不遲疑，立刻快速朝她跑過去。牠挺直後腿，細長的雙腳站得開開的，為了迎接食物而伸出的那對爪子看起來好光溜瘦弱。瑪姬把玉米片放在那對裸露的爪子中，而那隻老鼠——展現非常優雅的姿態，靠著兩顆大門牙——啃得乾乾淨淨。

「要不要試試看？」

艾莉克絲搖頭，瑪姬咯咯笑個不停。

「也許下次吧。」

艾莉克絲不覺得，這輩子絕對不可能。她寧可承受建物崩塌的危險、幫助受困的民眾，也不想把手指伸到那隻老鼠的尖牙與爪子附近。

等到工作房清理乾淨，狄倫乖乖回到籠子之後，她們終於坐下來聊天。艾莉克絲覺得與對方熱絡需要花一些時間，但她必須承認她開始喜歡瑪姬．菲爾丁，現在，她的世界一片混亂，她需要新朋友。艾莉克絲詢問瑪姬，「妳是從哪裡弄來這些了不起的藝術品？告訴我吧？」

「主要是來自我的祖父母。他們住在法國與義大利很長一段時間，許多作品都是他們在那時候買的。我自己不算是藝品收藏家，我沒那個時間。」

「書桌上的那一幅呢？」

艾莉克絲剛到的時候就注意到了，而且當她們在聊天的時候，她的目光不時就會被吸引過去。有名裸露雙乳的女子躺在床上，向準備離開的男子伸出手臂，她抓住他的衣衫，宛若在向他示意，呼喚他回來。但他已經穿好了衣服，準備掉頭離去。

「這幅畫叫作《約瑟與波提乏的妻子》，畫家是阿特蜜希雅．真蒂萊希。包括了林布蘭和許多藝術家，都曾經畫過這名美女。」

艾莉克絲從來沒聽過波提乏的妻子，但她真希望自己要是知道就好了，就能夠與對方討論這幅畫作。她父親熱愛藝術，但她很少會注意他從圖書館借回來的那些厚重昂貴的書籍。

「她看起來好悲傷，愛人正準備離她而去，對嗎？」

現在，艾莉克絲已經可以坦然喊對方名字。瑪姬眨眨眼，露出了慧黠一笑。

「艾莉克絲，妳自己去研究一下，保證讓妳獲益匪淺。」

她為兩人繼續倒酒，艾莉克絲已經許久沒有享受到啜飲的愉悅，她這一陣子都是靠牛飲，靠急速酒精解決緊綳情緒。她超放鬆，再也不想要討論她自己的麻煩，但是瑪姬卻希望她可以講出來，因為這就是她當初來這裡的目的——與這名依然多少算是個陌生人的女子談心，關於她無法向別人提起的那些事。但艾莉克絲比較想要多了解彼此，暫時忘卻那個攻擊她、如今依然對她充滿威脅的男人。

「可以讓我問個私人問題嗎？」艾莉克絲說。

瑪姬覺得有趣，深色眉毛挑動了一下，她放下了巧克力色的長髮，幾乎長及腰際。她身穿奶白色無袖套頭高檔毛衣，訂製的棕色長褲。她長得漂亮，再加上腦袋與自信，讓人很想跟她當朋友。

「妳結婚了嗎？」

瑪姬哈哈大笑，「老實說，艾莉克絲，我剛剛以為妳要問我是不是女同志。哦我沒結婚，也不是女同志。我差點就訂婚了……」她的目光瞬間黯淡，聲音也變得低沉，「差一點。但他這個人的承諾有點不太可靠。我覺得最後他之所以喜歡待在這裡，完全是因為他可以使用我爸媽的錄音間，因為他好愛聽自己的聲音。反正，」她現在語氣變得比較輕快，「早知道總比晚知道好。」

「妳父母做什麼工作？」

瑪姬眼神哀傷，「他們都走了。我母親本來是鋼琴家，我父親是大提琴演奏家，兩人搭巴士旅遊時發生車禍。很遺憾，我們不是很親。我覺得，我沒有追隨他們的腳步，反而選擇醫學，應該是讓他們很失望。我媽媽覺得這是很不優雅的職業選擇。」她收回纖細雙手，仔細端詳，「不過，」她繼續說道，「我喜歡我的工作，總之，我覺得這一點最重要。」

「現在，」瑪姬舉起酒杯，「我有個偶爾見面的戀人，男友，但不是定下來的對象。」她發出輕嘆，「這是我當主治的第一年，也是我離家去念醫學院之後，回來家鄉的第一個聖誕節。我有這間漂亮的大房子，等待我填滿自己的家人，但我就是沒時間。我在上個禮拜就三十二歲了，我一度想到自己的生理時鐘，然後我繼之一想，喂……我還沒時間找老公，更別說小孩了。」她小口啜飲紅酒，「妳呢？還是妳覺得我會放過妳？完全不會問妳？」

「沒有男友，沒有戀人，也沒有備位的追求者。」

「我見到的那一個呢？看起來床上工夫不錯。」

現在輪到艾莉克絲大笑，「是啊！可惜他是個討厭鬼。他還愛我，其實，想要娶我。而我們唯一不合的地方就是意見有些不太一樣——他覺得我瘋了。」

瑪姬沒有馬上應答，艾莉克絲覺得好丟臉。她感到臉龐一陣熱辣，知道自己一定是面色火紅。

「好，我差不多也得走了。明天得早起，今晚還有些事情要忙。不過，和妳聊天真的很開心，謝謝。」

「艾莉克絲，完全不需要尷尬。我根本不覺得妳瘋了。老實說，我比較傾向妳是因為某種創傷事件之後所產生的痛苦，某些真實事件，也許是某段過往，或是與工作性質有關的一些事。」她停頓了一會兒，嘴角露出彆扭微笑，「我很好奇，那一晚妳為什麼願意讓我為妳做檢查？我想可能是因為我還是這間醫院的新人——也就是說，算是個陌生人。但妳明明不喜歡我，所以我依然覺得很怪，妳大可以拒絕我才是。」

艾莉克絲發覺自己的臉變得有些燥熱。「我幹嘛要不喜歡妳？妳是最優秀的醫生。我很慶幸當時妳在現場，可以處理那個討人厭的女警。不過，妳說得沒錯……我之前的確不喜歡妳，每次看到妳的時候，妳對我總是不屑一顧。」

瑪姬嘆氣。「艾莉克絲，沒錯，但我就是忍不住。只要我專心工作的時候，其他的一切都變得無關緊要，就連我的行事態度也一樣。」

艾莉克絲開玩笑挑眉。「我覺得，妳下班之後應該沒那麼壞。」

「能聽到妳這麼說，真是太好了。」瑪姬也以同樣的戲弄語氣回她。然後，她咬了一下唇，打量艾莉克絲。「我覺得妳應該要好好研究一下心理狀態，要是妳覺得這有幫助的話，我可以介紹一位我認識的人。他非常優秀，是一位精神分析師，擁有處理創傷後壓力的豐富經驗。他也會催眠，追溯過往記憶什麼的。」瑪姬一臉期盼望著艾莉克絲，「妳好安靜，我是不是說太多了。」

艾莉克絲搖頭。說也奇怪，聽到瑪姬所說的話，並沒有失望之情，反而覺得有些鬆了一口氣。也許，只是個也許，她應該要探索自身心理狀態，而不是留在她迷你座車上的那句話，那千真萬確，但也許正如同蘿拉．貝斯特所猜測的一樣，有人在惡作劇。

也許她應該要接受催眠，但她對此抱持高度懷疑。就她所知，這樣的專家也許可以揭開她閉鎖的記憶。如果這樣一來，就不會讓她看到每一個瀕死的女子時，都覺得是她那名攻擊者的受害人，那麼不妨試試。

她問道，「妳可以幫我聯絡他嗎？」

「沒問題，」瑪姬．菲爾丁回道，「我馬上打電話給他。現在，放下要趕回家的念頭吧，妳留在這裡吃晚餐，就這麼說定了。」

19

葛雷格蹲下來，盯著莉莉安·阿姆斯壯被發現處的停車格附近的地面，依然留有噴濺的血跡。她頭部附近的那片牆也有飛灑而出的血，現在看起來像是乾涸的棕色油漆。從泰勒醫生的足跡可以看出她的行進方向，印痕越來越模糊，到了最後，肉眼已經完全看不出來了。

當泰勒醫生告訴他那女子胸膛有車胎痕跡的時候，他的第一個想法是她曾經移動過對方的位置。現在，答案顯而易見，她停車位兩側的車子已經停了一整天，而受害者的頭部面向牆壁，然而車胎痕跡卻顯示有輛車從她胸膛輾壓而過。所以，除非是受害人自己擺成這種位置，不然就是有別人動過她。

莉莉安·阿姆斯壯一定是被人邀來這裡，蘿拉很確定這一點。

她是小咖的妓女，以女按摩師的身分掩飾自己的工作。如果她打算認真走這一行，那麼她顯然是挑錯了城市。巴斯雖然有狂縱酒色的悠久歷史，但沒有紅燈區，所以，對莉莉安·阿姆斯壯這種人來說很倒霉，只要引起警察的注意，就會被記住面孔了。她被逮捕過，而且還因為攬客而數次受到警告——有一次，她在蒙茅斯街的廁所疑似在攬客，但最後被撤銷起訴。還有一次是在某間餐廳，葛雷格與當時還未離婚的妻子在用餐，她向他宣布她訴請離婚的消息，葛雷格坐在那裡愣呆了許久，最後是莉莉安·阿姆斯壯的刺耳叫聲穿破他頭骨的時候，讓他回神過來。莉莉安當時正在騷擾某名用餐客人，葛雷格趕忙去幫餐廳經理處理，那名男子一個人坐在那裡，想要用菜單擋臉。最後，葛雷格陪莉莉安進警局，因為他在忙著處理她的狀況時，他的妻子早就趁空離開了。

回到警局之後，她居然還膽敢宣稱自己是提供合法服務，她拿出自己的名片，印有她名字與電話號碼的廉價粉紅色卡紙。

與莉莉安一起奔放，利用午餐時間享受一場放鬆的按摩。

綽號就是這麼來的。

法醫稍早之前曾經打電話給葛雷格，提到這種狀況幾乎很難存活，因為她的氣管與支氣管受損，有這種創傷的病患都是在現場死亡，咳血阻塞。就算能夠撐到醫院，死亡率也是很高。下一次見到泰勒醫生的時候，他會把這段話告訴她，讓她的心多少得到一點安慰。他也會把他自己的手機號碼給她，省得她打電話到警局，成為蘿拉發飆的對象。

他心想，可憐的莉莉安。在那濃妝與妓女裝扮之下的她，其實只是個努力掙錢照顧小孩的普通人罷了。

莉莉安．阿姆斯壯所居住的國宅區是一棟石材樓梯井建築，到處都有噴漆塗鴉，牆壁堆滿了住戶丟出的垃圾。在這個以騎乘偷來的小綿羊與機車為嗜好的區域，這些七層樓公寓是眾人的眼中釘。莉莉安的鄰居，喬拉．巴克沃斯基，看起來並不像是住在這種地方的人。

她在英國住了四年之久，成為莉莉安．阿姆斯壯的鄰居也有三年了。她單身，與另一名波蘭女孩分租這間兩房公寓。她們都在同一家飯店工作。室友連續值班，目前仍在工作。正方形的小客廳天花板低矮，牆面是索然無味的米黃色，無聊的鴿子籠，但同樣是一塵不染。

這是某個對自身潔淨深以為傲的人的住家。喬拉把放置茶壺與瓷器的托盤，以及一盤貌似相當濕潤的蛋糕放在桌上，然後開始為葛雷格服務，彷彿把他當成了貴賓。

「謝謝妳，喬拉。」他拿起了刻意搭配茶水的杯子，他在工作時拜訪的多數家庭所提供的杯子，都不是這種規格。他現在口乾舌燥，飢腸轆轆，但他決定還是先問案，之後再吃蛋糕。

「莉莉安是好鄰居嗎？」

喬拉慘然一笑。很難判斷她的年紀，他猜，應是介於二十到三十歲之間。她個頭嬌小，一頭乾淨棕髮綁成了短馬尾。她有張素淨的美麗臉龐，沒有化妝，還有害羞的棕色眼眸。

「她是我朋友，我超喜歡莉莉安，人超好。我剛搬進來的時候，都是靠她帶我熟悉環境——哪裡丟垃圾、怎麼搭巴士，還有說出正確的英文單字。她死了，我真的很傷心，現在她的小孩都成了孤鵝。」

葛雷格溫柔糾正她，「孤兒。」

「謝謝，對，孤兒。你知道他們現在去哪了嗎？」

他點點頭，「暫時的寄養家庭，他們專門照顧遭逢這種狀況的小孩，找到可以永久收養他們的家庭之前，會一直待在那裡。妳有沒有見過他們的爸爸？」

喬拉搖頭，「莉莉安一直沒有嫁給他。她說那傢伙是人渣，最好離他越遠越好，我從來沒見過這個人。」

「認得他的長相嗎？」

「莉莉安曾經給我看過一張他們年輕時的合照，是個黑人。但我從來沒見過他，莉莉安也說他們已經斷絕往來，他從來沒有給過養育費，她說他逃避責任。」

葛雷格小口啜飲茶水，心中大讚滿分。完美的茶湯，置於瓷杯之中更是加分，以一般馬克杯喝茶絕對不可能有這種好滋味。「可以請教妳有關莉莉安工作的事？」

喬拉聳肩。「當然，她沒有隱藏自己的職業，但她行事很小心，去年換了工作，再也不賣淫了。」

她這麼直接，讓葛雷格嚇了一跳。「妳覺得她為什麼要收山？有沒有男人去她家？」

「當然有，」她又聳了一次肩，這姿勢只能說非常法式——微微側頭，微揚雙肩舉高雙手。「但他們過來不是為了性。莉莉安已經不賣春了。她那個……怎麼說……有問題，她曾經告訴過我，我呃……『喬拉，我得了淋病。』有一次她為了要賺更多錢，沒有使用套套，然後她就得了淋病。」

「如果她繼續從事這一行的話，想必就會給她更充分的理由要使用保險套了。」

她緩緩搖頭，起身，彷彿要加強語氣。「她真的再也不賣淫了，因為那件事嚇死她了。」

「好，好，我相信妳，」葛雷格語氣平靜，「當我們發現她的時候，她的穿著打扮就像是重操舊業一樣，可否告訴我為什麼？」

「我不知道，」喬拉神情略顯憂傷，「她工作的時候，穿得很美——黑色長褲與黑色上衣，她按摩的功力很不錯。她不工作的時候穿得很美，牛仔褲、上衣，搭漂亮外套。就連從事以前那種職業的時候，她也不會打扮得太性感，她照顧兩個小孩，而且一直是開心媽媽，從來不打罵小孩。而且你一定看得出來，他們也過得很開心。」

葛雷格又問了幾個問題之後，起身離開。喬拉最後一次見到莉莉安，是在她死亡的前一天，她很開心，一切正常，而且還為二月期中假預訂了某個「避風港假期」營區。她告訴喬拉，地點是韋茅斯，這是為她自己和小孩而準備的海濱假期。雖然時值冬天，但要是有需要的話，他們也可以蓋白雪碉堡玩耍。

當他走下階梯，離開那棟水泥建物的時候，他的心中浮現莉莉安·阿姆斯壯生前最後一次所選擇的打扮，她的招搖程度就跟紅綠燈一樣明顯。雖然喬拉堅稱莉莉安已經不再賣淫，但她的打扮就是準備要接客的模樣。而對象是誰，就是問題關鍵了。

20

豆大雨滴敲打刑事偵緝組辦公室的窗玻璃，濃密烏雲遮蓋天空。雖然才早上十點，但辦公室燈光已經全開，雨滴聲響，再加上外頭的昏暗天色，讓辦公室充滿了壓迫感，鍵盤敲打聲、手機鈴響，還有十幾個人在講話，讓葛雷格的頭好痛。蘿拉．貝斯特又開始上日班，出現在他面前的頻率越來越高，雖然她並沒有任何令人惱怒的言行，但光是看到她就令他火大。

她一直在忙自己的事，窩在辦公桌前已經有一小時了。他覺得奇怪，她是在忙什麼？

他站在她背後，望著她的電腦螢幕，開口問道，「妳找這個是要做什麼？」

她轉頭盯著他。「我希望你看一下這個，接下來要跟你討論，這是我過去這幾天一直在思考的事。」

「那你該做的事呢？詢問莉莉安．阿姆斯壯的朋友有關她那些最可疑的客人，還要詢問他們是否認識她的常客。我們需要她手機裡的聯絡人，還有追查她是否有臉書或推特帳號。我們對於她死前那數小時，或者一開始在那停車場的時候到底在做些什麼，完全一無所知。蘿拉，妳現在有許多事得要做，而不是在研究什麼疾病，妳為什麼不去幹正事？」

她面露微笑，對於他的怒火完全不以為意。「你為什麼不冷靜一下？」她也立刻回敬，「我在找的資料很可能是你祈禱得到的解答。我查了一下泰勒醫生，她可沒像自己偽裝的那麼單純。」

「我找了一些急診部的員工談話，據說兩三個禮拜之前，她犯下了嚴重失誤，但真相卻被掩蓋了。告訴我的那名護士認為她應該是差點給錯藥——她很激動，說是有人弄混了藥品。要是真的鑄下大錯的話，那名病人早就被她殺死了。」

「我還從她的某名密友那裡得到了另一個線索——費歐娜．伍茲。她說出了讓我再三玩味的一句話，她提到某件事的時候講出了『這種事不該又發生在她身上』這句話。我讓她誤以為我充滿了同情心，就是為了想慫恿她講出來。」

葛雷格聽到這段話不禁挑眉以對。他見識過蘿拉．貝斯特表現同情的模樣，當時他就是她施展功力的對象。

「然後，她是這麼說的：『我的意思並不是真的再次發生，而是我以為她已經走出來了。』我很好奇，她那段話到底是什麼意思？」

當她竊笑的時候，他幾乎看到她正在舔弄自己的唇膏。「所以我就稍微深入研究了一下泰勒醫生。」

「為什麼妳的螢幕這時候會出現這種東西？專挑孟喬森症候群是做什麼？」他的回覆語氣很粗魯。他不該對艾莉克絲．泰勒產生捍衛心態，但他就是如此，他覺得有義務要保護她。蘿拉．貝斯特的砲火對準了這名醫生，他看過她殲滅別人，無論有沒有罪都一樣。只要能夠結案，對她來說沒差。

「好，葛雷格，我就唸給你聽吧，也許之後你就不會這麼自大了。」

葛雷格推開蘿拉的椅子，靠近電腦螢幕。「不用，不需要，我自己看。」葛雷格迅速掃視文件，裡面提到孟喬森症候群是一種心理失調問題，某些人會佯裝生病或是刻意自行製造病徵。

葛雷格不可置信盯著她，這種方式太低劣了。「妳是真的在暗示泰勒醫生有孟喬森症候群？」

「葛雷格，我把精華留在最後，」她又露出一抹竊笑，她點弄滑鼠，螢幕上出現一份新文件。「代理型孟喬森症候群更有趣了，我——」

「所以媽媽才會刻意讓小孩生病，」他冷冷打斷她，語氣酸溜溜，「妳剛才鬼吼鬼叫的病症搞錯人了。」

她嘆氣，宛若在安撫一個淘氣孩子一樣。「葛雷格，有點耐心好嗎？一切都會揭曉。這不只是刻意讓小孩生病的媽媽，也包括了照護角色的各種人：刻意讓病患生病的護士、醫生、醫療專業人士，目的就是為了拯救病患之後可以得到讚美與尊敬，這也就是所謂的『扮演上帝』。」

葛雷格突然全身一陣冷。他不喜歡蘿拉．貝斯特挖這種資料，但這的確可說是符合……

「鬼扯，」他厲聲說道，「妳要是不夠謹慎，很可能會背上毀謗的罪名。」

「葛雷格，是嗎？我並不這麼覺得。」

「當初是艾莉克絲．泰勒把莉莉安．阿姆斯壯外套輪胎壓痕的事告訴我們。妳覺得如果是她壓過那女子，她會做這樣的事嗎？」

「誰說她開的是她的車子？我們都知道她大可以使用別人的車。難道你不覺得她一直出現很耐人尋味嗎？一開始被綁架、攻擊，然後，根據她的說法，她的病人艾咪．阿博特被謀殺，接下來又犯下嚴重用藥失誤，有人差點因此喪命。此外，現在她又是第一個出現在某場飛車暗殺現場的人。這相當符合她是行為失序的瘋狂醫生之假設。對於一個理應是無辜的人來說，她周邊發生的狀況也未免太多了。不過，要是正如同我所猜測的一樣，她有某些心理疾病，那麼這一切都很合理，我們甚至可以猜到接下來死的人會越來越多。」

她旋轉椅子，起身。「我打算要仔細調查她，然後我們就可以知道我到底是對還是錯。哦，聽好了，」她語氣近乎傲慢，「莉莉安．阿姆斯壯有臉書帳號，全都是一堆廢話：小孩晚餐吃什麼，小孩在學校幹什麼，小孩明天又要做什麼。完全沒有與她工作有關的東西。她的通聯紀錄正在清查中，還有，她的前男友，或者應該說她小孩的父親，在她死亡時有不在場證明。他是南安普頓的計程車司機，那一天有出勤紀錄。」

她離開之後，葛雷格依然盯著螢幕，許久不曾移開視線。他覺得彷彿有條野狗剛剛被放開鏈條，飛衝而出，不斷咆哮，準備大開殺戒。而且他完全無力阻止，也無法警告泰勒醫生牠即將朝她撲去。

21

納森剝了一片德芙巧克力，交給了她。他把自己的垃圾食物分給她吃，已經成了習慣，一開始那幾次，艾莉克絲還會向他道謝，後來就沒說了，這對兩人來說已經變得累贅。

「你要是繼續買這種東西，我的牙齒一定會掉光光。而且我的牙醫爸爸一定會殺了我，因為我搬出來之前，他把我的牙齒維護得近乎完美。你就不能帶一點健康的食物嗎？也許果乾吧？不然三明治吧，堅果是很好的選擇。」

「艾莉克絲，要是妳想吃健康食物，那麼妳可以自己帶過來。我沒有時間做三明治或上街買果乾。走廊的自動販賣機可以提供我所需的一切，而且我回家的路上還可以買炸魚薯條或中國菜。」

「你要是不注意的話，最後會得糖尿病，不然就是心臟病或腎臟出問題，等到你九十歲的時候，就會變成一顆牙齒也不剩的垃圾食物人。」

無聲狀態持續了好幾秒之後，她才發覺他早已停下手邊的書寫工作，遲遲沒有回應她。

「幹嘛？」她抬頭，看到他正盯著自己。「幹嘛擺出那種表情？你在看什麼？」

除了他們兩個之外，醫生辦公室裡沒有人，但他還是壓低聲音。「我看得出跡象，妳一定有在使用什麼。艾莉克絲。而且那不是酒精，某種能夠提供妳相當程度鎮定感的東西，我覺得做瑜伽或是其他折磨人的玩意兒不會有這種效果。我偶爾會聽出妳的聲音有異樣，可以這麼說，未免也太輕鬆了。」

她小心翼翼掩飾，居然這麼容易就被他識破了，讓她嚇了一大跳。她現在還在服用煩寧，已經加強到五毫克。還沒有辦法讓她完全放空，但足以讓她脫離恐慌。明天她要去找那位精神分析專家，害她好緊張，而且她頗擔心他會告訴她這一切都是出於她自己的想像。

「放輕鬆，沒有其他人注意到，只是因為我和妳一起工作，所以我看得出來。卡洛琳太忙，所以沒有發現。不過，艾莉克絲，妳要停手，這會影響妳的工作，而且我萬萬不想看到妳犯錯，」他又回頭繼續寫東西，「瑜伽啊什麼的也許很不錯。」

她掩藏火燙的臉頰，假裝聽到這一番話之後完全沒事，但當然不是如此。納森慢慢成了她的好友，仁慈又寬容，而且她很欣賞他的自信與才幹。對於自己得一路護著她，他從來不會顯露出反對之意，而且也完全不會讓病人察覺這有哪裡不對勁。

她信任他，她也發現自從醫生派對那一晚之後，她已經喜歡上他了。當他專注凝望著她的時候，她再也不會迴避自己的目光，當她看到的是這男人污斑皮膚之下的部分時，那塊胎記變得也沒那麼刺眼。

她現在因為不同原因而臉紅，不知道自己究竟是怎麼了。拜託，納森．貝爾是同事，就因為她發現他很可愛，也不表示她必須要一直臉紅心跳。

他碰觸她的手，害她嚇了一大跳。

他揚了揚手中的那塊巧克力，「要不要吃最後一片？」她知道自己肌膚熱燙，接下了巧克力，放入口中。

一會兒之後，她潑水冷卻自己的緋紅臉頰，又盯著鏡中的自己，發出哀號。她得要剪頭髮了，還得要修眉，而且皮膚慘白，需要深層潔面。

她不知道納森對她印象如何。如果她邀他出去喝一杯的話，他會怎麼說？不，打消這念頭，真的很糟糕。或者去公園散散步，不然去看表演或是展覽，這樣好多了。她可以說某個朋友放她鴿子，多了一張票。

她覺得自己像是個愚蠢青春期少女，再次盯著自己的鏡中映影。想要再次恢復美麗動人也沒差。當她走回部門辦公室的時候，雙肩更挺直了，頭也抬得更高，而嘴唇還多了一點唇蜜。

22

截至目前為止，今晚還過得不錯，她所受的傷已經全部消融。費歐娜把她當成寶貝一樣擁抱她，而且還為自己渴求眾人關注而犯下的愚蠢與粗魯頻頻道歉。她絕對沒有刻意模仿大家講話的意思，但因為記憶猶新，所以就直接脫口而出，她是這麼說的：「有時候我就是見不得別人好的賤貨。」兩人約九點見面，喝了幾杯雞尾酒之後，又回到市中心，如今窩在某間夜店，裡面有一堆已經喝得醉醺醺的客人。

有個上半身與臉頰塗有《梅爾吉勃遜之英雄本色》那種藍色的高眺年輕人，在聚光燈之下不斷亢奮跳躍，看起來是喝醉了。他旁邊的女伴身穿紅色短裙，黑點紅色上衣，背部還裝了一對黑紗翅膀，戴著絨毛觸鬚頭飾，腳穿白色運動鞋。

現場的焦點不只是這對瓢蟲與戰士，放眼所及，到處都是詭異打扮的客人，艾莉克絲心想也許今晚是奇裝異服之夜，她頓時覺得自己好老。

「納森．貝爾！」費歐娜發出被勒喉般的尖叫，她一手拿著佩羅尼啤酒，另一手則是尼古清吸入器，為了今晚，她還特別夾直了自己的棕色捲髮，讓她本來就削瘦的臉龐更顯嬌小。「納森．貝爾？妳在開什麼玩笑？」

「噓，小聲一點好嗎？不要讓全世界都知道。」艾莉克絲以同樣的音量大聲回吼。這裡的音樂，或者應該說是噪音，比火車進入狹小空間的時候還要大聲，其實，除非有人的耳朵緊貼費歐娜或是艾莉克絲的嘴邊，否則不會有人聽得到她們的對話內容。

「真不敢相信妳想約他出去！」費歐娜叫得越來越大聲。

「哦，閉嘴好嗎？早知道我就什麼都不說了。」

「只是他真的很……」

「怎樣？」艾莉克絲語氣挑釁，「長得醜？沒有魅力？被人看到很丟臉？」

「無聊！我才不鳥他長什麼樣子，妳也見過我的那些前男友，都不是帥哥。不是，他就是無聊到爆，所以我才無法相信妳要約他出去。天，妳栽進去之前再考慮一下吧，他會煞妳煞得要死，然後妳就會甩了他。」

艾莉克絲真希望自己沒說出這些話，但她們已經好久沒出去了。所以，今晚在重修舊好聊了平常的工作話題、避開她最近的事件之後，她們自然而然聊起男人。費歐娜現在沒有男友，艾莉克絲也是，只有一個可能的對象，而她已經把他的事告訴了費歐娜。

想必她的表情已經透露出她的心情，因為費歐娜朝她衝過去，突然之間，艾莉克絲整個人已經埋在她的胸前。「過來，妳這個笨女人，親愛的，妳知道我愛妳，我在乎的只是妳而已，要是妳喜歡他，就去吧，」她往後退，終於讓艾莉克絲能好好呼吸。「至少他不是派翠克那種混蛋。」一聽到派翠克的名字，艾莉克絲的腹部微微揪痛了一下，很難相信就這麼結束了，也許現在心中就有了別人還太早了一點。

「妳喜歡他，就去吧，」費歐娜大吼，「至少妳可以確定他一定也會喜歡妳！」

艾莉克絲盯著她，然後盡可能貼近費歐娜，以免大吼大叫。「妳這句話是什麼意思？」

費歐娜隨手揮了揮那根塑膠菸管。「沒有啊。」

艾莉克絲知道她在說謊。「費歐娜，妳覺得去年那件事是我的錯？我自找的對嗎？」

費歐娜睜大雙眼，嘴巴張得好大。「親愛的別鬧了，雖然妳喜歡他，但怎麼會知道出那種事呢？」

艾莉克絲別開目光，顯然費歐娜覺得她多少有錯，暗示她腦筋不清楚，盲目陷入了那種狀況。

「我最近發生的那些事呢？我的車？還有我被人發現躺在停車場？費歐娜，妳覺得都是我的幻想嗎？」

費歐娜嘆氣。「好，親愛的，妳目前的生活很不平靜。妳知道妳這個人很敏感吧？有時候妳會想太多。感受到沉重壓力的時候，我們都不知道自己會作何反應。」

「比方說給錯用藥？」

費歐娜搖頭。「妳自己說過妳沒有弄錯，我相信妳，還有菲爾丁也是。那個不要臉的賤貨，這就是醫生總是站在同一陣線的明證。」

「並沒有，」艾莉克絲反駁，「她對妳說出那樣的話，我很遺憾。她……她可能正好知道我最近過得很不順利罷了。」

「好吧，」費歐娜讓步，「我相信妳，而且當然她是對的。就像我剛才提到的一樣，當我們……我們都不知道自己會作何反應，還有，我並沒有說是妳給錯用藥。」

艾莉克絲語氣尖銳，「但我可能對自己的車子噴漆嗎？」

費歐娜搖搖頭。「艾莉克絲，妳當然不可能做那種事，拜託，妳在派對現場啊。」

艾莉克絲覺得自己快哭了，為什麼費歐娜就不能直接說警察在幹什麼？或者，我們必須找到是誰下的手？或者，再不然也可以說妳必須小心，因為有人在跟蹤妳，不喜歡妳，想要嚇唬妳？然而，她卻給了一個爛理由解釋艾莉克絲不可能做出那樣的事，造成了巨大的破口，讓艾莉克絲直墜而下。

費歐娜裝出龐德的聲音，「嘿，錢班霓小姐，需要我幫妳擺脫這些臭男人嗎？」

艾莉克絲盯著她，覺得她好逗趣，費歐娜真的應該要登上舞台，她是天生的藝人。

現在費歐娜恢復成自己的聲音，「想不想吃沙威瑪？」

艾莉克絲不想吃，不過只要能夠離開這地方，什麼都好。費歐娜剛才說的那些話讓她很惱火。她們之間的友誼對她來說很重要，但此時此刻的感覺卻有些虛假，她的口中不禁冒出了一股苦味。

「何不買外帶到我家吃？」

費歐娜大笑。「這還差不多。不過，有一個條件……我睡妳的床哦。」

艾莉克絲躺進鋪在沙發上的備用被褥的時候，開始打呵欠。一想到費歐娜睡在隔壁，就讓她覺得好安心。今晚結束的時間比預期的早，現在才剛過一點，明天一早不會痛苦宿醉起床，讓她好開心。

現在與過往的對話在她心中縈繞不去，她緊閉雙眼，想要將費歐娜的聲音拋諸腦後。她很愛費歐娜，不願想到那些負面思緒。很遺憾，她記憶力很好，永遠會記得費歐娜一年前所說的那些話：親愛的，妳確定真的有像妳說的那麼糟糕嗎？妳確定不是自己造成他的誤會，給了他錯誤的暗示嗎？

她猛翻身，枕頭被她壓出聲響，她努力揮別那些黑暗回憶，她不會陷入自怨自艾。費歐娜在事發之後對她超好，堅持艾莉克絲必須住在她家，等到心理狀況夠堅強之後再離開，而且還幫助她找到了這間公寓。要不是因為有費歐娜，她絕對無法處理當時的狀況。她專心回想快樂思緒，陽光普照的日子、海灘風景、湛藍天空、絲滑的沙灘、納森的雙眼……

電話的尖銳聲響讓她瞬間驚醒。

她拚命想要知道這是什麼狀況，好幾個念頭迅速閃過。今天是星期幾？是醫院打來的？還是派翠克？或是她媽媽？她趕緊抓起話筒，以免鈴聲擾人，低聲開口，喂？

「很快……」一聽到那聲音，她就停止呼吸了。他的這句話瞬間讓她的腦袋失靈，抽空了她的一切。

她放鬆緊繃的下巴，結結巴巴哀求，「拜……拜託……」他依然沉默，最後終於開口。

「我很快就會回來找妳。」

她忍不住顫抖，話筒從手中滑落，當費歐娜碰她的時候，她抽搐了一下，宛若被電到一樣。費歐娜哀求般地說，「天，不要又跟我說妳今天得待命啊？」

艾莉克絲講不出話，差點發出低聲嗚咽，她站在那裡，因為恐懼而動彈不得。

「靠……我會說這是我的錯。或者這說法更好，我說妳生病了，讓我——」

她的尖叫讓費歐娜立刻安靜下來。然後，費歐娜拿了不摻水的伏特加給她，等到酒液燒灼喉嚨而過之後，她終於能夠開口，告訴費歐娜剛才是他打來的電話。

「我現在就打電話報警！」

艾莉克絲搖頭。「他們不會相信我的。」

她抬高下巴，意志堅定。「他們會相信我！一定會追蹤那通電話！」

艾莉克絲發出歇斯底里的大笑。「他們永遠不會去追查他的下落！妳要怎麼跟他們說？妳聽到電話在響？發現我的雙腳不停顫抖？他們不會相信我的，費歐娜，他們覺得這都是我的幻想。」

23

蘿拉．貝斯特把手肘狠狠壓在躺在身旁那年輕人的胸骨。他忿恨大叫，趕緊縮到一旁。她不放棄，開始猛搖他的肩膀，在他耳邊大聲說話，「喂，豬頭，該回家了。」

丹尼斯．摩根雙眼迷濛，抬頭離枕。「我剛喝了酒，不能開車。」

「那就叫計程車啊。」

「那我的車呢？」

「我早上會開去辦公室。」

「但這樣我又得搭計程車去上班。」

「丹尼斯，這又不是我的錯，你不該自以為可以在這裡過夜。」

「那妳就不該開那瓶酒，」他怒氣沖沖回道，現在他已經完全清醒，不可置信盯著她，「妳是認真的嗎？真希望我離開？」

她的位置比他高，因為她已經是半坐姿勢，他看到她點點頭。

「我真是不敢相信！」他語氣大驚，「我是做了什麼嗎？」

她冷靜說道，「丹尼斯，我們玩完了。」

他氣得面紅耳赤。她那句話的含義已經推翻了她是半開玩笑的可能性。他們發生了性行為，現在她卻希望他離開。他匆匆下床，四處找自己的衣物。

「妳是哪裡有問題？我要是妳，絕對不會就這麼讓我離開，讓鄰居看到我，我會更小心！」

「丹尼斯，會讓我心煩的不是鄰居，而是和你同睡一張床。」

他本來正在扣皮帶，停下手中的動作。「媽的真是謝謝妳啊，我覺得做愛通常就表示會同睡一張床。」

她對他露出促狹微笑。「這並非針對你，真的不是。」

現在他怒火中燒穿上外套。「當然，做愛也不是因為喜歡我，對嗎？我今晚會開走自己的車，真是謝謝妳，我想我不會再跟妳有牽扯了。」

她發出誇張嘆氣聲響。「那就記得走後巷，比較不會被別人看到。」

他背對她，正準備走出臥室，就在這時候，她嬌聲呼喊他，「丹尼斯，想不想以後再來一砲？」

「不，不要，」他回吼，「蘿拉，妳床上工夫沒那麼好。」

她發出輕笑，不過，當他關上大門之後，她就收起了笑容，立刻湧現罪惡感與羞恥心。她又來了，推拒親密的對象，因為自己過往受創而轉為懲罰他們。雖然遇到葛雷格的時候，她覺得飽受屈辱，但她還是想讓別人嚐嚐相同的苦痛。丹尼斯人很好，而且是真心喜歡她，不過，過去六個月當中，某種仇恨漸漸滋長，某種讓她的心長出硬殼的仇恨，而她還沒有讓它裂口的心理準備。

她本來以為葛雷格喜歡她，好蠢的念頭。

她手機響了，雖然無奈，還是拿過來看，但不是丹尼斯傳來的簡訊，而是她擔任接線員的朋友曼蒂。原來泰勒醫生接到了綁架者打來的威脅電話，蘿拉露出竊笑，當然的啊，只是時間遲早的問題而已。她回傳簡訊，請朋友隨時告知最新狀況。

她現在的心思是工作，她起床，走到樓下，打開廚房的燈，關好百葉窗。她的鄰居蓋斯．博德老是喜歡趁老婆不在家的時候觀察她的一舉一動。

她為自己倒了杯牛奶，拿出公事包裡的某個牛皮信封，坐在餐桌前面。

拿到這種資料輕而易舉，因為畢竟她是警察，而且她只需要影本就可以了。而且，她還認識人事部的那名女子，所以就更容易了，不需搜索票，也不需要牽扯其他人，只有一個但書——之後必須銷毀文件，而且絕對不能告訴別人是從哪裡弄來這資料。

現在，艾莉克絲．珊卓拉．泰勒的專業履歷，握在她的雙手之中。她隨意瀏覽了前兩頁，雖然還沒有仔細看，已經讓人眼睛一亮，蘿拉充滿了妒意。這醫生只比她大兩歲，下個月要滿二十九，而她名字後面的頭銜也未免太多了一點：劍橋——內外全科醫學士、增插醫學學士課程、急症科醫學院院士、成人救生／成人創傷急救訓練師。

她曾經工作過的某些地點也從紙面跳了出來：皇家倫敦醫院、聖巴多羅買醫院、派丁頓的聖瑪莉醫院、貝爾法斯特的皇家維多利亞醫院。

她喉頭突然一緊，又翻了好幾頁，看到了興趣與嗜好的欄位。跑步是第一名，其次是爬山，第三名是野外救護，誰知道那是什麼鬼東西。然後，蘿拉發現了她的特殊興趣：「飛直升機（擁有商用直升機執照）」，曾經受過六個月的直升機緊急救護服務訓練。

蘿拉的妒忌瞬間爆炸。艾莉克絲．泰勒不只是一名優質醫師，媽的還會飛直升機！當初她見到這女人還不到十分鐘，立刻就覺得看對方不順眼，一小時接著一小時慢慢過去了，那股不爽越來越強烈。當蘿拉一走進醫院的時候，眾人提到她時的恭敬態度顯而易見。當她走向那間隱密檢查室的時候，醫院同仁們的目光一路相隨，充滿了肅靜氣息，那些人的目光所透露的就是「要好好照顧她，因為她與眾不同」。廣受大家敬重的湯姆．寇林斯對那女人的關切更是溢於言表。那位紐西蘭法醫在警局的時候，很少有時間對蘿拉道早安，然而他坐在檢查室外頭卻超過了半小時之久，焦急的神情宛若家屬一樣，而他明明是個幾乎從不讓自己情緒外顯的男人。

泰勒醫生似乎真的擁有一切——腦袋、事業、他人的敬重——而且她在倫敦上班，那是蘿拉最想工作的區域。她曾經向倫敦警察廳申請工作，但被悍然拒絕。

她向泰晤士河河谷警局與其他警隊的申請回覆有稍微好一點，拒絕信的內容都一模一樣——措辭客套有禮，而且還丟出了胡蘿蔔，要是他們又舉行招募，而她也再次提出申請的話，可能會把她列入考慮。

最後，她接受的是雅芳與薩默塞特警局，負責的是這一區的所有鄉間小鎮，幾乎完全不會接觸到任何緊張刺激的案件，然後，她又得到進入巴斯市的「獎勵」。

蘿拉身陷一個連重罪都很少見的城市，要是真的發生的時候，尤其是謀殺案，會在社會大眾心中留下長達數年的烙印。這裡有名的是建築、喬治亞風格建物、珍．奥斯汀，還有靠他媽的羅馬人遺跡。現在，她盼望這裡將會因為出現下一個重大殺人魔而出名——另一個席普曼醫生就夠了——所以她終於能夠翻身，也能讓自己聲名大噪，只要能夠逮捕到他……或是她。當然，她絕對不會把這個想法告訴任何人，她沒有那麼笨，她可不希望自己像那個優秀的泰勒醫生一樣，被別人貼上標籤。

在接下來這五年當中，她很可能依然被困在這裡，而且沒有升職的機會——除非她破了大案子，而艾莉克絲・泰勒醫生很有機會成為她的目標。想想過去這幾個禮拜以來，的確有些值得玩味的事件正在逐步醞釀：自稱的綁架案、被泰勒稱之為謀殺案的艾咪・阿博特之死、正好是泰勒發現莉莉安・阿姆斯壯死亡，還有差點釀成命案的用藥疏失，泰勒再次牽涉其中。也許她只是一直沒有機會加重病患的病情，然後予以出手拯救。難道，她真的想要殺死他？蘿拉很清楚，這種觀點將會違反自己的代理型孟喬森症候群理論。

艾莉克絲・泰勒可能是殺人魔，並非沒有這個可能。她當然具有掩人耳目的醫學專業，現在，蘿拉只需要找出動機，還有，費歐娜・伍茲說溜嘴的那句話可能是解答。不該又發生在她身上的是什麼事？蘿拉得搞清楚，接下來，她可能就有成案的足夠證據了。

24

艾莉克絲瞄了一下她的腕錶，還有一個小時又十分鐘，她就可以下班，而約診時間是四十分鐘之後，要是這裡能夠繼續保持平靜的話，那麼她有充分的時間沖一下澡，化點妝，喝杯咖啡或茶。

十二月中會這麼平靜，前所未聞。每年到了這個時候，急診部通常是塞爆狀態，許多病患都是由人陪伴入院的老人。跌倒、胸腔感染、低溫症，是造成他們入院的常見原因，很遺憾的是，有時候他們之所以生病是因為孤單，一個人度過漫長陰鬱的冬日。他們變得焦躁不安，有時候忘記好好過日子，是否有吃喝足夠或是記得服藥。

距離聖誕節只剩下兩個禮拜，他們當中有些人會放不下自己的孤單，或是一個人面對親手送達到府的聖誕晚餐，期盼送餐小姐不要匆匆離開。

聖誕節躺在醫院病床、周邊有其他人可以聊天，正是十二月入院的好理由。

她雙手交疊胸前，想要甩開這些低鬱思緒，她光是自己的煩惱就夠多了。焦慮讓她的內心好揪痛，被別人懷疑、嘲笑、憐憫，還有自己的無盡苦思與火燒眉睫的問題，都已經讓她感到厭倦。她瘋了嗎？那一晚是不是出於她的莫名幻覺？

她所聽所見的都不是真的，一切都是她的想像。難道她再也無法控制自己的心智了嗎？那通星期六的來電到底是不是真的？她與費歐娜向某名年輕警員提供了證詞，但截至目前為止，沒有任何消息。現在，與精神分析師的這一場約診，可能是唯一的解方。

要與對方會面，讓她焦躁不安，而且她想起週六早晨與費歐娜道別擁抱的時候，她所說的那一段話。

「親愛的，妳去年那場遭遇超慘，而且很快就復原了。也許妳還沒有真正走出來。要是我們當初報案，給那人渣一點教訓，對妳會比較好，就能夠讓妳好好走出來。」

艾莉克絲專注聆聽，但其實她好奇的也就只有一件事而已：費歐娜有沒有告訴別人？

「沒有，當然沒有。只有妳、我、卡洛琳知道，當然，還有那個把人渣消息轉告我們的經紀人。卡洛琳必須要讓他們知道，所以我們才能攆走他。不過，親愛的，我沒有告訴任何人，我們早就說好了。」

當初是艾莉克絲做出的決定。現場沒有證人，也沒有證據，最後只會有她的指控，她不想冒險。當她決定在巴斯工作的時候，等於刻意做出了自己的生涯抉擇。

這是她的城市，她的成長之地，她想要歸鄉，留在這裡，要是她遇到了真命天子，她很樂意與對方成家。她去年下定決心不要報警，因為她不想拿自己的未來做賭注。

費歐娜也許沒有向別人吐露她的過往遭遇，但從她所說的話來研判，很可能正在考慮把現在的狀況告訴別人，艾莉克絲一直懷疑這一點，她最要好的朋友並不相信她出了這種事。

精神分析師名叫理查德．希克特。她已經事先在谷歌查過他的名字，嚇了一大跳。發現有個名叫華特．理查德．希克特的人，就是著名的開膛手傑克。華特．理查德．希克特是畫家，曾經畫下某名妓女慘遭謀殺時的現場情景，該案發生於一九〇七年倫敦的卡姆登，後來他在一九四〇年代死於巴斯，她不知道這兩者是否有關聯。

他一身休閒，身穿藍色格子襯衫，搭配黑色燈芯絨長褲，黑色與棕褐色的高爾夫樣式鞋。深色髮絲濕答答，似乎才剛洗過澡。

他戴的是時髦的黑框橢圓狀眼鏡，很難判斷他的年紀，應該是四十八、九或是五十出頭，不過，從他動作柔軟度看來，應該更年輕才是。

這棟聯通屋的門廊與入口毫不起眼，讓艾莉克絲覺得這搞不好是他的住家。外面沒有昭告眾人他從事哪一行的黃銅匾額，她猜這也許是故意的，所以準備走進這道門的人，不會被迫匆匆鑽進去，也不會招致旁人的注目禮。

這間辦公室，除了書桌、電話，以及檔案之外，倒是很像舒適的客廳。兩張深棕色麂皮的扶手椅以令人自在的距離相隔，更遠處還有一張結實的木質咖啡桌。某張邊桌上的檯燈已經打開，角落的某座奶油色流蘇燈罩的大型立燈為室內增添光亮。

這是一個舒適的空間，讓人心感舒暢，不過，最叫人驚豔的是這地方好安靜，祥和寧謐。她坐在其中一張扶手椅裡面，要是能夠坐在這裡許久，不發一語，心情一定會很愉悅。

他露出淺笑，彷彿看透了她的心思，自己靜靜坐在另一張扶手椅，任由她沉澱自己的心緒。過了好幾分鐘之後，她自覺應該要說些什麼，講出了最自然的開場白，「謝謝你願意見我。」

「如果妳不想說話，不需要開口，我很樂意陪妳坐在這裡放鬆心情。不急，要是妳接下來的這一個小時只想要靜靜待在這裡，別客氣。菲爾丁醫生已經讓我知道了妳目前的狀況，我想這當然有經過妳的允許，所以，我說認真的，慢慢來。」

她的頭往後一靠，貼住柔軟的椅面。「我想你一定有一大堆問題。」

「沒有，這不是我的行事方式。要讓心靈釋放線索，或是解決積壓多時的資訊，需要時間平靜下來，通常我們的心最需要的就是安安靜靜坐下來，不要有任何思考的壓力，它需要的不過就是空間而已。」

「我的心似乎不想平靜，只要我坐著不動或是努力入睡的時候，它就會進入超速狀態。」

「可不可以告訴我一點有關妳自己的事？還有，基於規定，請問我是否可以寫下病歷？」

她聳肩表示同意。「沒問題。」

他從桌上拿了一塊夾板，上面已經附了一張事前打好的紙。然後，他壓了一下自己的原子筆，準備開始註記。

「我們就先從簡單的開始。除了感冒咳嗽類似的問題之外，有其他的童年疾病嗎？」

「沒有，我一直很健康，但到了十四歲那一年得了單核白血球增多症。害我病了好幾個月，但之後又恢復了健康。」

「有沒有憂鬱症史？」

她搖頭。「沒有診斷紀錄。但是我去年陷入憂鬱好一陣子，當然過去這幾個禮拜也提不起勁。」

「所以妳沒有尋求專業醫療建議或是接受處方治療？」

艾莉克絲感覺自己脖子一陣紅燙。「呃沒有，我只是……我想自己就是亂七八糟過日子，不然就是刻意不去多想。」

他草草寫了一些東西，她不知道他能否判斷她已經講出全部的事實。她所服用的煩寧當然是處方藥，她猜他可能現在寫下了「騙子」這個字詞。

「所以除了單核白血球增多症？沒有其他的病歷？沒有頭部創傷？」

她再次搖頭。「沒有……」她停頓了一會兒，「哦，但幾個禮拜之前是有的。醫院說我被落下的樹枝砸到，可能出現輕微腦震盪。」

「我想，就是妳認為自己遭到綁架的那一晚，對嗎？」

「對。」

「妳不同意他們的診斷結果？」

她絕望搖頭。「我不知道，我已經什麼都不知道了。感覺好真實，的確有發生，不可能是幻想。那……那……」她呼吸越來越急促，可以感受到胸膛裡的心臟噗通聲響。

「好，」他語氣平靜，「妳表現得很好，現在放慢呼吸，嘗試放鬆。」

艾莉克絲做了幾次深呼吸，胸臆的那股緊繃感變得舒緩多了。

過了一會兒之後，他才開口，「現在好多了嗎？」

她點點頭。

「再問幾個問題，我們就可以開始了。有沒有出現幻覺、夢遊，或是惡夢？」

「惡夢？有，而且睡眠品質不佳，尤其是最近。」

「有沒有喝酒或使用藥物？」

「沒有，」她斬釘截鐵，「藥物完全沒有。酒？過去這幾個禮拜可能喝得比以前多一點，但並沒有過量。」

他又忙著迅速註記，艾莉克絲不知他現在是否在「騙子」這個字詞底下猛劃線。

「好，接下來就是最後的那些問題了。」他把夾板擱回桌面，又放下筆，露出微笑，「現在告訴我一些有關妳自己的事。」

艾莉克絲聳肩。「我是醫生——我的身分，我的職業。」

「然後呢？」

「那是我盼望的一生志業，那是我的生命。」

她疲憊嘆氣，閉眼。聽到了水灌入玻璃杯裡的聲響，然後，又聽到對方把它放在她面前。

她喝了一小口之後，開口說道，「謝謝。」

「平常有什麼感覺？」

艾莉克絲發出長嘆，「疲憊、恐懼，我的心就是靜不下來。我看到的每一個男人，我都覺得是綁架嫌疑犯。我經常作的惡夢就是自己在醫院行走，聽到他在後頭跟著我。我開始狂奔，心想要是到了走廊的盡頭就可以躲起來。但是走廊一直在變換，門與出口都消失了。通往病房入口的指示牌全都沒了，後面的牆壁一片空白。我被困住了。每次在走廊盡頭轉彎就會出現另一道走廊，而他一直跟過來……」

「妳能看到他嗎？」

他的語氣輕柔，那樣的聲音讓她得到了安撫。

她大叫，「不行，但是我聽得到他的聲音！他的腳步聲節節逼近！」

「轉頭，面對他，問他要做什麼。」

「他是隱形人，大家都看不到他，沒有人相信他的存在。但他是真的……他碰了我！」

「他是什麼時候碰了妳？」

「我陷入無意識狀態的時候，他脫光了我的衣服，看我全裸的模樣，還進入我的體內。」

「他使用的是？」

「我不知道他是不是……」她陷入猶疑，然後，以充滿絕望、幾乎只比呢喃稍微大聲的音量說道，「他想要……他說他要那個，但我不知道他有沒有做，不過他說他要……我說好。」

「妳相信這是真的？」

「對！」她緊閉雙眼，「是真的！我在現場，我看到了他。」

「妳擔心他之後還會找妳？」

「對，」她語氣堅決，「他說他還會來找我。」

理查德．希克特坐在那裡不說話，但是雙眼望著她，讓她覺得很安心。然後，他開口說道，「我現在要妳做一件事，閉上雙眼，想像自己在那道走廊裡。很長，牆面很高，只有妳自己一個人。妳開始走路，聽到了他的聲音，現在，慢慢數算自己走過的每一步，還是可以聽到他的聲音，但他並沒有加快腳步，反而與妳的速度一致。當妳數到十的時候，妳看到了一道玻璃門，有個妳可以開啟的把手。陽光穿透了玻璃，光線明亮……」

「它射入我的雙眼，我看不到他的臉，但我聽得見他的聲音。」

「他說什麼？」

「他說我沒事。我生氣了，我告訴他，我想要知道到底發生什麼事，他舉起紫色的雙手，拿著外科皮釘，威脅要釘死我的嘴巴，然後他說……他說……」

她突然挺直身體，眼睛睜得好大，目光直勾勾，因為她真的想起了他當時說什麼。「艾莉克絲！」

她盯著理查德．希克特。「我還沒有講到自己的名字，他已經先喊我『艾莉克絲』，那男人認識我！我不只是他隨機挑選的受害者。」

25

「瑪姬，他知道我是誰。」艾莉克絲語氣堅定，這是她第二次說出這句話。

瑪姬挑眉，緊抿雙唇，沒有表示任何意見。她正忙著把松果放入乾鍋裡微烘。她早已在中島桌面準備好了芝麻菜、紅洋蔥碎丁，以及對切的櫻桃番茄，然後在大型淺盤攪拌所有食材，滴了一些巴薩米克酒醋與橄欖油，松果是最後入菜的材料。

復古阿加牌烤爐裡有兩塊醃漬羊排，隨時可以上桌，而爐面上方放置了兩個白色大盤子，正在溫盤中。

艾莉克絲結束與理查德．希克特的會面之後，直接就去找瑪姬，她沒辦法一個人在家面對自己的思緒，瑪姬慷慨邀她共進晚餐。她很後悔怎麼沒在路上買瓶紅酒，至少可以彌補她先前打破的那一瓶。現在她覺得有點不好意思，因為又突然打擾了人家。

艾莉克絲猜她搞不好本來有約會，現在，站在阿加牌烤爐前面的她，可能覺得這名不速之客有點討人厭。

瑪姬以手背試盤溫，然後以烤箱墊取出鮮嫩多汁的羊排，她依然默不作聲，準備完料理之後，把餐具放到桌面，坐上高腳凳，面向艾莉克絲。

「要不要喝酒？還是妳有開車？」

「麻煩給我紅酒，我今天又是走路過來，還是找不到我的鑰匙卡。我得要找到備份，不然就一直得叫警衛為我的車開關大門，我不知道自己到底是在哪裡弄丟的。」

瑪姬從冰桶取出一瓶氣泡酒，拔了軟木塞之後，對著兩個香檳杯注入少量的酒，讓泡泡漲升到杯緣。

「我們吃完之後再聊，」她終於開口，「艾莉克絲，妳瘦得只剩下半個人了，真不像話，要是我們開始聊天，妳很可能就不吃了，所以快給我吃吧！」她露出溫暖微笑。

半小時之後，因為飽食了美味的一餐，再加上開始啜飲第二杯氣泡酒，讓艾莉克絲開始放鬆，她現在不太想提起用餐前的那個話題。要是現在回家，再也不要去想她新發現的線索，她可能會睡得很好。她明天休假，希望明天執行自己計畫的時候可以看起來神清氣爽。她會打電話給納森·貝爾，她已經查過班表，他也在同一天休假，現在她只需要說服他跟她一起出去。

「艾莉克絲，除了他說出妳的名字之外，還有什麼線索讓妳這麼篤定確有其人？」

瑪姬語氣溫柔，但是雙眸之中流露出挑戰的意味，看來她並不打算接受一個簡化的答案。

「好，除了那一晚之外，其他事件都衝著我而來！瑪姬，艾咪·阿博特在我們面前死去，我知道她有話想要告訴我們。她的死就是不尋常，妳自己是產科醫生，妳真能想像會有人對自己做出那種事嗎？我的車被噴漆，讓大家都看得到。拜託，他還打電話嘲弄我。而倒臥在我家停車場的那個可憐女子，也是這整起計畫的一部分。我確定這一切的幕後主謀就是他。他正逐步摧毀我的世界，而且沒有人，真的沒有任何人相信我！」

「艾莉克絲，」瑪姬大叫，眼中滿是驚詫，「妳在說什麼？誰打電話給妳？哪個女人在妳的停車場？我根本聽不懂妳在說什麼！」

艾莉克絲娓娓道出一切，足足將近一個小時之久，然後，瑪姬坐在那裡動也不動，不發一語。

「好，妳現在有什麼想法，」艾莉克絲語氣疲憊，「還是出於我的幻想嗎？」

瑪姬搖頭，「我不知道。我的意思是我不知道這一切是否有關聯性。電話與車子噴漆當然是真的。妳接到那通電話的時候，身邊有人嗎？」

「有，」艾莉克絲長嘆一口氣，「費歐娜，但是她並沒有聽到他說什麼。」

「警方怎麼說？」

「關於電話的事，他們還沒有回覆，而他們認為我車子的噴漆是一場惡作劇。」

「好，還有名女子倒臥在妳家停車場，妳發現她奄奄一息？」

艾莉克絲點頭。「對，那可憐的女人死得好慘。」

「妳沒看到事發經過或是兇手？」

「沒有，」艾莉克絲語氣哀傷，「我開下斜坡，她就躺在我的停車位那裡。我沒有看到任何車輛離開。大門是開著的，但沒有任何車輛經過我旁邊。我……天，瑪姬，我好蠢！」她張大嘴巴，目光直視前方。「我的鑰匙卡！我丟掉的鑰匙卡！我回家的時候，大門是開著的，那是電動門，只能靠鑰匙卡開啟。我沒有弄丟！一定是被別人偷走了！我得要告訴警察這件事。我覺得他們不會相信我，反而認為是我把她撞昏。」

瑪姬憂心忡忡。「天，艾莉克絲，妳是不是該找個律師？」

「不用！」艾莉克絲叫聲淒厲，「我想要救她啊！」

瑪姬舉起雙手，試圖讓她冷靜。「好，現在來說艾咪．阿博特。很遺憾，我相信真的有女人會做出這種事。每天都有女性吞藥或是塞入栓劑引產，就連在墮胎合法的國家也一樣，而且這些方法也未必有效。艾咪．阿博特是合格護士，也許她對自己的知識很有信心，可以自行處理。」

「妳真的相信嗎？」艾莉克絲語氣堅決，「她想要告訴我某件事！我知道一定是。因為我曾經待過那裡，躺在某張手術台上面等死！」

「是嗎？妳怎麼會到那裡？怎麼可能呢？」

「他用麻醉劑迷昏我，用布塞住我的嘴，害我失去意識。」

瑪姬發出深沉嘆息。她微微搖頭，彷彿想要拋開惱人思緒。「以迷魂布麻醉是一種好萊塢發明的老套爛招，」她語速緩慢，措辭簡潔，「至少需要一個希美布施面罩，而且時間拖得很長，還需要一些乙醚，而且要一直滴入才能——」

「他有希美布施面罩！」

「艾莉克絲，外頭的停車場，我說的是外頭的停車場！就算他成功把妳制伏，妳先前一定也會拚命掙扎逃跑，他必須要讓妳乖乖平躺下來，把面罩蓋住妳的臉，然後花時間慢慢把乙醚滴進去，而且在這樣的過程中，他得一直待在外頭，任何人都可能會看到他。」

艾莉克絲心臟怦怦跳，瑪姬說的是她不想聽的話。「妳是說不可能？」

「我的意思是，事發經過不可能是那樣。」

26

納森才剛剛在臉上塗滿刮鬍膏，電話就響了。他本來不想接——這已經是剛才那一小時之中的第三通來電，想必又是養老院打來的，他母親要對他下達更多指令。

放在床上的那個包包裡，他已經放入她的老舊直扣式睡衣、一套凱瑟琳．庫克森的有聲書錄音帶，還有她的嗅鹽。他母親幾乎是嗅鹽不離身，要是少了那小小的褐色瓶子，很可能會陷入恐慌。她總是在開襟羊毛衫口袋裡放嗅鹽，把棉質小手帕塞在某個袖口裡。

他童年生活充滿了她棉質手帕沾抹阿摩尼亞的氣味，她總是拿它抹他的臉——當那東西碰觸到他皮膚的時候，他就立刻開始流淚。而且嗅鹽的氣味老是會引發他的罪惡感，因為只有當他惹母親生氣的時候，她才會使用這種提神劑。嗅鹽與她的哀泣就是他的童年回憶。你就不能乖一點嗎？不能多體貼一點？不要那麼自私？而她真正的含義，卻因為心不夠狠而無法直接說出口的是，你為什麼就不能學會藏住另一邊的臉？

電話鈴聲斷了，突如其來的寂靜讓他鬆了一口氣。他迅速刮完鬍子，著衣，準備過去探訪。今天他會坐在她中風的那一側，所以她就不會看到他的臉。

十分鐘之後，電話又響了，他強忍不耐，起身接電話，艾莉克絲．泰勒向他問好，他愣了好一會兒，不知道該說什麼是好。

她開始大吼，「納森，聽得到我說話嗎？」

「嗯，我沒想到是妳，本來以為是別人打電話找我。」

「我，呃……發現你今天休假。」

他當下以為她打算請他代班，甚至還不免有些期待，要是她想要請他幫忙，那麼他就有正當理由不必去看他母親。

「哦，我也休假，我在想，要是你沒有什麼既定計畫，沒有特別要忙的事，也許我們可以一起。你知道……呃……」她發出小女孩般的倉皇笑聲，「我們可以一起做些好玩的活動。」

他腦中立刻浮現擺脫這趟探母之行的藉口。他可以打電話給養老院，說現在有緊急狀況被叫回醫院，「我，這個，那就是——」

「我下午要見賽巴·默里賽。你認識賽巴，對吧？我在想你有沒有興趣跟我們一起出去？」

那股失望宛若狠狠甩在他臉上的一巴掌，那面放在壁爐架的鏡子可以看出他正常那一側的臉龐變得漲紅。顯然她覺得過去他這幾個禮拜以來的支援，讓她欠下人情，她與賽巴要一起出去，慨然邀請他加入。

「艾莉克絲，很抱歉，但是我——」

「要是你能夠容忍我坐在駕駛座的話，一定會很好玩。」他發覺不對勁，現在他面色抽搐，原來是她可憐他。這就是她之所以打電話的原因，她就與其他人一樣，大家都覺得他很可憐。他本來對她有更多期待，她與眾不同，這一點他十分確定。打從他認識她的那一刻開始，他就一直盼望她注意他，而且把他當成正常人，但他現在卻發現自己失望透頂。

「艾莉克絲，抱歉我有話直說，但妳幹嘛要打電話給我？」他發覺她嚇了一跳，立刻繼續說道，「我覺得不是很好，但還是謝謝妳，而且我今天已經安排活動了。」

她匆匆說了再見，而且語氣滿是尷尬，他知道應該為自己的無禮而道歉，但他並沒有。過了幾分鐘之後，他依然站在電話旁邊，一臉不滿望著自己的鏡中映影，為什麼他母親沒有在他剛生下來的時候就把他悶死？他是怪胎，盡早結束他的悲劇還比較仁慈一點。不過，話說回來，要是西西莉亞．貝爾這麼做的話，她就沒有辦法以受苦者的姿態過生活——當她拿出嗅鹽、她的朋友們聚在她身邊時經常說出的那個字詞。

為了養育他的受苦者。

27

葛雷格看得出來，自己的八歲兒子害身邊那些快速水道的泳客很不爽。喬一直在繩下玩水，阻礙了他們的划水動作。兒童池的滑水道關閉了，喬與他唯一能游泳的地方就是泳道。喬在水裡待了將近半個小時之後，顯然覺得很無聊。他們連玩水球都沒有辦法，葛雷格沒有先查看時間表，也沒有周詳規劃今天的活動，心生歉疚。他知道也該離開這裡了，但得要想出其他活動討兒子歡心……

也許他們可以去皇家劇院，看看下午的默劇是否還有剩門票，目前演出的劇碼是《彼得潘》，但他不太確定場次時間，但他前幾天意外聽到兩名女同事大讚不已，覺得喬應該會喜歡才是。不過，蘇可能已經打算為兒子在聖誕假期安排了什麼活動或驚喜，他不想搞破壞——她通常在他學校放假的第一天就擬定了計畫。也許他們可以改去電影院，應該可以找到什麼片子讓他們父子同樂。

總比待在這裡讓喬被瞪白眼好吧。而且，葛雷格泡在水裡也夠久了。他平常不是很愛游泳，寧可在健身房裡運動或是下場踢足球。

他下定了決心，今天還沒有結束，還有許多事可做。他們可以佯裝成觀光客，參觀汲泉室與羅馬浴場……只要承諾兒子最後會去吃麥當勞，就算讓他在球場裡踢球應該也會很開心。

每隔兩個禮拜，他會與兒子共度星期六一整天。他得忙工作，再加上喬現在住牛津，他的承諾最多也只能給到這樣了。他的前妻蘇從來不覺得這有什麼，不會抱怨他怎麼不多來探望兒子，也不會因此纏著他索討其他補償。她努力教導喬，而且竭盡一切努力維持兩人關係。她是好女人，也是好媽媽。兩人婚姻之所以畫下句點，並不是因為她恨她丈夫，而是他一直沒有給她愛的機會，而她對他的感覺純粹就這麼沒了。宛若沒有澆水的植物，她對他的愛漸漸枯乾，最後已經再也不可能有任何生機，然後，她開口要離婚。

葛雷格依然愛前妻，但已經不是以前的那種熾烈之愛。她現在比較像是某個好友，無論遇到什麼狀況，他永遠不會傷害、一定會出手相救的朋友。他會永遠以她是喬母親的身分愛著她，這是真的。

他打哆嗦，這才發覺自己好冷，他大聲呼喚喬，準備要離開了。

「可以再讓我跳一次水嗎？」

葛雷格張望四周，要是喬速度夠快，的確可以在不被別人側目的狀況下再跳一次。

「好，那就去吧，但是要快。」

有名女子走出來準備游泳，她背對著他，把自己的毛巾放在某根欄杆上面。一頭黃褐色的捲髮，隨性盤在後腦勺，還露出了一些濕漉漉的尾絲。從他這裡看過去，她的大腿苗條，腳踝的骨型恰到好處，小腿線條也漂亮。她脫去浴袍，他看到纖長背脊，還有渾圓的小屁股。

他心想，太瘦了，甚至有點骨感，但是她身形美麗，而且身著橄欖綠泳裝的屁股漂亮又性感。她轉身，他猛吞了一下口水，發覺自己的臉突然一陣燥熱。艾莉克絲．泰勒正準備步入泳池。

然後，喬發出了淒厲慘叫。

28

有人流血，游泳池裡的人立刻四散。葛雷格一看到兒子流滿鮮血的臉龐，幾乎是馬上推開人群飛奔過去。喬下半部的臉都是血，葛雷格擔心他傷勢嚴重。

艾莉克絲．泰勒立刻掌握狀況，她在池畔彎身，把喬從水裡抱出來。她拿她的毛巾裹住他，又隨手抓了別人的毛巾摀著他的臉。當葛雷格衝過來的時候，她看到他一臉憂心，猜想這男孩與他應該是有親戚關係。

「我們先帶他去急救室，」她冷靜下令，「我在那裡可以好好檢查他的傷勢。」

喬一路大哭，葛雷格心中滿是罪惡感，因為事發當時他的雙眼忙著飄向他處。

在這小小的房間裡，艾莉克絲．泰勒再次主導一切。她告訴衝進來協助的救護員，她是醫生，交由她處理就可以了。然後，她要了些紗布、一碗溫水，還有一些冰塊。

她充滿耐心，態度冷靜，完全不理會喬歇斯底里的哭喊，以溫水擦去了他臉龐的血污。然後翻開他的下唇，查看他的牙齒與牙齦，然後又對上唇做了同樣的詳細檢查。她從塑膠盒裡拿了一顆冰塊，把它放在喬的指間。「把它當成冰棒一樣，放在你的唇間，但千萬不要吸吮。」

神奇的是，喬乖乖聽令照做，她又多拿了一些冰塊，以紗布裹好，一手握冰貼住喬的後頸，另一手捏住他的鼻子。

「很好，」她的語氣充滿鼓勵，「你馬上就沒事了，把拔可以買支冰棒給你，讓你疼痛的嘴唇舒服一點。」

她好厲害。血流立刻停止，也很容易看清楚傷口在哪。兒子咬破了下唇內側，而且還流鼻血。「把拔，我撞到了頭、鼻子，下巴也受傷了。」喬的冰塊開始融化，水滴淌落下巴。「我想要起來，可是又摔進水裡了。」葛雷格猜兒子匆忙上跳台，但沒有跳好，反而撞了上去。

他覺得真的是幸好，不會留下疤痕，而且把喬還給他媽媽的時候，可以向她保證兒子已經給醫生檢查過了。

他向艾莉克絲．泰勒道歉，「對不起，害妳沒游到泳。」

他們都換好了衣服，站在大廳準備離開。看到她的黑眼圈，他真的覺得很不好意思，他心想，要不是出現這種惱人緊急狀況，她應該可以好好享受一個悠閒早晨吧。

「反正我也只能游一下而已，我得要在一小時內趕到其他地方。」

喬語氣不耐，「爸爸，我們今天要做什麼？」

現在兒子的鼻子與下唇微腫，葛雷格更感歉疚。「小朋友，給我一分鐘，讓我向泰勒醫生道謝。幸好有她，不然我們可能得跑一趟急診室，相信我，小可愛，你絕對不會喜歡那種地方。」

「但我們要做什麼？」

「看電影怎麼樣？」

「明天馬修過生日，我們就要去看電影。」

他那種發牢騷的語氣就像是個被寵壞的小屁孩，葛雷格決定等到只有他們兩個人的時候，要好好和兒子談論一下他態度的問題。

「我不想回家，我想要玩，而且你說過我們今天可以玩個開心，因為快過聖誕節了。」

「好，好啦，不要吵了。我又沒說要回家。我們會找地方玩，給我想一下。」

艾莉克絲．泰勒流露出被逗樂的目光，盯著他們一來一往，葛雷格趁機打量她。這女人真的發瘋了嗎？她現在看起來很正常。

她語氣一派輕鬆，開口問道，「想不想做點不一樣的事？」

葛雷格不想。他寧可去酒吧，中午提前開喝然後找間電影院可以讓喬隨便看點什麼都好，他可以睡一覺。

「你們有沒有哪一個人懼高？」

葛雷格遲疑了一會兒，搖頭。

「等我一下。」她走了幾步，與他們拉開一點距離，拿出了手機。

兩分鐘的通話結束之後，她把手機放回外套口袋。「好，要是天氣一直都這麼好的話，你們應該可以從事一些不同的活動。」

葛雷格發覺自己已經微微聳肩表示同意，但他其實根本還不知道對方葫蘆裡賣什麼藥。「妳想到的是？」

她的疲倦臉龐露出了一抹燦爛淺笑。「直升機之旅。」

29

星期六是適合進行醫院導覽的好日子。部門裡執勤的人變少了，基本上，醫院裡的人就是不像平常那麼多。

蘿拉．貝斯特的導遊，哈利，這位短小精悍的男人，是這間醫院服務最久的警衛之一，可以靠著他進入某些禁區。他小露魅力，以平鋪直敘的態度向別人這麼介紹蘿拉，「警方」現在需要四處查看。

這間醫院擁有的部分遠遠超過她的想像。不只是病房與手術室，還有病患們從來沒看過的地方——更衣室、訓練設施、辦公室。一開始的時候，蘿拉下定決心要全神貫注，但他們不斷往前走，她的耐心也慢慢消失，所幸哈利也開始變得有些八卦。

蘿拉跳過了那些無聊的內容：砍預算、人力短缺、關閉的部門，以及這間醫院的歷史，只有聽到對她有用的主題的時候，她才會豎耳傾聽。

她現在知道了好幾名醫院員工的名字，知道主要手術室裡面有兩起緋聞，有名護士因為罵病患「幹，滾啦」而遭到停職處分，還有一名男護士在恢復室下巴骨折，因為被某名剛退了麻醉的病患撞傷。

最後一句話讓她如獲至寶，讓她主動與哈利聊天，他現在正緩步走下某個斜坡，準備要向她展示其他的過時管線系統。「看來你跟我們一樣，也必須處理許多暴力事件。」

「有時是這樣沒錯，」哈利拿起自己的鑰匙鍊，仔細尋找，「尤其是在急診部。晚上只有兩名警衛值班，我們常常得要打電話請你們過來排解糾紛。」

「沒有太多醫護遇襲，真是奇蹟。」

「他們要是不小心的話，的確會被攻擊。上面給這些醫護配發隨身攜帶的警報器，按下按鈕就會發出嗶響，警衛即刻衝過去。但我剛才也說了，就只有我們兩個人而已。」

「真遺憾，幾個禮拜之前，泰勒醫生沒有隨身攜帶警報器。」

一聽到這句話，哈利抬頭，露出奇怪神情盯著她，蘿拉小心翼翼思考措辭，才繼續開口，「要是她按下警報器求援的話，那麼你們就可以早一點發現她了，而不是冷風深夜躺在停車場裡面。」

「哦哦啊，」他深表同意，這次接腔讓他的薩默塞特口音露了餡，「是啊，當晚風吹得好大。我本來以為妳說她遇襲。」

蘿拉聳肩，「哦，她覺得自己遇襲啊。」

哈利搖頭，「當初是我和她男友找到了她，好可憐，整個人就躺在那裡。」

蘿拉乘勝追擊，「所以你覺得她並沒有遇襲？」

他再次搖頭，「沒有，不可能。她周邊散落了一堆樹枝，當晚風超大，而且她衣裝完好，妳懂我的意思吧？也就是說，她身上有穿衣服。是昏過去沒錯，但我的意思是，被樹枝敲昏。我不知道之後出了什麼狀況，她一定是有輕微的腦震盪。」

「我聽說……」蘿拉壓低聲量，她仔細打量走廊，彷彿要確定是否真的只有他們兩人而已，

「她去年有段時間也怪怪的。」

哈利突然直視她的雙眸，她這才注意到對方施展魅力、侃侃而談，除了各種八卦之外，還有她先前沒有注意到的部分——消息靈通。「那一點我不太清楚。一定是發生了什麼事，但我不知道是什麼。那位醫生休假了一段時間，大約有一個月不在醫院。我之所以知道出事了，純粹是因為我看到她與主治、費歐娜．伍茲行經走廊，而泰勒醫生在掉淚。」

「你不知道是什麼事嗎？」

「各種原因都有可能，我看過許多同事哭泣，都是這地方的壓力，尤其是急診部，這種狀況時時在上演，我看過好些人因為無法救治病人而大哭……妳也知道他們工作很辛苦，我不該——」

「別擔心，你幫了很大的忙，謝謝，我想我們該看的都看過了吧？」

蘿拉．貝斯特走出醫院，心情踏實。她已經得到了自己想要的線索。她見了當晚發現艾莉克絲的那名男子，聽到了他對事件的說法。她確認這醫生去年出了一些狀況，而且艾莉克絲．泰勒在說謊。

其實並沒有發生那件事，全是艾莉克絲．泰勒所編造，而且，其實與去年的某起事件有關聯。

30

艾莉克絲戴著黑色保護耳罩，身穿背後印有綠色的醫生字樣的螢光黃外套，她就像她的客人一樣，站在那裡，背對直升機，面向灌木樹叢與鐵刺網圍牆。槳葉依然在旋轉，各種天然垃圾——地面上的樹枝、落葉，甚至是小石——可能會被捲飛、刺入他們的眼中。

他們站在距離急診部入口只有幾公尺的板球場，與醫院只有一道簡單的圍牆相隔。這是載運病患的理想起降點，而且板球俱樂部對於這種零星出現的干擾並無任何怨言。

他們背後的那架直升機——威爾特郡三名救護車飛行員的私人座機——是一架輕型四人座羅賓遜直升機，可以讓所有乘客在空中盡情飽覽風光。

她面前的雙重高大警示燈閃動藍色，顯示直升機停機坪在使用中。艾莉克絲等待引擎聲消失後，轉身，看到了駕駛伸手，做出「請過來」的手勢。

她幾乎不敢相信自己做出這種事。如此衝動的決定不是她的行事風格，她根本不喜歡透納督察，他把她當成了瘋子，她很清楚這一點。只能說這一切都該歸咎於她先前的心情，自己遭納森．貝爾拒絕所產生的慘然沮喪與尷尬。

也許她真的是瘋子，她的新朋友，瑪姬，也是這麼覺得。當晚，她離開瑪姬家之後，在心中暗暗發誓絕對不要再過來了。她窩在自己的雙人床中間，感覺超寂寞又恐懼，她本想要去拿伏特加或煩寧，都是靠著今天即將見到納森．貝爾的心情才斷了念頭，熬過漫漫長夜。

「泰勒醫生，妳真的確定這樣沒問題嗎？」

透納終於放下了他的嚴肅神情，她看出他眼中的諸多疑問，妳確定我們就這樣直接上去？不會有人攔阻我們嗎？這是不是在開玩笑？

她還沒來得及回答，已經有人在板球場的另一頭大喊她的名字。賽巴．默里賽從駕駛座下來，以彆扭的大步姿態朝她走來。

「嗨，我最愛的醫生，也該輪到妳了。」他的澳洲口音悅耳，行為態度充滿了感染力，他給了她一個熊抱，把她舉到空中轉身，惹得她哈哈大笑。

然後，他注意到了她的兩名客人，他走上前去，伸手致意。「想必您是透納先生了，」他握手之後，又對小男孩說道，「想必你是喬了。你能出現真是太好了，今天這趟飛行一定很棒，接下來這幾個小時的能見度相當好。」

「你可以叫我葛雷格就好，謝謝你邀請我們，」葛雷格．透納說道，「你人真好。」

「葛雷格，小事，只要是艾莉克絲的客人，絕對非常歡迎，她是超級貴賓。」

艾莉克絲想叫他閉嘴，不要再說下去了，但是葛雷格．透納卻挑眉，一臉好奇，而賽巴．默里賽也很樂意講述細節。

「她救了我一命，我是說真的把我從鬼門關前拉回來。」

她立刻打斷他，以免他扯遠了。「賽巴，閉嘴。透納先生不需要聽這種事，而且我想喬對直升機的事比較有興趣。」

賽巴的注意力轉向小男孩。喬緊盯著他不放，宛若眼前這男人是活生生的超級英雄，這一點完全不難理解。他身穿海軍藍飛行服，上面有銀扣、徽章，以及肩章。賽巴．默里賽看起來像是一個活生生的 Action Man 公仔。他身高一八八，雙肩壯碩，一頭黑髮剪為平頭，因風吹日曬而黝黑的肌膚。艾莉克絲知道只要賽巴執行任務帶病患入院的時候，急診部大部分的女人，還有兩三個男人，都會開心得要命。

「抱歉，喬，」他面向那一臉崇拜的男孩，「想知道直升機的事嗎？」

喬默默點頭。

「很好，是這樣的，我告訴你，其實弄懂它很容易。飛行員踩踏板，控制直升機的左右方向，有點像是你玩碰碰車的那種踏板。然後，他移動某根稱之為週期變距桿的操縱桿，這可以讓直升機的傾斜方向，前後左右都可以。最後，他還會移動另一根名叫總距桿的操縱桿，這可以讓直升機垂直爬升與降落，也就是說，它可以直接飛離地面，不需要先飛到哪個地方，而且它也可以靠這種方式降落。」

賽巴運用雙手、雙臂，以及全身上下模仿他提到的那些儀器，對喬做示範，數分鐘之後，他解說完直升機的全部構造，開口問道，「我不早就告訴你很簡單嗎？」

喬再次露出睜大雙眼的表情，默默點頭。

「大家準備要起飛了嗎？」

他的三名聽眾點頭。

他望向艾莉克絲，然後對她誇張一鞠躬。「醫生，現在我就把她交給妳了。」

葛雷格．透納聽到這句話，差點結巴。「你是說……？我以為……不是你要飛嗎？」

賽巴的回答簡單扼要。「不是，要由這位醫生執飛。」

他們飛過整座城市，以鳥瞰的角度欣賞巴斯溫泉浴場，這是全英國唯一的自然熱泉浴場，位於某棟超現代玻璃建物的頂樓，四周全是歷史古蹟。羅馬人在巴斯建立了第一座浴場，兩千年之後，依然是當地民眾的享受。當他看著一千英尺之下在熱水裡放鬆的那些小小浴客，他不禁想起了艾莉克絲．泰勒優雅纖細的身形。

以這樣的角度俯視建築，令人驚嘆連連，巴斯之城的設計就是壯觀——圓形廣場、皇家新月樓、普爾特尼橋——讓葛雷格幾乎熱淚盈眶。

賽巴的聲音打破了他的白日夢。「好，葛雷格，這位年輕醫生當初拯救我的故事，你準備要聽了嗎？」葛雷格望向自己的兒子，擔心他不知道會聽到什麼內容。賽巴拍了拍自己的耳機，「除非我打開他的耳機，否則他聽不到。」葛雷格點點頭，請對方繼續說下去。

「我是倫敦七月七日爆炸案的傷者之一。那天是我的休假日，要處理我自己的私事，我剛踏上那班國王十字站發出的列車，滿腦子想的都是留在我床上睡覺的那個可愛新女友，她有一頭漂亮紅髮，我坐在車內，心想自己真是好幸運。」

「賽巴！」艾莉克絲．泰勒插嘴，「你現在不需要告訴透納先生這種事。」

葛雷格看到她的右頰微微泛紅。「賽巴，我在聽。」

「那聲巨響好可怕——宛若某個飽受折磨的鋼鐵怪獸想要脫逃。剛開始的時候我以為我們撞到了另一輛列車，然後，現場立刻全黑，接下來是眾人尖叫。起初我沒感覺，然後我發現這麼一大塊鋼鐵從我的大腿穿出，我知道自己逃不了。我一直在想汽油啊失火啊之類的蠢事，我已經可以聞到橡膠焚燒的氣味。

「唉，我想我完蛋了，尤其四周變得靜悄悄——我以為大家都被救出去了，後來我才知道為什麼尖叫聲停止。

「過了好一會兒之後，我覺得躺在這一片漆黑之中滿好的，我不再擔憂恐懼，而且我對自己的腿也沒知覺了。我不知道到底過了多久，反正不重要。後來，我覺得我到了天堂，看到這位漂亮醫生的臉正俯視著我。她身材削瘦，擠入了別人進不來的空間，找到了我。

「葛雷格，她冒著生命危險救了我一命。她當時根本還沒當實習醫生，只是冒險挽救陌生人的另一名乘客而已。」

艾莉克絲臉上的紅暈又變得更深了，葛雷格覺得自己應該老實說出感想。「賽巴，好精采的故事。還有，泰勒醫生，要是我遇到了類似賽巴的處境，真希望我也有這種好運，能夠有妳這樣的人幫助我。」

他的目光移向城市周邊的壯麗山丘，在濃密坡地與豐美植被所構築的這片絕美地景之中，巴斯若隱若現。這是他的家鄉，而且與這兩個人坐在一起，讓他覺得心滿意足，這一天將會讓他長懷心中。

當晚，葛雷格開始執行每兩週一次的儀式，唸出喬釘在臥室牆壁上的每一位英格蘭足球隊隊員。他在離婚之後租下了這棟現代感的兩臥雙拼屋，對於落腳處還沒有什麼太多想法。而閒置的那個房間，葛雷格就讓喬隨自己高興任意佈置，奶白色牆面貼滿了各大足球隊的海報，因為喬還沒有決定要支持哪一隊。不過，今晚兒子對於足球員沒什麼興趣，現在他惦念的是令他更感興奮的英雄。

「把拔，今天是最棒的一天，你說是不是？」他講這句話大概有一百次了。今天的活動讓他十分振奮，結束之後就一直在講直升機的事講個不停。賽巴送給他的帽子與徽章放在床邊桌的抽屜裡，他希望離它們越近越好。

「喬，的確很棒，也許我們可以找時間再來一次。」

「跟艾莉克絲和賽巴嗎？」

「可能吧。」

「她是他女友嗎？」

「喬，我不知道，我覺得不是。」這位坐在艾莉克絲身邊的飛行員，顯然與她是好友，但葛雷格看不出兩人之間有友誼之外的情愫。賽巴說完自己的故事之後，花了許多時間透過耳機與喬講話，逐一點出下方的建物，講出它們的名稱。「我覺得她的男友是別人。」

「好可惜。」

「為什麼這麼說？」

「因為她要是可以當你的女朋友，我們就可以一直飛了。」

葛雷格微笑，「喬・透納，你這小子真壞心，我得要好好盯著你。」

等到他兒子睡著之後，他拿了一罐冰涼的生力啤酒，點了香菸，站在敞開的門廊門口，回想自己今天宛若看到明星般的行為態度。

她好厲害，而且讓他有些崇拜，多才多藝的程度很嚇人。他很好奇，年紀輕輕怎麼能有這麼多的成就？她駕馭直升機如行雲流水，比他開車還厲害，而且整趟旅程非常平順。這會是他永遠牢記心中的一天，正如同喬所說的一樣，最棒的一天。

但艾莉克絲．泰勒的表現令人困惑。她擁有這些了不起的才能，然而，就在幾個禮拜之前，他聽到她說出令人無法置信的故事。他親眼看到她害醫院整個部門動彈不得，也從她某些同事那裡聽到、感受到對她行為的焦慮不安。蘿拉．貝斯特認為她罹患的那種心理病症的小冊子，他已經詳細翻閱過了。而在他護送她離開莉莉安．阿姆斯壯事發現場、緩解她驚恐的那個晚上，他曾在她家泡茶，看到有三個伏特加空瓶放在瀝水板上頭，而且他在櫥櫃裡找糖的時候，還發現了裝有煩寧的盒子。這兩種東西等於告訴他，她無法處理自身狀況，然而他居然還讓她開直升機載自己的兒子飛行。難道她真的有酒癮與藥癮嗎？他暗自苦笑了一下，也許他對她有些太著迷了吧，抑或是因為他曾經見識過更堅強的人出狀況的跡象。今天她的確掌控全局，而他真心盼望她接下來不會出現嚴重崩潰或因其他心理疾病所苦。他以前認識其他罹患心理健康問題的成功人士，而那過程就像是目睹雲霄飛車疾飛一樣，越來越快，終於撞毀。

等到喬不在身邊的時候，葛雷格很想再次見艾莉克絲一面，讓她可以好好放鬆一下，也許她需要的是工作之餘的閒暇時光，能夠重新調整自己的餘裕。

與她共處，也讓他開始反省自己的生活。他離婚六個月了，而他上一次與女人上床是更久以前的事。他沒有把與蘿拉的那次事件算進去，因為那不是做愛。重新思考他人生的這一個面向，也不算太快，而且喬對於自己的老爸找女友似乎也不介意，艾莉克絲．泰勒有男友，所以喬得要重新思考他的作媒計畫。反正，若說她對他有興趣，可能有點算是癡心妄想吧。對於她這樣的人來說，他可能太普通了一點。他現在思考的不是自己的感情生活，而是也該培養個嗜好，搞不好可以開始學開直升機……

31

她要去拿她的東西，應該先打電話通知他才是，而不是像這樣偷偷摸摸。他們是分手了，但並沒有成為天大的仇敵，而且他們都是大人了，早就不是十幾歲的孩子，派翠克可能會覺得她這種行為超幼稚。不過，她純粹就是不想在此刻面對他，她不想又聽到他說永遠會守候著她。要不是因為她現在需要自己的筆電，她根本不想過來。不過，她得要向一群新來的實習醫生做簡報，就是得需要那東西。

雨勢滂沱，雨滴從頭髮流入眼內，害她心情惱怒。她應該要轉身，從通往他手術室的大門直接進去，他可以讓她從那裡直接進入屋內的主要區域。也就是說，只需要他陪伴一分鐘就夠了，他太忙，沒辦法講什麼話，那麼她就可以收好東西，立刻離開。

她小心翼翼走過泥爛小徑，走到了柵門口，幸好沒有摔倒。她走過花園，經過了派翠克讓狗貓過夜寄宿以賺取外快的舍籠。他的獸醫院年輕實習護士溫蒂從花園小屋出來，拿了個鐵桶，還有一大袋狗食。

艾莉克絲問她，「需要幫忙嗎？」

溫蒂搖手。「沒關係，妳別操心，我自己來就好。」

她是外表強健的年輕女子，擁有肌肉結實的大腿與雙肩。漲紅的雙頰加上綠色雨鞋，整個人看起來就像是農場工人一樣。她對艾莉克絲露出客氣微笑，隨後鑽進舍籠旁的庫房。

艾莉克絲打開後門，透過手術室的霧面玻璃，看到了派翠克的身影。有條狗兒在狂吠，派翠克只能對飼主大聲說話，想要壓過狗兒的噪音。

她進入某個無窗小房，在增建之前本來是拿來當手術室的戶外小屋。水泥地板，牆面漆成白色。裡面有個小淋浴間，放置外套與包包的地方，還有一個可上鎖的灰色藥櫃。這是派翠克在一日工作結束的時候，脫去白袍與工作服、洗去動物氣味的地方。

艾莉克絲有時候很期盼派翠克不要這麼講究，要是能多向他父親看齊就好了。那位退休的獸醫與兒子截然不同——只要看到他，外套總是沾滿動物的毛髮，而且口袋裡一定會放一些飼料。

她進入他的屋內，後頭沒人，讓她心情輕鬆多了。她細細瀏覽這熟悉的環境：一切宛若以往一塵不染。真皮沙發噴了亮光劑，電視機螢幕或其他物件的表面都一塵不染。派翠克的書桌上有電腦、無線電話，還有一盤精心擺放的紅蘋果，好幾個檔案盒，標籤整整齊齊，置放在書桌上的櫃架裡面，而檔案旁邊放了一張她的照片。

那是在夏天拍的，她身穿白色短褲搭檸檬色的比基尼上衣，他們剛吃了冰淇淋，坐在韋茅斯防波堤上頭。他們玩了一整天，最後訂了一間民宿，因為他們想要做愛。才不過幾個小時的時間，他們就退房，屋主對他們露出一種你知我知的表情，兩人走回停車處的路上，一路笑個不停。

那是神奇的一天，等到她回到家的時候，已經完全愛上他了。自此之後，兩人之間的關係快速滋長，兩三天就見一次面稀鬆平常，她一度以為自己會與他廝守一生。

她用力吞嚥口水，不願回首那段快樂的記憶。

她上樓，進入他的臥室，看到自己的筆電放在她那一側的床邊桌。床鋪得整齊，枕頭蓬鬆。

她從抽屜裡取出了內衣與襪子，兩件T恤，一件老舊牛仔褲，把它們全放入手提袋裡面。她從抽屜上方的某個水晶玻璃碗裡面拿了一對銀色耳珠，然後，她鬆了一口氣，還有她停車場的備分鑰匙卡。她忘了自己曾經把這東西交給了派翠克，因為他從來不曾使用。他總是把車停在外頭，然後按對講機進來。自己的失蹤鑰匙卡，她還沒有報警處理，她覺得一定是被那個輾過莉莉安·阿姆斯壯的人給偷走了。她進入浴室，拿走了自己留在那的少許盥洗用品，全部的東西還沒辦法塞滿她的大袋子。她覺得好傷感，兩人交往了一年，而必須從他家帶走的東西居然這麼少。

他留在她住處的東西更少：只有兩片CD和一件外套。她會盡快寄還給他，因為她不想要再過來了。她最後一次張望樓上的房間，目光定在那張已經鋪好的床，心中滿是失落，真的結束了，她再也不會回到這裡。

她下樓的時候，他坐在梯底。他違反了自己的規矩，居然穿著工作白袍進入自己的生活區域，他背對著她。

他聽到她下樓，回頭一看，立刻面迎她，那雙藍色眼眸充滿困惑，他語調平靜，「我真的搞砸了是嗎？」

她以半乞求的口吻回他，「派翠克，我們不要再討論這件事了。」

「妳知道，我愛妳，我真的沒有意思要傷害妳。」

「那是你自己的想法。」

「真的，」他堅定回道，「而且我好想妳，已經超過了言語所能表達的範圍。」

她想要從他身邊擠過去的時候，他抓住她的手，發出了絕望哀求，「別走，我們什麼都不說，留下來陪我就好，今天留在這裡跟我在一起。」

她搖頭。「派翠克，我沒辦法，我不能跟不信任我的人在一起，我再也不相信你了。」

「自從和妳在一起之後，我從來沒有看過任何女人一眼。」

「我說的不是那種信任。」

「妳說的是可以彼此無所不談的信任？」

「對。」

「知道把一切告訴對方很安心？」

「對。」

他放開她的手，站起來。「妳似乎對我也不夠信任。」

她好困惑，「你這話什麼意思？」

「妳沒有把去年發生的事告訴我。艾莉克絲，妳從來沒說不是嗎？妳是覺得我不會體諒妳？還是我因此就不想和妳約會？」

她雙唇顫抖，「誰……是誰告訴你的？」

「費歐娜。她超擔心妳，大家都是。就連帕蜜拉也一樣。她說妳在她婚禮那天曾短暫崩潰，每一個人都很擔憂妳的狀況，而且不知道該怎麼協助妳。」

她舉步維艱，朝他的辦公室走去，每一步都茫茫然，那一扇門將會讓她離開他的家。

「艾莉克絲，我來幫妳，我們一起解決。」

當她到達門口的時候，她停下腳步，她知道他與自己的距離只有一步之遙。「謝謝你讓我收拾我的東西，現在我得回去工作了。」

「艾莉克絲，不要走。妳在這種狀態下不能工作，我們可以找哪個人來幫助妳。」

她心想，我的天啊，他到底找多少人講了這件事？現在外頭有多少人在分析她的狀況？她發覺自己體內突然有膽汁冒升到喉嚨，知道自己得盡快離開，不然她會在這裡丟人現眼。

「我快要來不及了，」她語氣僵硬，「不需要送我。」

他努力最後一試，「只要妳需要我，我都在。艾莉克絲，拜託一定要記住這一點，艾莉克絲。」

她匆忙進入泥地小徑，準備回到自己停車處，幾乎是飛奔而去。當她想要打開駕駛座車門時，雙手不斷顫抖。她的車停放在其他車輛可以方便入內看診的樹籬附近，她貼靠住其他車的車身，衣服吸滿了雨水。

終於，她坐入駕駛座，沒有發動引擎。她衣服濕了，頭髮又在滴水，大雨狂敲擋風玻璃，害她根本無法看清楚，她過來這一趟的確挑對了時間，不會有人聽到她的心碎哭喊，也不會有人看到她雨與淚混成一片的臉龐。

大家都在講她的事，每個人都覺得她發瘋。她再也受不了了。

32

這場簡報會議從頭到尾就是一場可恥的失敗。葛雷格好想要扭斷某些警察的脖子。有些人姍姍來遲，還有的根本懶得出現，而那些準時到場的人也根本無法提供任何有用的情資，大家都在座位裡不安蠕動，等待葛雷格開口放大家走，他才不會就這麼饒過大家。

「所以重點摘要如下：莉莉安．阿姆斯壯死了將近一週，我們還是沒有辦法拼湊出她死前那幾個小時的行蹤，依然找不到任何的目擊證人，她客人是誰，就連一個也找不到。而且，到底哪一輛車或是哪個人殺了她，我們還是完全沒有頭緒？」

眾人的反應是緩緩搖頭或是冷漠聳肩，葛雷格暴怒，再也無法容忍這裡的懶散氣氛，他站起來，狠狠拍了一下桌面。

「有個女人死了！三十四歲！大家醒醒好嗎？有人開車輾過她，任由她在那裡等死！給我起來去找線索，做點事！再去找她家人問案，找出她常客的名字！詢問她家公寓的那些住戶。她穿皮靴，露出屁股蛋的紅色迷你裙，一對奶子幾乎要蹦出來，一定有人看過她，媽的她又不是隱形人！」

裡面二十多名警察同時抬頭，一臉驚訝，他們手中的三明治與捲餅、咖啡與罐裝飲料，全部凝在空中不動。他們的資深刑事偵查長官生氣了，他們幾乎從來沒看過他這樣。

葛雷格不太會對員警飆髒話——通常不需要如此——但這起案件已經過了六天，沒有任何進展，他感覺很糟糕，因為他覺得他們之所以這麼馬虎是因為莉莉安·阿姆斯壯賣淫，他們覺得她並不值得他們全力以赴。

彼得·史賓塞在此時溜進了案情偵查室，找了張空椅坐下。葛雷格也面向他開始訓話，「到得太晚了吧，是不是？我們剛結束，除非你可以貢獻什麼確切線索，不然現在才加入也完全沒有意義。」

彼得·史賓塞伸出手指，拍了拍某個襯墊信封。他不是那種愛耍花招的人，也沒興趣搶佔上風。「她不是在那個停車場被輾壓而過，而是被壓過之後又移到了那裡。」

「彼得，我們已經知道了，」葛雷格打斷這名驗屍官，「所以她是走路還是爬過去？還是被人丟包？」

彼得·史賓塞回道，「都不是，因為根據我們現在的跡證，或者應該說我們還沒有發現的跡證，目前出現了一點違常狀況。」

案情偵查室的每一個人現在都精神一振，挺直身體，大家都想要知道這位資深驗屍官到底是什麼意思。

「是這樣的：我們知道她兩側的車輛已經停放了一整天，而她外套上的胎痕很清楚，不過，卻無法從那道胎痕看出到底哪裡是輾壓的起點或終點，它就是落在她的胸膛，就像是畫上去的一樣。第二點：到處都沒有血跡。她的手嚴重出血，所以要是她被拖拉到那裡，應該會留下血痕，但唯一找到的血跡卻是在身體附近，除了這一點之外，地面沒有朝她輾過去的胎痕，我們必須認定她是在其他地方遇襲，然後被丟包在那個停車格。」

這番話引起葛雷格的注意。「會不會是摩托車輾過她？我的意思是，就在那個停車格。」

「葛雷格，但胎痕呢？我一直強調，屍身找不到輾壓的起點或終點。她應該不是在那個停車場遇襲。」

蘿拉．貝斯特突然在她座位發聲，「我們應該要檢查艾莉克絲．泰勒的輪胎是否吻合那個胎痕。」

葛雷格發覺自己喉頭一緊。

他好不容易才開口問道，「妳覺得是她開車輾過莉莉安．阿姆斯壯？」

她無辜聳肩。「嘿，有這個可能。她可能為了故布疑陣，先襲擊對方，再把她移動到那個停車格。我們那天查看她車子的時候，她才剛洗車。也許她壓過那女人，發覺自己留下跡證，趕緊去洗車。」

彼得．史賓塞諷刺回道，「那得要相當冷血才行。」

「她很了解血跡與跡證，」蘿拉滔滔不絕，「她是醫生，對於法醫學的了解很可能遠遠超過我們任何一個人。很簡單，只要確定她那輛迷你庫柏的輪胎是否吻合莉莉安．阿姆斯壯身上的胎痕就可以了。」

「莉莉安．阿姆斯壯有七十八點五公斤，」葛雷格的語氣有驚詫也有懷疑，「泰勒醫生不是女超人，妳是要叫我們相信她開車輾壓那女子，然後扛著她或拖著她到自己的停車格。然後呢？下去把車洗得乾乾淨淨？」

「對，」蘿拉充滿自信，「而且，對醫護來說，搬動屍體並不困難，他們很習慣使用床單拖拉。」

葛雷格起身，整理思緒。「不過，在這段期間當中，可能會被別人看到這名女子，她怎麼可能冒這樣的風險？難道妳的意思是她在洗車的時候把屍體藏在後車廂？但如果是這樣的話，那女子很可能就死了。當救護車抵達現場的時候，她一定早就斷氣了，而且，牆壁上也沒有鮮血噴濺的痕跡。」

「我只是說她可能是疑犯。襲擊她，包住她，移動她，把她拖過去。後來，那女子失血過多而亡。這時候泰勒就必須做出決定，洗車的時候是要把屍體留在原地，還是要一起帶走？但我猜她是把屍體留在那裡，甚至搞不好盼望是別人發現，可以讓她與這起事件完全脫鉤。」

「那麼死亡時間呢？」彼得．史賓塞插嘴，「救護車到來的時候，她才剛死。」

「那是因為泰勒醫生說她才剛死！」蘿拉語氣激動，「她是醫生，他們當然會接受她所說的死亡時間。」

葛雷格反駁她，「不過，要是依照妳的說法，泰勒醫生全身都是血，要是這樣的話，一定會被人看見！」

「未必，四點就天黑了。現在有許多洗車場都是自助式。搖下車窗，投幣，開車過去就行，不會有任何人看見她。然後，她回來，要是看到了救護車，她就又把車子開走，不然就是回來的時候，發現那女人還是躺在那裡，那麼她就可以表演她的呼叫求救橋段。」

蘿拉真厲害，聽她一段接著一段講下去，葛雷格覺得自己毫無招架之力。

「所以她幹嘛要告訴我們那女子身上胎痕的事？這說不通。」

「她必須要告訴我們，她知道我們一定會找出答案。我的版本比她的說法可信多了，」蘿拉回嗆，「綁架案——」

「我現在很困惑，」彼得．史賓塞插嘴，「妳為什麼一開始就認為醫生涉案？」

葛雷格幫蘿拉回答，「貝斯特警員的理論是泰勒醫生患有某種孟喬森症候群。自己製造事件引發關注。」

「她以前就玩過這種手法，」蘿拉很堅持，「十月的時候，我第一次見到泰勒醫生。她自稱遭到綁架，被帶入醫院的某間手術室，對方威脅要對她動手術還是強暴什麼的，然後，很神奇的是，她同事在醫院停車場找到她，把她送入急診部。除了頭上有一小處腫塊之外，毫髮無傷。沒有遭到性侵或動手術的證據。我們覺得很懷疑，已經是最客氣的說法了。兩個禮拜之後，葛雷格被叫進急診室，因為她說自己負責的某個剛斷氣病人是遭到謀殺。」

彼得問道，「那是誰？」

「失蹤的護士，艾咪．阿博特，」葛雷格回道，「她被救護車送進急診室的時候大出血，過沒多久就死了，法醫說是自行墮胎。」

「這可有趣了，」蘿拉說道，「當艾咪．阿博特失蹤的時候，我們依然不知道她的下落。似乎沒有人知道她在哪。她一個人過了五天，沒有提款紀錄，也沒有任何目擊證人。她在哪裡，葛雷格？墮胎地點在哪裡？也許泰勒醫生知道答案。」

「當艾咪．阿博特失蹤的時候，泰勒醫生人正在巴貝多島，妳也查核證實了這一點。艾咪失蹤的前五天，我們可能永遠沒有答案，但我們知道的是泰勒醫生不可能帶她去哪裡，因為她自己在六千四百公里之外的地方。還有，蘿拉，」葛雷格語氣尖銳，「我不知道妳是不是搞不清楚狀況，艾咪．阿博特並沒有列案調查。」

蘿拉旁邊的某名警員開口，「我記得泰勒醫生當天去布里斯托購物，回來的時候發現莉莉安．阿姆斯壯已經受傷。」

「那是她的說法，」蘿拉厲聲回道，「我們還沒有追查她的活動紀錄或查核她的不在場證明。她說她在布里斯托，但我們哪知道真假？」

那名警察又回嘴，語氣促狹，「我想她可能是飛回來的吧。」

蘿拉．貝斯特面向他，在短短半小時之內，案情偵查室的警察被某人突然性格大變嚇一跳，這是第二次了。只不過，這一次嚇到他們的並不是資深長官——而是通常謹慎自持的蘿拉．貝斯特。

「別以為不可能，」她冷冷說道，「靠，她會開直升機啊。」

葛雷格的目光立刻投射過去，想要知道她是不是在看著他。他覺得奇怪，她怎麼會知道這件事。但是這個憤怒女子全神貫注盯著她身旁的警員，讓葛雷格一頭霧水。

那天他與艾莉克絲一起出去，完全沒有任何問題，畢竟她只是一個證人，不過，即便如此，蘿拉還是會想盡辦法找他麻煩。他發覺只要她一提到泰勒的名字，就會出現一種近乎病態的醋意，他知道自己必須要小心處理。他不能阻止她調查艾莉克絲．泰勒，但是他不需要講出那一趟出遊幫她火上加油。

他對彼得．史賓塞下達指令，「我們立刻找出那個胎痕的廠牌型號，盡早知道才能繼續辦下去。」

蘿拉問道，「那麼泰勒醫生呢？」

葛雷格盯著蘿拉，語氣堅定，「除非我們找到必須要追查泰勒醫生的理由，不然我們不會動她。」

33

當她出現在理查德．希克特門口的時候，他嚇了一大跳。

艾莉克絲在他家客廳打電話到急診部通知卡洛琳，她不是很舒服，今天無法工作。卡洛琳似乎早就知道會接到這樣的電話，她說不要緊，原本安排給艾莉克絲的教學課程可以擇期另做安排，實習醫生可以在部內進行實務訓練，她病況好轉比較要緊。

「艾莉克絲，休息一下，妳要讓自己好好休養，派翠克非常擔心妳。」她講出這段建議，就可以證實派翠克在她離開他家之後馬上聯絡了她的上司。他一定會堅持都是為了她好，這一點無庸置疑。他還去找了費歐娜與帕蜜拉，讓狀況更是雪上加霜。就算她自己想要找她們談一談，也被他搞砸了這樣的機會。她們會與他抱持相同的想法，她需要協助，適切的援助。

薄荷茶舒緩了她胸中的緊繃感，她開始慢慢平靜下來。

她對理查德．希克特說道，「謝謝你沒有拒絕我，抱歉一大早打擾你。」

今天他穿牛仔褲，搭配海軍藍、紅色，以及白色條紋的毛衣，棕褐色高爾夫鞋上面看到了草屑。他的書桌上堆滿了文件，旁邊有個滿杯的茶，看得出她入門之前他正在忙，或是正準備要工作。

「我喝完茶就走。」

「不需要這麼趕。我今天還沒有計畫，雨太大了，也沒辦法從事戶外活動，至於文件……

哦，明天很可能還會繼續下雨。」

「我只是想不出來還可以去哪裡。要是我繼續去找瑪姬．菲爾丁的話，她一定會被我煩死。」

聽到這句話，他露出微笑。「我向妳保證，她絕對不會這樣。我覺得她不是那種慈悲大好人，除非她有意願，否則她不會出手。友誼很重要，要是菲爾丁醫生主動開口幫忙，妳應該要大方接受才是。」

「她不相信我的遭遇。」

「她這麼說嗎？」

艾莉克絲點點頭，「哦是啊，她說絕對不可能。」

「一定讓妳很不舒服吧？」

她沒有接腔。

「妳有沒有問她是否有其他想法？」

「我之所以來找你，是因為她覺得我可能是某種創傷後的問題。我的某段過往，或是與我工作相關的事。」

他微微點頭，「她也跟我說了差不多的內容，但重要的是妳的想法。過去這些日子是否出現什麼讓妳不安的狀況而引發那起事件？」

「那天早上，我無法救回某個嬰兒，」她疲憊嘆氣，「三個月的女嬰，好慘。寶寶進來的時候已經全身泛藍。她的爸媽對著大家尖叫，趕快讓他們的寶貝恢復呼吸，但她已經全身冰冷。救護車急救人員一開始就不該把她送進來。我們懷疑是嬰兒猝死症，而驗屍結果也證明了這一點。

但她到了我們這裡，她父母誤以為我們可以救活她，讓她起死回生，但她的小小手指早已變得僵硬。」她再次嘆氣，「所以，對，的確是有重大壓力狀況導致那起事件。」

「所以還曾遭逢其他的沉重壓力嗎？是不是還有其他可能觸發危機的事件？」

她繼續沉默無語，不願講出去年與他的那一段過往。要是她告訴他的話，他一定會立刻認定這兩起事件有關聯，而她的綁架者不過是她的幻想而已。但話說回來，她無法迴避，如果希望這次坦白能夠發揮助益，她必須要全盤托出。

「我去年曾經遇襲。」

他的目光依然冷靜，態度不變。「就這樣嗎？」

她的雙眸盈滿淚水，必須用力咬住下唇以免失控。她做了多次穩定心緒的深呼吸之後，才準備好開口。

「他沒有強暴成功。先讓你知道狀況，他沒有強暴成功。」

理查德．希克特點點頭，艾莉克絲繼續說下去，「他是演員，為了要扮演醫生，跟在我身邊學習。他在醫學驚悚片裡擔任主要角色，我的上司讓我指導他，部分原因是因為她太忙，而且他也主動表示希望與我搭檔。他很好相處，是個充滿魅力又聰明的男人，對病患與我都是彬彬有禮。他跟了我五天，我完全沒有發現他有任何問題。老實說，有他在身邊令人心情大好。」

理查德．希克特問道，「妳是不是喜歡他？」

她露出淺笑。「我想，是有那麼一點吧。他是電視明星。光是因為曾在電視上看過他，一開始就讓人感覺很熟悉，而且，他很謙虛，似乎對學習真的很有興趣，還向我借了一堆醫學書籍，請我解釋醫學名詞，一定要等到他完全弄懂之後才會罷休。我想這一點讓我很欣賞，他並非只是學些皮毛而已，而是如實扮演自己的角色。好，我剛也說了，第五天，天氣很熱，我們的可愛夏末之日，部門的氣溫宛若烤爐，電扇全開，大家狂喝水，迫不及待想要回家，才能夠躺在自家花園裡納涼。

「當時我跟他待在重大傷病急診室，他希望我可以為他介紹我們所使用的器材，還有我們被叫入重大傷病急診室所穿的專用服裝。我努力著裝準備示範。通常，為了訓練需求，我還是會保留上衣與長褲，再穿專用服裝。但室內實在太熱了，那樣的穿法一定會害我昏倒。」

「所以他背對著妳？」

「對，」她語氣平靜，「我也背對他，所以我可以保有一點隱私。我把衣服套上屁股，正打算把腳放入厚靴的時候，他突然從背後抓住我，我沒有辦法站立，我當時處於完全彎身的狀態，衣服滑落到我的腳踝。」

她緊閉雙眼，因為她想起了那一刻，心臟不安狂跳。「他把手伸入我的內褲，另一手則鑽進我胸罩裡面，然後緊貼住我。我想要推開他，但是他全身重量壓住我的背。」她用力吞嚥口水，發覺自己開始全身顫抖。「靠，我真的不願回想這段過往，我不願想起他的雙手對我亂摸的情景，我感覺到他拚命在脫他自己的褲子，我嚇壞了。然後，他摸我……我發覺他已經貼觸到我的肌膚，他正在脫我的內褲。我拚命想要逃走，來回推撞，然後，我整個人摔倒了。我的頭被塞到底櫃，我心想，被他強壓在地，我卻盯著這些醫療器材，真是太荒謬了。我感受到他的……我知道馬上就會……我……」

她呼吸困難，突然睜眼，想要再次找回安全感。理查德．希克特在椅內向前傾身，彷彿打算要安撫她。她舉手阻擋，「我沒事，只是需要暫緩一下。」

他問道，「要不要喝水？」

她搖頭，「我沒事。」

「要繼續說下去嗎？」

「要，還有很多沒講出來。我好不容易抓起了某隻靴子，朝他大腿隨手亂揮打，我一定是狠狠打中了他，因為他不再貼著我，我終於能夠轉身。他整個人趴地，沒穿褲子，露出了下體。我對他大吼大叫，我說我要報警，他絕對無法逍遙法外。然後他……他哈哈大笑，他說沒有人會相信我。大家都知道是我帶他進入那個房間，大家都知道我暗戀他。他說：『艾莉克絲，我們打開天窗說亮話，妳整個禮拜都在煞我，妳覺得大家會相信誰？』」

那天，是她第三次淚流滿面。

理查德．希克特給了她幾張面紙，她想起葛雷格．透納也對她做出相同舉動的那一次，她最近的生活似乎不斷在上演別人遞面紙給她的劇碼。

這位精神分析師起身繼續泡茶，她趁這時候好好平靜心緒，等到他回來的時候，他坐下來靜靜陪伴她，過了許久之後，他終於開口，「妳有沒有報警？」

她搖頭，「我沒辦法。我擔心大家不相信我。你覺得最近我的那場遭遇只是出於我的幻想嗎？」

他微微聳肩，「是有這個可能。這也許是妳面對去年遭遇的方式。我無法告訴妳停車場襲擊事件是否為真，我只能告訴妳，必須要面對去年的那場事件。有個差點強暴妳的男人，而妳卻因為覺得沒有人會相信妳而選擇逃避。」

他陷入遲疑，她看得出他眼中的猶豫不定。

終於，他開口，「我認為那件事妳應該要去報警。」

她的眼瞼因為鹹淚而又痛又腫，臉龐敏感脆弱。瑪姬給艾莉克絲一塊冰涼的絨布，讓她可以獲得舒緩。艾莉克絲把它貼住柔弱皮膚，然後又喝了一大口酒，覺得自己開始逐漸冷靜下來。她累壞了，但也出奇平靜。

瑪姬溫柔地打斷了她的思緒。「所以我說得沒錯？妳的確因為過去的創傷而飽受煎熬。」

艾莉克絲點頭，「妳現在全都知道了。」

「艾莉克絲，理查德．希克特說得沒錯，那件事妳必須要報警。」

她縮膝，整個人想要蜷曲成球狀，不想理會她朋友的建議。

「瑪姬，他們不會信我的話，」她開始怒喊，「除非我能逼他承認犯行。」

「好，那我們就來吧。」

艾莉克絲一臉疑惑看著她。

「什麼？」

「逼他承認犯行，我來幫妳，」瑪姬語氣堅定，「艾莉克絲，妳和這男人對質，然後一切就結束了。」

蘿拉．貝斯特結束電話，把手機收起來，露出滿足微笑。一日之初的好兆頭。她當初採取正確途徑表露同情，現在她準備要坐收成果。時間與地點都安排好了，到了下午的時候，她就會知道泰勒醫生去年到底出了什麼事。

她深信這一招就能讓這位醫生現出原形，她對於這條線索已經擬定了計畫，期盼今晚就可以扣押醫生的座車，然後這女人就會被帶到警局接受問訊。

接下來，葛雷格．透納就可以為他之前的消極態度致歉，希望屆時有比他資深的長官在場。值此同時，她也會檢視有洗車設備的加油站，找出艾莉克絲．泰勒到底是使用哪一間。她會開車從巴斯前往布里斯托的克里伯堤道，也就是泰勒自稱的購物地點，她希望不只能夠找出加油站，也可以知道她的抵達時間。

這趟辦案之旅還有一個額外好處，距離聖誕節只剩下三個購物日，蘿拉還沒有為親友買任何東西。以這樣的方式度過下午，將是她的一石二鳥之計。

「接下來要找誰上床？」丹尼斯．摩根在她耳邊低聲酸她，當她看著他的時候，他的眼神充滿了責難。

她假裝甜言蜜語，「嗨，丹尼斯，我正好在想你呢。」

她看得出來，這樣的虛情假意他並不買單，當他離開的時候，她看得出他眼神內含的憎惡。

也許她應該要實話實說才是。

「丹尼斯，」他轉頭過來。「我就是忍不住。只要我覺得自己開始與我喜歡的人越來越親近，我就會傷害他們，這樣一來，先受傷的人就絕對不會是我。」

他的雙肩變得沒那麼緊繃，也放下了手臂。「我永遠不會傷害妳。這麼久以來，我一直沒有真正喜歡的人，妳是第一個。蘿拉，我不隨便和別人上床，我從來不是這樣的人。」

她的語氣滿是柔情，「丹尼斯，我知道。」

他的態度開始軟化。

他問道，「妳覺得我們可以找時間來場正式約會嗎？也許去看電影什麼的？」

她點頭，「我覺得不錯。」然後，她對他露出微笑。「你想不想跟我一起去查一些洗車場？也許之後我們可以一起煮晚餐什麼的？你當然可以拒絕，要是你很忙，我可以諒解。」

「蘿拉，不行，透納督察派我去醫院。」

一聽到醫院，蘿拉挺直身體，陷入全面警戒，她直接問道，「為什麼？」

他聳肩，「其他人都沒空。」

「我的意思是，」她努力保持耐心，「是什麼原因要派你去醫院？」

「哦，」他哈哈大笑，「沒什麼。某位醫生出車禍，只是要取得對方的證詞而已，妳要是想一起來，當然不成問題。」

他不需要繼續熱情邀約，蘿拉馬上跟過去。

34

艾莉克絲走入急診部的時候，雙眼盯著時鐘，她對著協調員大喊一聲抱歉，因為她遲到了。這並不在她的規劃之中，她早已下定決心，再也不要被別人當成那個「發瘋」的人，而且這是她許久以來第一次在晨醒時打算重新找回自己生活的控制權。然而，她卻遲到了二十分鐘，除了半夜又吞了一顆藍色藥錠之外，沒有任何正當理由。她應該要堅持下去，乾脆抱著疲憊身軀來上班，她現在意志更為堅決，而且提醒自己再也不是孤單一人，她有瑪姬作後盾，她們會一起追查那名演員的下落，與他對質。值此同時，艾莉克絲只需要專注每一天，做好自己的工作就是了。

「妳終於到了。」當她進入醫生工作站的時候，納森劈頭就丟下這句話。

「抱歉，我會改進。現在怎麼樣？」

「有狀況，」他說道，「有三個『即將違規』病患，」所謂的「即將違規」是各大醫院急診部經常使用的名詞，也就是說，病患抵院後，必須在四小時的目標時間之內讓他們接受治療、入院，或是出院。「而且柯沃恩醫生也被送了進來。」

她焦慮問道，「怎麼了？」

「遭追撞的頸部扭傷，我們先處理她。」

「我們是不是應該分頭進行比較好？現在有這麼多工作得完成，你不能一直跟在我身邊。我來看卡洛琳，你去處理其他病患，這樣速度比較快。」

他遲疑了一會兒，而她揚起下巴。「納森，這樣很合理，對於這三名必須優先處理的病患，給我一個我絕對不成問題。畢竟，柯沃恩醫生幾乎不可能給我有誤診的機會，你說是不是？」

卡洛琳屈膝坐在診療輪床上頭，醫院毛毯蓋住下巴，看起來脆弱至極，圓胖的臉頰完全看不到任何元氣。

看到她如此憔悴，令人大驚。她的前臂撞到方向盤而腫了一大塊，而且脖子因追撞而疼痛，從她現在的模樣看起來，完全不像是負責這個超忙碌部門的主治醫師。

警方正等著向卡洛琳問話，但艾莉克絲堅持要先確認她沒問題，她知道卡洛琳的座車當時是靜止狀態，正在等待轉入主線道。她沒有失去意識，但嚇呆了，擔心可能就此毀容。

要是後頭那輛車撞擊力量更猛烈一點的話，卡洛琳的那輛日產車就會被直接推進幹道，撞上迎面而來的那輛重型卡車。

艾莉克絲仔細檢查，確認脊椎沒有受傷，完成了最後一道程序之後，她把筆燈放入口袋。然後，她把手伸向牆壁開關，再次打開大頂燈，卡洛琳的格拉斯哥指數與瞳孔反應都很不錯。她坐在床邊，輕輕撫摸卡洛琳的手背。

「看來一切都沒問題。我會開一些止痛劑，幫妳泡茶，可以請警察過來問案了嗎？」

卡洛琳點點頭，面色抽搐，慢慢把頭貼住枕面。「艾莉克絲，我什麼都沒看到，發生得太快了，後面明明什麼都沒有。我左看右看，準備起步，就在這時候，聽到砰一聲巨響，車子劇烈震晃。我往前撲，撞到了頭。等到我查看後照鏡的時候，後頭沒有車子。我後方路面什麼都沒有，那名駕駛差點撞死我，然後立刻飛車逃逸。」

「居然有人這樣肇事逃逸，真叫人不敢置信！」

卡洛琳眼中泛著淚光，拚命眨眼。「是啊！」她以床被擦拭雙眼，「天，最近似乎是惡事連連。一開始是妳躺在這，現在輪到我！接下來又是誰？」

艾莉克絲全身緊繃，她的心突然跳出了諸多可能性。難道是同一個男人挑她們兩個為目標？難道他是因為她而挑卡洛琳下手？他現在是不是要傷害她認識的人？

「卡洛琳，妳覺得這會不會與我有關？」

「什麼？」卡洛琳語氣尖銳，她不敢置信，眼睛瞪得好大。「拜託……不要好嗎！」她的語氣裡有一絲倦煩，「叫別人拿止痛劑給我。」

「可是——」

「我現在這麼痛，沒辦法和妳講話，」卡洛琳語氣堅定，刻意盯著她的雙眼。「艾莉克絲，我沒辦法和妳講話。」

半個小時之後，艾莉克絲看到蘿拉．貝斯特與另一名警員從隔簾小間裡出來。她離開辦公桌，準備進去。

蘿拉．貝斯特阻擋她的去路。「泰勒醫生，讓她好好休息，她現在只想等她先生過來接她。」

「抱歉？」

蘿拉．貝斯特態度強硬，「她不希望被打擾。」

艾莉克絲雙頰紅燙，一臉忿恨瞪著這名女警。「讓一下好嗎？柯沃恩醫生是我的病患！我得要為她檢查才能放她出院！」

蘿拉．貝斯特慢條斯理回她，「貝爾醫生已經處理完了。」

艾莉克絲透過玻璃窗凝望醫生辦公室。納森正在裡面端詳某張X光片。她想要過去問他是怎麼回事，但他一整天似乎都很疏離，完全無法親近。她好後悔邀他出去，事後他對待她的態度就像是個一般同事——更糟糕，討人厭的同事——而她好想念他的友情。

她回去自己的座位，繼續閱讀某名病患的病歷，覺得蘿拉．貝斯特緊盯著她不放。對方的意思再清楚不過了，離她遠一點，她不想見妳。

電話結束，蘿拉鬆了一口氣。來電者怒氣沖沖，很不爽自己被放鴿子。蘿拉得向對方保證，重新改約之後絕對不會遲到或失約。由於來找柯沃恩醫生的關係，她完全忘了這場會面的事。她與丹尼斯花了一整天，想要找出追撞柯沃恩醫生座車的那名駕駛。她絕對不會錯過第二次會面，這可能很重要。尤其現在艾莉克絲．泰勒變得愁容滿面。

她今天早上的態度正好證實了蘿拉的假設，艾莉克絲．泰勒有心理問題，她在擔心自己是否還能夠執業。不過，蘿拉心想，這也不需要等太久，她目前處於滑坡階段，很快就會摔落谷底。

蘿拉會確保自己在適當時間離開，才能準時參加重新安排的會面，她等一下要傳訊給丹尼斯取消約會。雖然她對於兩人恢復情誼感到很開心，但是約會不是錯失第二次面會的好理由，她必須要專心工作。

會面開始之前，她還有好幾個小時的空檔，可以仔細審視艾咪．阿博特的檔案。

她會檢查是否有任何遺漏之處，是否有什麼可能追蹤到她失蹤時期下落，但他們卻沒有追下去的線索。不論自行墮胎的地點在哪裡，現場一定有血跡，一堆血。艾咪．阿博特在抵達急診部之前血幾乎都流光了。

這不是謀殺案，甚至連失蹤人口案都不算。艾咪．阿博特死亡，而且已經入土，其實，這個案子早就結案了。葛雷格會說她在浪費時間，必須專心研究莉莉安．阿姆斯壯的案子，但是蘿拉討厭不知所措，而且當初是艾莉克絲．泰勒報警聲稱有可疑死亡案件，她對於這一點一直無法釋懷。驗屍結果完全不符合這種說法——驗屍官判定是意外死亡。如果這是謀殺，將難以獲得證實。當然，艾莉克絲．泰勒夠聰明，絕對能夠殺了人之後逍遙法外。

艾咪．阿博特失蹤的時候，艾莉克絲．泰勒在巴貝多島度假，但要是她之前就認識艾咪．阿博特，也知道她懷孕，陷於憂鬱之中，那麼，艾莉克絲．泰勒可能給了她暫時歇息之處，艾莉克絲去度假的時候把公寓讓給艾咪住，然後回來之後設局害死她。艾咪．阿博特的屍首是在失蹤五天之後發現，而她是在艾莉克絲度假回來的那一晚身亡。現在，蘿拉只需要找出這兩名女子之間的關聯性，要是她能夠證實艾莉克絲．泰勒認識這名死掉的護士，那麼她就有理由可以要求重啟調查。

這樣的可能性讓蘿拉興奮不已，這將成為她有機會升官的門票——通往嶄新人生的大道。

35

當艾莉克絲步出電梯，放下自己的雜貨購物袋時，看到了那個扁平狀的紙盒斜靠在她的前門。盒面貼了一張藍色的紙，她看到隔壁鄰居的留言：「今天下午送過來的，所以我就簽收了，應該沒關係吧？崔佛。」

她拿起箱子，帶進自己的公寓。她剛才開了信箱，看到多張耶誕卡信封。聖誕節就快要到了，她卻還沒有寄出自己的卡片。她對這個節日幾乎沒有多做準備，只有買了禮物而已，而且到現在還沒包裝。她沒弄聖誕樹，也沒有買特別的飲品或佳餚。她家看起來就像是尋常的週間日一樣——真皮沙發、玻璃咖啡桌、光潔的地板。客廳裡連彰顯個人特色的全家福照片都沒有。派翠克曾經說過她本來的那些加框照片需要更換，因為太老氣。現在她才驚覺他根本大錯特錯，因為不能光靠家具營造一個家——它需要愛，要有人味，不然的話，冰冷會悄悄滲入每一個角落。

現在，她好孤單。她只有工作，還有一個回家後空蕩蕩的公寓，不過，就連工作也變得岌岌可危。打從今天早上開始，工作氣氛就變得很凝重，大家都不講話。每一個人似乎都在躲她。艾莉克絲想找費歐娜聊一聊的時候，她似乎一定是正好在忙，納森也很少和她說話，除非是與病患有關的事。每一個人都在防她，狀況本來就很糟，現在更是雪上加霜，而且她的上司很可能在考慮再找她好好談一談，只不過，這一次會提出正式上報。她不該把自己的想法告訴卡洛琳，不該透露任何細節才是。不過，她最近的行為似乎很衝動，在別人的眼中，一點也不理性。卡洛琳的車禍與她的狀況應該是沒有任何關聯，而現在，在她上司的眼中，她瘋狂的程度更甚以往。

紙盒裡是一個以氣泡紙包裹的畫框，她摸到了玻璃，看到塑膠泡泡下面的各種色彩。包裹上的資料顯示這是由畫廊寄出，但並沒有寄件者的資料。她拆開畫，看到的是一個躺在床上的裸女，背後是明亮、近乎海藍色的牆。她的臉被自己的手臂擋住，因為她伸手抓住即將離去的人。艾莉克絲好喜歡這張畫，已經猜到是誰寄的了。她立刻拆信件，果然找到了一封瑪姬寫的聖誕卡，她朋友並沒有署名，但從那體貼的話語看來，她知道一定是瑪姬。

「希望妳喜歡。雖然我喜歡這幅畫的其他版本，但我覺得由尤安・阿格洛所畫的這一幅，將這位美女引入了現代。艾莉克絲，謹記，並非所有的男人都是人渣。」

瑪姬這麼大方體貼，讓艾莉克絲好吃驚，而且還有些激動，有人喜歡她，她並沒有那麼孤單。

有人敲門，害她嚇了一大挑。她依然穿著外套，心想來者一定是她的鄰居，要確定她收到了包裹，她開了門。

納森・貝爾站在那裡，手裡拿著一瓶以包裝紙裹住的酒，他揚了一下酒瓶。「一份聖誕小禮。」他語氣謹慎，神色彆扭，彷彿不知道自己是否會受到主人的歡迎。

「請進！」他居然會突然造訪，甚至還知道她家地址，讓她好生驚訝。

「我是向費歐娜要了妳的地址——她說妳不會介意。」

「當然不會。她好嗎？她最近似乎很忙，工作的時候沒辦法跟我講話。」

「我覺得她有點擔心妳。我本來以為她下班後會找妳，她說她要找妳談一談。」

艾莉克絲很困惑，「她沒有問我。不過，我剛才也說了，我們一直沒講話，她可能傳訊給我，現在以為我沒理她。唉呀，我馬上看一下。不過我好高興她把我家地址給了你，看到你真開心。」

她帶他進入客廳，她知道他在研究一切細節。

「這跟我想的不一樣。」

「你本來覺得會是怎樣？」

他維持平常的率直風格，「應該更有溫馨感。但卻截然不同，這裡有點冷調。」

她倒不覺得自己被冒犯了，因為他說得沒錯，這是派翠克對於家的概念，她並不是這麼想。

「我會盡快進行改變，讓它更溫馨一點。」

「很好，這樣的空間並不適合妳。」

兩人彆扭地站著不動，一直沉默無言。她知道要是自己不趕快打破僵局、說些有內容的話，他一定很快就會離開了。

「你要不要喝一點？」

他把酒瓶遞到她面前。「除非妳想喝，而且妳能喝。」

她明白他的意思，他要問的其實是她能否喝完酒之後不會成癮。她對這個問題沒有答案，因為她已經有一段時間不曾自我測試，不過，現在有他陪伴，她覺得很安心可以一試。

「聖誕節快到了，我很想要和朋友一起喝。」

他脫掉了黑色外套，裡面穿的是深灰色襯衫與黑色訂製長褲，還搭配銀灰色領帶，打扮得很精緻，但有一股說不上的疏離。「如果妳拿開瓶器過來，我很願意效勞。」

她腳步輕盈，立刻從廚房裡拿了酒杯與開瓶器，經過門廳的時候還稍作停留，檢查自己的模樣。她臉色泛紅，馬尾鬆落的髮絲遮蓋了臉龐，但至少很乾淨，氣味清新，她脫了外套與上衣，只剩下奶白色的T恤與牛仔褲。當她回來的時候，他正在端詳那幅畫。

「這是禮物嗎？」

「對，波提乏的妻子。很美吧？」

納森又仔細看了一會兒。「我覺得她看起來頗絕望，居然那樣拉扯他的衣物。」

艾莉克絲解釋，「她要讓他明白她對他的渴求。」其實她不了解那幅畫的意涵，還沒有時間研究波提乏妻子的歷史故事。

「這是妳男友送的禮物嗎？」

她搖頭，「我沒有男友，已經沒有了。」

聽到這句話，他立刻挑眉。「所以真的結束了……那晚派對之後我一直懷疑……」

她喝了一小口他給她的那杯紅酒，她知道自己應該要說些什麼才是。「要是沒有分手，我也不會約你出去。」

「很抱歉，」他立刻回道，「我應該要解釋清楚才是。很難……因為我——」

「有女友。」她馬上幫他接話，她不想要聽到他為什麼拒絕她的理由，然後自己又是一陣尷尬。

「不是，」他語氣平靜，「有點難解釋。」他盯著屋內的一切，但就是不肯看她，她這才發現尷尬的人是他。雖然她主動靠過去，但他還是避開她的目光。一直到她伸手過去碰觸他，他才終於願意四目相接，那對眼眸的深層充滿了困窘，讓人看了好心疼。

「我從來沒有交過女朋友，以前也沒有女孩子約我出去。我十六歲的時候，喜歡上一個女孩子，我知道只有我和其他人在一起的時候，她才會和我講話。我挑選了某一群我知道可以變成朋友，但沒我聰明的男孩。我暗示我可以幫忙寫功課，過沒多久之後，我成了某個小團體的一部分，自此之後沒多久，我就可以和她說話了。」

他停頓了一會兒，顯然是陷入了那一段過往。

「我不敢相信自己的好運。她真的和我一起出去。我們第一次約會是在公園，傍晚時分附近沒有人，所以我們手牽手坐著盪鞦韆，待了好幾個小時之久。我們第二次約會是在某條小巷，距離她家不遠，我們又是坐著聊天好幾個小時。」

他微笑，可是雙眼裡並沒有什麼笑意。「妳在等關鍵的那一句，是嗎？我們的第三次約會在她床上。我們全身脫光，躺在那裡貼靠彼此，我們還沒有接吻過，而我已經迫不及待想要她。她突然背對我，問我可否從後面來，因為她沒有辦法看我的臉。完事之後，我對自己充滿厭惡，立刻穿上衣服溜走。有幾個朋友坐在那條小巷底，他們問我怎麼了，我當然說『沒事』。他們哈哈大笑，開始奚落我，還說不相信我。他們知道我剛才做了什麼事，因為是他們付的錢。」

「諷刺的是，他們以為這樣做才是真朋友。他們知道我喜歡她，然後付錢給她跟我上床。」

她伸手，溫柔貼住他有胎記那側的臉頰，他立刻把頭別過去，語氣沉重又激動，「艾莉克絲，不要可憐我，這樣我受不了。」

她放下她的酒杯，把手放在他的另一側臉頰，托住他的臉、面向自己，這樣一來，他就再也無法迴避她的目光。「我沒有可憐你，我可憐的是我自己。我想要你……但是你似乎不想要我。」

他盯她盯了許久，直視她的眼眸深處，想要確定她是否在他面前講實話，然後，他發出呻吟，把她擁入懷中。第一個吻並不是那種悠緩之吻，而且他抱住她的時候，雙臂充滿自信。他也許沒交過女友，但是從他飢渴探索她雙唇與嘴的表現而言，完全看不出這一點。他的強壯雙手緊壓著她、貼住自己，她感受到他的精瘦身軀，他其實並不像外表那麼單薄，而是肌肉緊實。

她發抖得好厲害，她知道現在自己唯一的支撐就是他的雙臂，不然早就站不穩了。

「讓我跟妳做愛好嗎？」他熱切低語，目光灼灼盯著她的雙眸。

她講不出話來，已經無法言語，她的答案就在她給他的那一吻之中。她躺在他的安全臂彎之中，被他帶到了她的床上，納森・貝爾展現令人無法置信的深情，完成有生以來的第一次做愛。

她站在自己的臥房窗戶前面，凝望他的深色髮絲與美麗曲線的背脊，他的肌膚光潔，沒有任何胎記。他已經熟睡了數小時之久，但她也不意外。全力擠榨體內熱情，讓他精疲力竭。幾秒鐘就結束了，是她鼓勵他盡情釋放，她知道他會學到如何控制，第二次會更好，果然是真的。她希望自己讓他心滿意足，正如同他努力取悅她一樣。

他在翻身，她看到他悠悠醒轉，發現她並沒有在床上陪他。他頭肩離枕一直在找她，當他盯著她的時候，那雙眼眸所散發的熱力讓她幾近暈眩，他低聲呢喃，「快回來床上。」

她發覺自己身上有股幽微麝香氣味，性事之後的不潔感，覺得自己應該要沖洗一下。她溫柔低語，「讓我先洗澡。」

他猛搖頭，「不要，妳會洗掉妳的美好氣味，我才剛開始熟悉而已。」

她覺得體內突然一陣熱，某股黏稠感流過她的大腿，她緩步走回床邊。

36

「莉莉安・阿姆斯壯外套的胎痕是倍耐力205/45 R17。不過，正如我之前所說的一樣，成千上萬的車輛都是這種輪胎，那個停車場裡使用這種輪胎的車輛應該也很多——想必那裡停放了不少的跑車。」

葛雷格盯著彼得・史賓塞，想要聽到對方先前所說的話。「而它和迷你庫柏相符？」

「對，我拿到了報告，」他揚了揚手中的那張紙，開始唸出來，「倍耐力205/45 R17，它——」

「——而莉莉安・阿姆斯壯外套的印痕就是這種輪胎？」葛雷格又問了彼得一次，彷彿要在自己的腦袋裡努力固化這個事實。

「對。」

葛雷格心情沉重，胎痕可能是艾莉克絲車輛的可能性越來越高。「好，我們先清查那棟建物裡的所有住戶。」

彼得・史賓塞點頭，但卻露出了狐疑神情。「你難道不覺得應該先從泰勒醫生的座車開始下手嗎？至少我們可以排除她的嫌疑？」

「所以你相信貝斯特警員的說法？泰勒醫生為求關注而輾過那名女子？」

「我才不鳥誰的什麼假設。我們並未證實那是她車子的胎痕，我連她的車配哪種輪胎都還不知道。她的車可能是倍耐力輪胎，也可能不是。如果真的是倍耐力，那我會檢查是否有新鮮瀝青，有了它才會讓印痕如此清晰，但要是醫生洗了車的話，現在檢查就有點太晚了。我們真的只需要檢查一下，就能夠排除她的嫌疑，不然……葛雷格，我只是讓你知道事實，我不是要拼湊她可能涉案的證據。」

葛雷格張望寬敞的刑事偵緝組辦公室，雖然才早上七點鐘，但已經十分忙碌。員警們坐在辦公桌前，如果不是對著電腦追查線索，就是在準備晨會的紙本資料。蘿拉．貝斯特的座位依然是空著的，讓他沉思了數分鐘之久。她遲到了，這倒是前所未見。

葛雷格點頭表示讚賞，「彼得，謝謝，繼續處理。我們需要找到剛鋪設瀝青的地點。對於胎痕的線索，我們先不要張揚，蘿拉．貝斯特一心要把那醫生置於死地，我不希望逮錯人，尤其是醫生。要是我們出包的話，媒體一定會開心得不得了。」

「你說了算，」彼得．史賓塞回道，「我聽你的吩咐。」

他本來要轉身離開，但卻停下腳步。「我還是覺得不合理——為什麼泰勒醫生要輾過那女子，然後自己告訴你外套上有胎痕？有點怪。」

葛雷格點點頭，「我也覺得如此，所以我們必須要先查核手邊的證據。」

「你覺得會不會有人趁她去購物的時候使用了她的車？」

葛雷格聳肩，他沒有答案。

「要是莉莉安．阿姆斯壯曾經待在泰勒醫生的車內，一定會有證據。」

「我知道，」葛雷格回道，「根據目前的證據，我們還是沒有答案。」

他嘆了一口長氣，「快去忙吧，彼得，但要悄悄進行，查出她的輪胎是哪一種，到時候我們就知道了。」

37

瑪莉亞．阿瑟夫以手肘開門，小心翼翼，不想讓她手中放滿骯髒器材的托盤掉到地上。這是她必須帶入室內的最後一盤，她已經把其他的堆到工作桌面，所以她等一下可以迅速檢查，確保裡面沒有夾雜針頭或刀片之後，再送回去消毒。

今晚很忙，尤其是最後那幾個小時，而且最後一個沒有救回來，某名年輕人的屍體依然躺在手術台上面，等待工友收拾運到停屍間。他十九歲，但看起來比實際年齡更年輕。送入急診室之前，早因騎機車飆速失控而全身骨頭碎裂。

他們對他幾乎是愛莫能助，對著主動脈斷裂、受損器官、斷骨的殘身企圖止血，都比較像是某種象徵姿態而已。她覺得還不如讓他在家人陪伴下死去，而不是躺在冰冷消毒過的手術台，周邊圍繞的是滿心想要幫忙，但顯然是無能為力的十幾名專業醫護。

瑪莉亞．阿瑟夫為他祈禱，當他哭泣的父母擁抱他、吻他，與他道別的時候，她也站在一旁陪伴。再兩天就是聖誕節，他們的小孩死了，現在無論說什麼都無濟於事。她現在想要回家照顧自己的寶貝，她想要趁老大兒子還願意給她親的時候好好吻他，然後利用剩下的時間抱老二和老三。

每每遇到這種時刻，就會讓她憎惡自己的工作。當她在檢查他們對那死亡男孩所使用過的器材時，她發現自己的眼淚已經潸然落下。不公平，這麼年輕的人，死得這麼突然，真是不公平。

不會有任何答案，只會有「要是怎樣怎樣就好了」的遺憾，她趕緊以手術袍袖口抹去淚水。

她走向高度位於人腰位置的升降機，看到機內通道牆面有血跡，想必是從升降機漏出的血，從牆壁淌流而下。

醫院員工總是一直被提醒要注意衛生的重要、交叉感染的嚴重性，還有在許多醫院失控肆虐的超級病菌，然而，清理沾血器材所留下的髒污這種簡單小事，反而會被忽略。顯然剛才有人沒有先擦乾淨，直接就把滴滴答答的托盤送入升降機。她會等到日班員工到來的時候進行舉報，因為這是昨天出的紕漏，而不是晚班的問題。

由於升降機出了狀況，讓她很生氣，這會耽誤她回家的時間，她拉起外門，打算先把器材送到下層的消毒室，然後讓升降機回到上層，再進行清理。她抓住內門，拉起之後發現血跡的來源並不是滴血器材，而是上方某個縮成一團的屍身，衣服滿浸鮮血。

瑪莉亞．阿瑟夫的同事們都聽到了她的尖叫聲，她倉皇逃出室外，進入走廊大吐特吐。

葛雷格再次看錶。晨會簡報快要接近尾聲，蘿拉還是沒有出現，他現在開始擔心了。他打了她的手機與家中電話數次，都沒有人應答。這不像是她的風格，就算他再怎麼不喜歡這女人，但還是對她有責任。

每一名警察都知道保持聯絡管道暢通的重要性。他們都是目標，而且也知道自己生活中的時時刻刻都可能會面臨危險。自覺被警方冤枉的人會報復與尋仇，還有被捕惡徒企圖想要逃跑，都是潛在的危險。

葛雷格派了一名警員去她家，但她似乎不在。簡報結束之後，他會再叫人去查看，如有需要，找鎖匠讓他們進入屋內。

他看到丹尼斯．摩根又在看手機，這名年輕警官的粗魯行為惹惱了他。他走到對方座位後面，擺出老師的姿態，一把搶下他手中的手機。「摩根，你在這裡的時候就必須專心，不該關心自己的愛情生活，等到簡報結束之後再跟我拿手機。」

這位新來的高大實習警察面紅耳赤。「長官，抱歉，我在找尋貝斯特警員的下落。」

葛雷格打量他，充滿了全新的興味，難道蘿拉找到了新玩伴？他衷心希望如此，真的，他希望在今年結束之前，蘿拉．貝斯特不會再來煩他了。

「你為什麼會這麼做？」

「長官，我在擔心，因為她沒出現。」

「我是說，」葛雷格切入重點，「為什麼是你？為什麼覺得自己有必要找尋她的下落？」

「因為我……最近和她常見面。」

葛雷格微笑。「見面……談戀愛的那一種嗎？」

摩根點點頭。

「今天有沒有聽到她的消息？」

「長官，沒有。她昨天傳訊給我取消約會，自此之後我就沒她的消息了。」

「你本來覺得她會再找你？」

對方又點點頭，「我以為她會面結束之後應該會打電話給我。」

簡報室的門開了，進來的是資深社區服務警員史黛拉．卡特萊特。「葛雷格，抱歉打擾。我們剛才接到醫院的九九九緊急報案電話，他們那裡出現死屍，不是在床上病故。」

丹尼斯．摩根驚呼，葛雷格馬上盯著他。

「怎麼了，丹尼斯？」

他的英俊臉龐轉為蒼白，雙眼瞪得好大。

「蘿拉的會面地點在醫院，她就是去了那裡。」

蘿拉心情不太好，她上班遲到了，對她來說這是重罪。今天早上，她把手機忘在浴室了，而本來要見面的人在昨晚放她鴿子，搞不好是針對她。但真是夠了，目前她已經浪費了一整個晚上和部分早晨時光。

她站在急診部，想要在沒有電話頻頻干擾的狀況下與協調員講話，得到一個說法，目前得知的訊息是她昨晚放鳥的對象也沒來上班。

蘿拉現在得要再次拿到對方的手機號碼，因為她現在沒辦法從自己的手機裡找出號碼，這樣一來，才能與對方取得聯絡，迅速安排另外一場面會。

負責的護士又結束了另一通電話，蘿拉又想要找他。

他露出歉然笑容，「對不起，早上都是這樣，再等我一下就好，我馬上會把號碼給妳。」他抽出某個紅色檔案夾，就在這時候呼叫器響了，他無奈挑眉。他以自己的手機撥打某個電話，蘿拉發現他與對方講話時臉色立刻變得驚駭。正當她準備要轉身的時候，她聽到他提到報警的事，她必須連續問他兩次，到底出了什麼狀況。

他目光呆滯，眼睛迅速眨了好幾下。「手術室，在樓上的大手術室，妳得要上去那裡。」

她匆忙穿過走廊，擠出人群，朝手術室奔去。當她到達門口的時候被攔下來，她拿出證件，告知護理員自己是警察。

醫生與護士們聚集在長廊，大家都身穿手術服，顯然對於這狀況都很震驚，某一個頭嬌小的亞洲女子，哭得歇斯底里。

某道敞開的門外頭地板有一灘嘔吐物，蘿拉心想一定是出了大事。

某個身穿藍色手術衣的男子在安慰那名亞洲面孔女子，他們旁邊還有另一名女子，唯一看起來出奇冷靜的人，默默站在旁邊。

她走過去。「我是蘿拉．貝斯特，在刑事偵緝組工作，可否告訴我出了什麼事？」

那女子本來打算握手，發覺自己戴了外科手套，所以乾脆直接放下來。「我是珊蒂．貝里，是手術室資深護士。今天這裡出了非常嚴重的意外，我們有位護士發現了屍體。」

「在那裡面嗎？」她指向那灘嘔吐物旁邊的門。

手術室護士點點頭，「對，那是我們把待消毒儀器送進去，拿取新配備的地方。她進去的時候嚇壞了。」

蘿拉知道自己接下來進入的地方很可能就是犯罪現場，吩咐對方不可以讓任何人離開，也不能允許任何人進來，只有警察除外。她開口詢問，是否可以拿塑膠鞋套給她。

那位護士搖頭，「我們早就不用了，現在都穿洞洞鞋。」

她警告對方，「拜託千萬不要讓任何人進來。」

她脫掉外套，和自己的包包放在一起，貼靠牆面，刻意與那坨嘔吐物保持距離。

她的第一個念頭是這裡的空間很狹窄，而且看起來不像是消毒區，第二個想到的是地板上沒有屍體。她不耐地面向護士，就在這時候才看到左側牆面上有一個開口空間。有個女人蜷縮在裡面，露出了膝蓋與大腿，緊貼胸膛。她的右臂壓住大腿，一頭長髮披散，蓋住了她的臉。

蘿拉從襯衫口袋拿出筆，挑開了那女子的頭髮，知道自己為什麼會被放鴿子了。

費歐娜・伍茲沒辦法赴約，因為她已經死了。

38

瑪姬帶引她歡喜又滿臉通紅的客人進屋，自己的面色流露喜悅與好奇。艾莉克絲容光煥發，而且元氣飽滿，幾乎無法站定不動，講話的速度也很難慢下來。她感謝朋友讓她進來，還謝謝她送了那幅美麗的畫。

聽到這段話，瑪姬挑眉，因為外頭明明風狂雨驟。終於，她以旁敲側擊的方式，好不容易擠出一段話，詢問她新朋友發生這種快樂轉變的原因。

艾莉克絲的臉更紅了，眼眶出現快樂的淚水。「納森，他昨晚來看我。」

「急診部的納森．貝爾？」

「對，」艾莉克絲回道，「他人真的超棒。」

瑪姬挖苦她，「我猜他住在妳家吧。」

艾莉克絲露出做錯事的皺臉表情，但是雙唇卻開心抽搐。

「嗯，」瑪姬帶她進入自己的美麗客廳，「顯然這傢伙很會捷足先登。」

「但他不是啊，」她為他辯護，「他很害羞沉默，一直不覺得會有女人喜歡他。瑪姬，他好帥，而他自己並不知道這一點。」

「要不是現在還早，我一定會說這是大肆慶祝的好理由，不過，」講到這裡，她嘆了一口氣，「妳和我還有其他事要處理，如果，妳還想要繼續下去的話。」

艾莉克絲沒那麼開心了。她已經好久不曾產生一切順利的感覺，一想到自己必須做的那件事，就讓她充滿了恐懼。她可以選擇對於自己該做的那件事置之不理，依照現行的方式繼續過生活，忘了過去，甚至接受與那個心理變態共處的恐怖之夜全是出於她自己的幻想，理查德．希克特就是這麼說的。而她可以另擇時機，面對去年攻擊她的那個男人。

她可以把良知拋諸腦後，催眠自己再也不會有其他女人可能會遭到他的毒手，甚至就算讓他逍遙法外也不成問題。

事發一開始，她根本沒辦法打開電視，擔心會看到他，不過，她後來慢慢卸下心防，可以不需要事先知道劇情與檢查演員表，偶爾看一下戲劇節目。幸好，她一直不曾歷經螢幕上的他回瞪她的那種煎熬。不久之前，她猜測他也許去了好萊塢或者改走劇場路線。希望不要。之所以沒有在螢光幕上看到他，她希望是因為他沒演出機會，逐漸淡出。一想到自己得拚命找出他的下落、或是在網路上尋索他的近況，就讓她一陣反胃。

困境擺在眼前。他依然對她虎視眈眈，控制著她的生活。

「妳會幫我嗎？」

瑪姬堅定點頭。「妳知道我一定會。」

艾莉克絲在發抖。「瑪姬，我沒辦法打給他。我需要妳去處理。我會與他見面，但是我沒辦法安排一切。」

瑪姬趨身向前擁抱她。「我來，但妳要記得，我們要同心協力。」

「很簡單，」瑪姬進入廚房的時候，手裡拿著一疊紙在搖晃。「我在谷歌查他的資料，馬上就找到了他經紀人的電話。」

艾莉克絲繼續忙著在烤過的貝果上頭抹奶油，翻攪炒蛋，在茶壺裡加水，沒開口詢問任何問題。

瑪姬問道，「妳有沒有聽到我說的話？」

她點點頭。

「他曾經在《霍爾比市》、《急診室》，以及《劉易斯探案》演出過小角色，目前在準備某齣歷史劇的角色。妳猜這齣歷史劇的拍攝地點在哪裡？」

「他在巴斯，對不對？」艾莉克絲放下木匙，面對瑪姬。

瑪姬點點頭。「他的經紀人把他的手機號碼給了我，我馬上打電話給他，安排今晚的會面。」

「他可能不會見我。」

「一定會，」瑪姬語氣堅決，「我會讓他沒有選擇的餘地。」

食物的氣味與畫面讓艾莉克絲好想吐，她離開烤爐。一開始是絞著十指，然後氣惱地將雙臂交疊胸前。「我還沒有準備好，我不知道要說什麼。」

「艾莉克絲，要計畫，演練，掌握主控權。如果妳所歷經的一切都是出於妳的幻想——綁架、強暴威脅、死亡威脅——都是因為他去年對妳做出的那件事，那麼這很可能就是妳面對雙重處境的方式。正視他，艾莉克絲，千萬不要讓這個男人繼續控制妳。讓妳自己回到停車場的那個情境，穿上那晚的衣服，盯著他的雙眼。我向妳保證，妳很快就會發現他才是妳真正的夢魘，妳之所以會在幾個禮拜前幻想出停車場的那場遭遇，全都是因為他對妳所做的那種舉動。是他害妳變得脆弱不堪，艾莉克絲，他逼出妳的恐懼。」

艾莉克絲涕淚縱橫，露出微笑。「唯一的問題是我已經沒那件衣服了，放在警察那裡，他們還沒有還給我。我有另一件類似的衣服，我的伴娘禮服，但還在乾洗店。我連收據放在哪裡都不知道。自從我妹妹結婚之後就一直擱在那，我實在不敢多看一眼。」

瑪姬走過去擁抱她。「我幫妳拿回來，妳就不需要傷神了。去躺在我的床上補眠，看電視，不然就是幫我完成拼字遊戲，我卡在第十三行。」

艾莉克絲微笑，她這次看起來情緒穩了一點。她拿起廚房中島的報紙，看到裡面的字謎幾乎都已經被填滿了。她閱讀第十三行的提示，「站起來——越來越憤怒（七個字母）。」

「這是易位構詞，」她說道，「要把站起來（rearing）的所有字母重新洗牌，答案就是更生氣（angrier）。我就是應該要這樣，生氣，我不需要害怕。」

39

手術室立刻關閉，原本要進行的手術全部取消，工作人員被帶往他處進行問訊，除了警方之外，沒有任何人能夠進入急診部。

葛雷格已經仔細檢查了這個區域，這間手術室沒有其他的出入口。兇手進入這裡，與他使用的是同一道門，殺害費歐娜·伍茲，也是從這裡離去。他立刻查扣了監視器影帶，可以仔細追查。他已經安排全方位的兇案調查，與數位警官進行討論、面會資深同僚報告案情、交派部署任務——處理這一切的時候心情都很沉重。

泰勒醫生下落不明，彼得·史賓塞找不到她車子，蘿拉·貝斯特帶領的小組花了一整個早上在找尋她的行蹤。現在她的同事與家人正在接受問訊。葛雷格收到某位待在急診部的警員來電，提到一位名叫納森·貝爾的醫生昨晚與她在一起。他的證詞還有待確認，而他們正在搜索她家公寓，想要挖出能追到她下落的蛛絲馬跡。

大家都在謠傳她殘殺自己好友之後躲起來了，因為她發現蘿拉·貝斯特居然要與那名護士見面而起了殺機。

蘿拉解釋她前一天本來要與費歐娜·伍茲在醫院見面，七點鐘在員工餐廳。但護士沒有現身，蘿拉詢問她同事，他們說她傍晚就離開了，應該要早上回來上班才是。蘿拉十分確定，費歐娜·伍茲一定是要告訴她有關泰勒醫生的重要大事，也就是一年前發生的那段過往。費歐娜·伍茲曾經告訴蘿拉，醫生開始擔心泰勒的狀況。他們的主治醫師卡洛琳．柯沃恩昨天因為車禍而進了急診，艾莉克絲．泰勒拚命想要告訴主治醫師追撞她的那個男子，就是在停車場綁架艾莉克絲的那個人。其實，昨天傍晚那名疑犯已經到案，他離開現場的爛理由是因為他急著開會。

葛雷格不知道該怎麼想才好，他當然還沒有辦法把她當成兇手。他最擔心的是她，那個他短暫相識、暖心又體貼的女子，他為她的安危感到憂心忡忡。他祈禱她與這起事件無關，但萬一真的是如此，她會不會對自己做出什麼愚蠢之事？

當他回到犯罪現場的時候，裡面只有兩名警察——彼得．史賓塞與警方攝影師。

費歐娜．伍茲還卡在升降機裡面，法醫尚未下令可以移動屍體，他人在走廊上講電話，由於屍體還在原處時已做了初步相驗，他馬上就會回來。

死因還沒有確定，不過葛雷格已經撩起她的頭髮，看到卡在她喉嚨右側裡的那把手術刀。從大量失血狀況看來，他可以斷定她被割斷了主動脈。她二十八歲，未婚，沒有小孩，是超級聰明伶俐的護士，卻有人結束了她的生命。

他與艾莉克絲出去的那一天依然讓他記憶猶新，當賽巴．默里賽把她從地上抱起來旋轉時，她所發出的笑聲依然迴盪在她耳邊。他還記得當喬坐著尖叫流血的時候，她照顧他的那種和善又有耐心的態度，還有當她邀請他與喬搭乘直升機的時候，那遲疑不定的微笑。他喜歡艾莉克絲．泰勒，希望自己能夠證明她的清白。

艾莉克絲放慢步履，轉為行走節奏，抬頭望著籠罩的烏雲密布低空，顯然會下更多的雨。停泊在河岸的小船沒有任何動靜，主人們全都窩在溫暖的室內。明亮的船身色彩——紅色、藍色，以及綠色——全都變得黯淡，而且某些船隻的木頭似乎已經濕透，吸飽了水分。單車、塑膠椅、小桌被隨便堆置在甲板，大片褐色防水布蓋住了某些小船的屋頂。

當她在這裡走路或慢跑的時候，通常會看到一兩隻狗癱在甲板上，不然就是豎毛挺立對她吼叫，不過，今天主人們大發慈悲，讓牠們進入乾爽室內。

她打開自己的水瓶瓶蓋，喝了一大口，然後又盯著自己的手錶看時間。距離與他會面還有四個多小時。地點與時間都安排好了，她只需要等待就是了。她下了決定，消磨時間的最佳方法就是外出跑步，可以讓她暫時分神，放下即將面對的今晚。沒有用，她的心一次只能專注一件事。她面對他的時候該如何自處？她有面對他的勇氣嗎？汗水已經濕透了她短褲腰帶，而且在冷冽空氣中的肌膚也感受到寒意，她開始打哆嗦。

她把車停在巴斯西邊郊區的威斯頓水閘，跑到索特福特之後再回頭，總長近十三公里的路程，兩岸綠草如茵，有大樹遮蔭，夏天能夠防曬冬日也能避雨。她很熟悉這條路線，以前住在醫院宿舍的時候，經常跑這條路線。今天她不想要在自家附近活動，不願跑門口的那條路徑，要是這樣的話，可能會喪失勇氣。過沒多久之後，她就會回頭去瑪姬家裡，準備晚上的面會，除非完成任務，否則她完全不想出現在自家周邊的範圍。

等到今晚她回家的時候，他的事就解決了，她的家將再也不是一個會讓她聯想到他的地方。她會想找到面對他的勇氣，如果她必須打電話報警逮捕他，她也會動手。她下定決心，從現在開始她要過著完全不受他干擾的積極人生。就算大家不相信她，但她已經竭盡一切努力把這男人繩之以法，她也心滿意足了。

真希望手機在身邊，這念頭已經翻攪了無數次了。她早上的時候找不到，覺得應該是放在辦公室了。她想要聽到納森的聲音，想要告訴他今晚無法與他見面，希望他能夠諒解。他在上班之前，兩人又做愛，她躺在他懷中，產生了從所未有的備受寵愛感。

當他對艾莉克絲傾訴自己的痛苦經驗時，她從他的雙眸中看得見那種煎熬，她當下有了體悟，她深信納森渴望被愛的是他的內在，但她會永遠愛他的臉。他要是誤會她失聯是想要拒絕他，那就太遺憾了。

現在沒手機也許是好事，她沒辦法打電話找他，她得要獨自面對今晚的局面——那種卑鄙骯髒的事，她不希望沾染到自己的新生活，她會在下一次約會的時候告訴納森這件事，到了那個時候，它就絕對不會有機會玷污他們的全新起點。

她的心裡全是他——他的聲音、他的模樣，還有他的撫觸——再走個八百公尺，就會回到她的停車處了。

葛雷格盯著那名高瘦男子，目光拚命想要迴避對方覆蓋整個左半臉的那塊胎記。前額的部分區域、整個眼瞼、鼻子側邊與臉頰，還有嘴角，一片深紫色。這就是昨晚與艾莉克絲上床的男人。他不是她男友，蘿拉先前曾經取得某名男子的供詞，他叫作派翠克．佛特。

納森．貝爾個性獨特，行為舉止謙遜又高尚，葛雷格可以想見這男人每天得面臨的挑戰。他擔心艾莉克絲深陷麻煩之中，雙眸充滿了某種靜默的絕望，但葛雷格完全沒有辦法出言安慰他。

警員在泰勒醫生的公寓發現曾有男子在那裡過夜的明顯跡證，葛雷格認為就是他，而貝爾所說的進入與離開的時間，葛雷格也相信他。不過，這一切都幫不了艾莉克絲．泰勒。他與艾莉克絲．泰勒上床在一起之前，費歐娜．伍茲就已經身亡，監視器畫面拍到這名護士在傍晚六點五分離開急診部，而她的手錶玻璃破碎時間是在六點三十五分。

彼得．史賓塞與法醫共同研究後，提出了假設，升降機的金屬門關閉時壓到了她的手腕。她手臂組織的損傷是兩條平行線，顯見門板內側壓到了她的肉與手錶，然後，兇手很可能又拉起升降機的金屬門，把她的手完全推進去。

納森．貝爾完全無法提供艾莉克絲的不在場證明。

讓葛雷格困惑的是死亡時間。當時手術室依然很忙碌，隨時都可能有人會使用那個升降機，奪走這名女子性命的兇手顯然充滿自信。法醫認為她被硬塞入升降機的時候依然還活著，升降機天花板與牆面的血跡顯現了噴痕。那段垂死的時間並不長，不過，當她被囚禁在那金屬盒內的時候，可能還有知覺，意識到自己快要斷氣。此人從犯罪現場離開，也許知道就算被人撞見也無礙，他猜測兇手應該是穿著手術衣、戴了紙質手術帽與口罩。

「不是她幹的，」自從葛雷格進入辦公室之後，這已經是納森．貝爾第二次說出這句話，「她不是殺人犯。」

「她今天和你聯絡了嗎？」

「沒有，我早上離開她之後就沒聯絡了。」

「你發現出事之後，有試著聯絡她嗎？」

「有，我想要警告她，但是她手機關機，所以我只能留言請她聯絡我，當她聽到費歐娜出事消息的時候，我希望可以陪著她。」

「今天早上她說了什麼？」

「什麼都沒有。我們吻別，本來打算今天傍晚見面。」

「你們有什麼計畫嗎？」

「沒有，我本來打算我們之後再討論。」

「你說你昨天去她家的時候，她身上還穿著外套。」

「對。」

「對。」

「那時候剛過七點半。」

「泰勒醫生的班是在五點半結束，你知道她下班後做了什麼？」

「我不知道。」

問案到此結束，這名醫生一臉悲傷，回到自己的部門。葛雷格很同情他，他們都不希望艾莉克絲·泰勒沾惹麻煩。他們問過了每一名醫護，某些人問得特別久，令人擔憂的是雖然費歐娜·伍茲之死震驚了大家，但對於警方詢問艾莉克絲·泰勒的下落卻沒有人感到詫異。還有幾個人主動向警方提供有關這名醫生的線索，他們擔心她好一陣子了，她最近變得很異常。

葛雷格有兩項家訪想要自己處理——第一個是艾莉克絲的前男友，如果她現在與別人在交往，那麼此人的身分應該就是前男友了。另一個是她的上司，卡洛琳·柯沃恩。這兩個人很了解她，他盼望其中一人能夠確認她的下落與健康狀況。

湯姆．寇林斯經過主要走道的時候，被葛雷格看到了。他立刻揮揮手，向這位個頭高䠷的法醫打招呼，對方神色疲憊，葛雷格猜他剛上完夜班。

葛雷格開始攀談，「嗨，湯姆，這手段很殘忍吧？」

「真嚇人。費歐娜．伍茲人很好。我們上次閒聊的時候，她還問我紐西蘭工作的事，興致勃勃。這真是一場悲劇。」

葛雷格問道，「如果說泰勒醫生是兇手，你有什麼想法？」

湯姆．寇林斯停下腳步，雙肩微沉。「如果是她的話，那就實在太遺憾了，她也是非常聰慧的女子。」

「她被送入急診的那一晚，你也在現場，你怎麼看待那起事件？」

湯姆搖頭，「我不知道，很難說。她嚇壞了，我一開始覺得我們遇到了性侵案，但完全不合理。她衣著完好，沒有任何破損，而且我們檢查她身體也沒有任何異狀，只是頭部有個小腫包而已。」

葛雷格想要對這個男人透露秘密線索，講出蘿拉．貝斯特的想法，他需要聽取某個中立人士的意見。「我底下有名警員認為這都是她瞎編的，她可能罹患了某種代理型孟喬森症候群。」

這位法醫一聽到這句話，雙眼瞪得好大，葛雷格看得出對方很懷疑。「這有點扯太遠了，我不會立刻做出這種結論。通常要有一連串的行為模式，才能作為診斷的依據。」

「如果是這樣呢？」葛雷格說出了艾莉克絲．泰勒與艾咪．阿博特、莉莉安．阿姆斯壯兩案的關聯、她的用藥疏失、匿名電話，以及她車上被噴漆的字。

湯姆．寇林斯皺眉，「如果是這種心理疾病，那就是害人生病，而不是殺害他們。這些行為聽起來比較接近『安樂死』，而不是孟喬森症候群。就算是這樣好了，也還是扯得太遠了。」

他們往前走，葛雷格繼續講個不停，已經快要到醫院出口。湯姆．寇林斯給葛雷格的最後一段話，沒有答案，也依然令人心情緊繃，「第一起案件：她報警是對的，而且最後也證明很可疑，不是嗎？那女人自行非法墮胎。第二起案件：這可能會發生在任何人身上，用藥失誤會有，但不是很常見——尤其是他們在急診室給的那種劑量——但這種事的確是有的。第三起案件：撞了人就跑，聽起來像是『午餐莉莉』倒霉遇到了瘋子客人。而匿名電話與泰勒醫生座車的塗鴉，我認為是惡毒的玩笑。」湯姆伸展了一下肩膀，扭動脖子。「天，我好累。」然後，他又專注望向葛雷格，「好，葛雷格，你所跟我說的一切，一定會被檢方奚落，你沒有任何證據。」

「費歐娜．伍茲呢？」

湯姆苦笑，「葛雷格，我認為兇手是個冷血的心理變態。我已經很久沒看過這種殺人魔。更何況，我希望你對於泰勒醫生的判斷是失準了，我對於你那種特殊想法完全無法苟同。」湯姆準備要步出玻璃門的時候，還率性敬禮了一下。「想必很快就會再見了。」

葛雷葛也希望自己可以回家躺在溫暖的床上，讓自己窩在棉被裡，不用擔任那個得調查艾莉克絲．泰勒的人。

40

天色漸暗，密雲攏聚閉月。一陣冷風吹來，讓她全身發抖，大腿與小腿肌肉已經變得僵直。她一個人站在步道，望著樹葉隨風搖晃，努力平穩呼吸，放緩心跳速度。這裡沒有任何干擾，她斜靠在某棵樹，努力放鬆。

在最後的那三公里當中，關於即將來臨的這一晚的種種思緒，讓她恐懼得差點軟腳。她還沒準備好再次面對他，而她最大的恐懼是理查德．希克特與瑪姬弄錯了。她開始逼自己相信他們是對的，誤以為她在停車場的綁架案只是出於她的想像。不過，要是他們弄錯了，而且她真的被綁架，不是被她捏造出來的某個不知名心理變態，而是她今晚要見面的那個男人？當初可能是他在停車場綁架了她，他是演員，他深諳如何偽裝，他曾經在她的協助下學習如何扮演醫生。她當時無法辨認那個攻擊她男人的聲音，但萬一從頭到尾都是他呢？

也許他覺得她去年被性侵是活該，現在再次把她當成下手目標。如果是這樣的話，那麼他搞不好與艾咪．阿博特的死因有關。他也可能殺死了莉莉安．阿姆斯壯。但為什麼要這麼做？難道他也鎖定了她們？其他女子與她之間的關係是什麼？艾咪．阿博特生前是護士，會不會是當初他跟在艾莉克絲身邊的時候，在醫院認識了她？這間醫院的員工超過了三千五百人，艾莉克絲一直是等到她入院之後才知道有這個人。而莉莉安．阿姆斯壯是妓女，難道他也認識她？他會不會偷了艾莉克絲的鑰匙卡？引誘那女子到艾莉克絲的住所？

艾莉克絲一想到自己可能是對的，不禁毛骨悚然，原來去年侵犯她的人其實可能是殺人魔與強姦犯。

她需要回到瑪姬的家裡，與她好好討論。萬一有那麼一絲機會被她說中，她可不想讓她們其中一人陷於危殆之中。

她後頭的灌木叢裡有動靜，她確定那並非是風吹葉子的窸窣聲響。她全身緊繃，等待有人朝她撲來，她的皮膚已經冒出了新鮮的汗珠。大約過了一兩分鐘之後，灌木叢又恢復平靜。她緊張兮兮吐了一口氣，起身離開樹幹，沿著濕滑的路堤往上爬，準備回到自己的停車處。

急診部的資深主治醫師有黑眼圈的新痕，額頭還有個明顯腫包，不過，這並沒有阻礙她將數捆乾草丟向那一排馬廄。她先生剛才告訴葛雷格農場的方向，還說馬廄在左側，他請葛雷格自己去找柯沃恩醫生，等一下馬上就會把茶送過去。

這名醫生肌肉緊實，身穿格紋襯衫，下搭牛仔褲，褲管塞入雨鞋裡面。他實在難以想像她處理複雜危機的情景，必須運用精細動作技巧進行人肉的縫合或切除。她看起來就像是標準的農人之妻，拿著乾草叉的模樣十分熟練。

她對於他的造訪絲毫不覺意外，還說等到馬廄工作結束之後，她打算要去醫院找她的同事們談一談，某些人可能需要心理諮商。她已經打電話給費歐娜．伍茲的雙親，表達慰問之意，打從早上開始也與醫院總監通了好幾次電話。她雙頰浮腫，葛雷格不知道是因為她最近受傷還是剛哭過，一提到費歐娜．伍茲，她的淚水就開始泉湧而出。

「我真的不敢相信她就這麼死了，」她停下工作，把乾草叉斜擱在一旁。「我不相信再也見不到她了。」她以手背擦拭雙眼。

葛雷格問道，「妳最後一次看到她是什麼時候。」

「昨天，」她沉重嘆氣，「感覺像是一輩子了。」

「她有沒有提到什麼煩心的事？」

「都是艾莉克絲，我們最近似乎只有這個話題，我們有多麼擔心她，擔心她啊！現在可憐的費歐娜死了！」她閉上雙眼，絕望搖頭，「都要怪我自己！我第一次覺得她崩潰的時候，應該要強迫她休假。這是我的錯——完完全全要算在我頭上。她聲嘶力竭求援已經很久了，我應該要有所作為才是。她一直有酗酒問題，我懷疑她可能還使用其他的成癮藥物。出了這種事，我應該昨天就要採取行動，」她指了指自己頭上的腫包，「艾莉克絲負責照顧我，檢查完我的傷勢之後，問我是否覺得我的車禍與她有關聯，」她嘆了一口長氣，「你應該也知道了，追撞我的駕駛已經坦承一切，我應該立刻讓她請病假才是，我錯失了處理的時機。」

葛雷格十分驚訝，她居然立刻開始譴責艾莉克絲．泰勒，她的字字句句都在痛罵。

「妳似乎很確定艾莉克絲殺死了費歐娜．伍茲，她們不是最好的朋友嗎？」

「是啊，」她回道，「但還有誰會做出這種事？艾莉克絲已經崩潰了好幾個禮拜之久，有多名同事打電話給我表達關切，我應該要更注意聆聽才是。我必須找另一名醫生照顧她，以免她犯下更多錯誤。你應該——不知道你聽說沒——是知道了，她差點因為給錯藥而斷送了那名男病患的性命。」

「那是不是很容易犯下的錯？」

她搖頭，「不太可能。她酗酒，這是唯一的理由，而費歐娜．伍茲還想要幫她掩飾。」

聽到這個線索，葛雷格心跳加速。她不知道費歐娜．伍茲見證了那一場用藥疏失。她之所以幫艾莉克絲隱匿，很可能因為那不是單純的出包，而是蓄意的錯誤。

他猛搖頭，想要拋開那股惱人思緒，這樣的念頭害他產生了背叛感。

「費歐娜．伍茲本來昨天傍晚要與我的某名手下見面，但她沒有出現。我的部屬認為她本來要提供泰勒醫生去年某起事件的線索。」

卡洛琳．柯沃恩脫口而出，「她被性侵。」

他又嚇到了。「誰下的手？」

「待在我們部門裡的一個演員，他在某齣電視劇裡扮演醫生，由艾莉克絲負責帶他。」

「她有沒有報警？」

「沒有。我們一直勸她，但她不肯。」卡洛琳．柯沃恩舉手輕觸額頭的腫包，似乎疲倦又悲傷。「其實，」她的語氣低調又小心翼翼，「我一直沒有力勸她報警。」

「為什麼沒有？」

「因為我不確定到底發生了什麼事。她哭得唏哩嘩啦，講到這事的時候就彆扭不安，而且沒有證據。」她一臉嚴肅看著他，「我沒辦法確定。好，自從她向我投訴這件事之後，那名演員打電話給我，他說他能夠理解我致電他的經紀人、叫他不要再出現在我的部門，但我沒有先找他問清楚，實在很遺憾。他還告訴我，他想要過來見我，他擔心艾莉克絲有點迷戀他，編出各種理由要見他。他覺得她個性非常好，而且也很感謝她的協助，但他覺得自己必須拒絕她，讓他有點不安。」

葛雷格覺得問案已經結束，站著不動，許久都沒吭氣。他已經許久不曾面臨這種狀況，真希望是自己弄錯了。他希望艾莉克絲．泰勒是無辜的，而聽到了這女子剛才說的話之後，他一開始生氣，因為大家逼得她深覺自己孤立無援。後來，覺得自己已經救不了她的念頭盤據不去，他第一次起了真正的疑心，不禁讓他全身顫抖，她可能有罪，她可能是冷血殺人魔。

「抱歉我必須這麼說，」他語氣嚴厲，「但我覺得這件事要報警是妳的責任。不論妳是不是相信有關聯，妳都必須要把妳的部屬放在首位，而且妳應該要親自打電話才是。」他怒氣沖沖轉身，還氣喘吁吁了一陣子，當他再次面向她的時候，她雙眼盈淚。「妳怎麼知道這不是一切事件的源頭？妳怎麼會覺得她當初沒有被性侵？但現在這卻成了她必須付出的代價——嚴重崩潰摧毀的不只是她的生活——還有其他人的性命。妳怎麼能確定他之前沒有性侵過別的女人？我要他的名字，因為我絕對要去找他問個清楚。」

她的聲音枯竭無力，「他名叫奧立佛．萊恩。」

他完全沒印象。

「他很有名嗎？電影明星？演電視的？活躍好萊塢什麼的？」

她搖頭，「不是。他是那種你一看到就會認得但卻想不起來演過什麼，而且也叫不出名字的演員。他演過很多……電影《黑水》的主角，他是那個潛水夫，主題是尼斯湖，他潛入某個潛水艇，發現某個女人的屍體，然後他想要證明尼斯湖水怪的歷史故事純屬虛構，只是為了要掩蓋發生在一九三〇年代的某起謀殺案。」她停頓了一會兒，「真的，不怎麼樣的電影。」

葛雷格沒聽說過那部電影，等到他回警局之後，他會上谷歌查一下，還有那男人的名字。

他正轉身要離開，卻被她攔了下來，她的雙眸滿是懊悔。「我真的很遺憾，不知道還可以說什麼是好。我非常關心艾莉克絲．泰勒，你要相信這一點。」

他努力收斂自己的嚴峻神情，肯定對方的這番話。「柯沃恩醫生，等到我們找到她的時候，她會需要可靠、支持她的人，她需要真正關切她的人。」

41

那個紙袋像是風箱一樣，不斷膨脹又消風，艾莉克絲的雙眼因為恐懼而睜得又圓又大，她拚命想讓自己的呼吸平緩下來。瑪姬站在她背後，溫柔按摩她的緊繃雙肩，還對她講出鼓勵的話，「吸到底，吐到底，節奏悠緩，千萬不要著急。」

她上次出現恐慌症已經是數天前的事了，而這一次則是待在瑪姬臥室擦乾身體的時候突然發作。她剛才關門，然後就看到自己的伴娘服掛在門後面，它與恐怖之夜所穿的衣服顏色一模一樣。躺在手術台的恐怖回憶立刻佔據心頭，她突然無法呼吸。

她覺得現在肺部吸氣排氣都容易多了，取下了貼在嘴邊的袋子，疲倦說道，「很抱歉。」

瑪姬捏她的雙肩，力道舒暢。「我們……取消吧？我仔細想過妳說的話，雖然我還是覺得妳宣稱被麻醉的過程是不可能的，但我現在相信妳了。艾莉克絲，妳歷經了這麼多煎熬，而且我還曾經懷疑過妳，實在很抱歉。」

艾莉克絲因為釋然而全身顫抖，她的心跳得好快，迅速轉頭，把臉埋在瑪姬胸前。「謝謝妳，瑪姬，真的謝謝妳。」

「我跟妳一起去報警。我會讓他們仔細聆聽妳所說的一切，他們最好要趕快採取行動。」

「他們不會相信我的話。」艾莉克絲抬頭，目光堅定。「瑪姬，他們不會。唯一的方式就是與這個男人正面對決，逼他承認自己的所作所為。我希望到此結束，這個男人將無法繼續控制我的生活，今晚要畫下句點。」

瑪姬雙眸滿是焦慮，但最後點點頭。「好吧，但妳千萬不要忘了，我會陪在妳身旁，」她繼續說道，「我們是同一陣線。」

接下來的那一個小時，艾莉克絲全心準備，保持冷靜，兩小時之後，她就要與奧立佛．萊恩再次見面，她必須要勇敢。

葛雷格不喜歡這個前男友。對方擺出的自以為是態度讓他很不爽，簡直像是在自我安慰，顯露出自己對於艾莉克絲需要協助的這一點判斷得很準確。在剛剛那十分鐘當中，葛雷格仔細聆聽派翠克．佛特的意見，依然等待他說出有關艾莉克絲．泰勒的正面話語，但最好的一段也不過是他深感遺憾，沒有在她激烈墜落的時候注意到狀況。

「眼看心愛的人出現這樣的行為實在難受。我想要相信她，真的，但最後還是得要依照理性行事。」

葛雷格很想和這男人大吵艾莉克絲．泰勒的事，他要站在她那一邊，除非真相大白以悲劇收場，不然大家都應該要相信她。但葛雷格懷疑對方只是個普通人，可能甚至有點懦弱，不過，他還是很想摧毀對方英俊臉龐上那種得意的表情。

派翠克．佛特也許是有教養的專業人士，而且以幫助病弱動物為生，但他絕對是個白痴。

他正在檢查某隻狗兒，當他邀請葛雷格進入診間的時候，宛若在施予多大的恩惠一樣，他解釋需要先完成自己的手術，要是葛雷格願意等一下的話，之後就能好好與他長談有關艾莉克絲的事。

葛雷格斜靠在牆上，盯著貓咪、兔子，以及狗兒的解剖學海報，等著對方洗澡。此人行為很詭異。葛雷格是因為緊急警務來找他，想要知道他是否能夠提供艾莉克絲．泰勒下落的線索，而這傢伙居然要洗澡之後才能講話。

葛雷格盯著打開櫃子裡的那一排藥品，心想不知是否能夠以沒有鎖好醫院藥櫃的違法理由找他麻煩。他看到的K他命當然是不行，任何一個人都可以悄悄溜進這裡，自己動手取走安瓿。

門開了，某名身穿綠色上衣與長褲的健壯年輕女子進來。她打量了他一會兒，伸手取走掛在衣鉤的灰色絎縫外套，穿上之後，拉好拉鏈，拍了拍浴室的門。「派翠克，你的藥櫃忘了上鎖！明天一早見。」

然後，她完全沒理會葛雷格，直接離開。

他們是一對奇怪的組合，葛雷格已經在這裡浪費了許多時間。他想要回到警局，不想漏掉了任何最新線索。現在，他猛敲浴室的門。「佛特先生，你知道艾莉克絲在哪裡嗎？」

門開了，那男人探頭出來，髮絲還在滴水。「不知道，但等到她來這裡的時候，我一定會打電話通知你。」

葛雷格仔細打量他。「你為什麼這麼確定她會來這裡？」

「督察，我們是情侶。艾莉克絲知道她在這裡很安全，她會來找我幫忙。」

葛雷格真的很想朝這男人的鼻子重重揮下去，這種傲慢真叫人不敢置信。不過，他的心情緩和下來，因為他想到更簡單有力的方式可以懲罰對方。

「請問，照你這種說法，泰勒醫生還是你的女友嗎？」

派翠克．佛特的雙眼突然睜得好大，整顆頭往後一縮，彷彿被狠狠打了一拳，葛雷格差點發出歡呼，沒想到吧，是不是？

他聲音緊繃，「你為什麼會和我認定的不一樣？」

葛雷格聳肩，「沒什麼，只是確定一下而已。我們需要你的DNA樣本做檢測，核對什麼床被啊之類的採證。」

對方的臉突然漲紅，而且原因並非是剛才淋浴的熱水。

「你的意思是，有別人睡在泰勒醫生的床上？」

葛雷格再次聳肩，佯裝不好意思，彷彿剛才是不小心說溜嘴一樣，他轉身準備離開，丟下這句話，「我想一定是您的DNA，我應該不需要擔心才是。」

他自顧自露出得意微笑，現在的派翠克．佛特已經不像他剛到來時那麼囂張傲慢。

「妳好美，」當艾莉克絲進入客廳的時候，瑪姬大讚，「我們不去參加聖誕派對真是好可惜啊。」

自從帕蜜拉婚禮結束之後，艾莉克絲就瘦了，伴娘禮服變得鬆垮，但這顏色很搭她的黃褐色頭髮，還有依然殘留的皮膚曬色。

瑪姬身穿黑色運動服與球鞋，所以她躲在暗處的時候就不會被人發現。

艾莉克絲微笑回她，「如果我們要去跑趴的話，妳得要穿漂亮一點。」明天是平安夜，也許她們真的可以盛裝打扮，去哪個特殊場合，然後歡度一整夜，忘卻今晚的事，純粹開心享受。

瑪姬先前為了要安定艾莉克絲的心緒，給了一點小酒，現在她又遞出香檳，兩人走到客廳中央，舉杯，瑪姬語氣堅定，「我們同心協力。」

艾莉克絲喝光了酒，仔細觀察客廳。瑪姬以綠葉搭配鮮豔的紅花與金花裝飾壁爐架，這裡的聖誕樹高度是她家的兩倍，掛上了絢麗的白燈、低調的大型金球，以及紅寶石色的淚珠狀飾品。很漂亮的樹，高大粗壯，現在裝扮得十分優雅，它的身姿不禁讓她聯想到了瑪姬．菲爾丁。

她借用了一些朋友的信心，「我們同心協力。」

42

瑪姬借給她的鞋子稍微大了一點，害她重心不穩。她在一片漆黑中站了約五到十分鐘，全身因為緊張而變得僵直。要是她不趕快移動的話，一定會摔倒。瑪姬先前保證會把車停在附近，但這種話其實並不如她所想像的那麼令人安心。要是他決定開車撞昏她的話，瑪姬鐵定來不及救她。

她發覺自己的太陽穴一直在搏動，先前發作的輕微頭痛，現在更是嚴重，讓她噁心想吐。她這才想起自己喝了太多的香檳，但墊胃的食物並不夠。

她聽到遠方傳來引擎的嗡嗡聲，望向醫院的停車場，找尋朝她駛來的車頭燈。有輛車經過了某排停放的車輛之後，轉彎，她等待它逐漸逼近，全身因為恐懼而動彈不得。

她左側屁股出現輕微的刺癢感，幾乎無知無覺，等到大腿也出現同樣痛感的時候，她才發覺不對勁。四肢的沉重感幾乎是立刻發作，暈眩感襲遍全身，她極度頭昏腦脹，覺得自己已經飄離身體。

「瑪姬……」她發出微弱呼喊，她必須讓她朋友知道出了什麼事。然後，她發覺自己那晚在這個停車場的記憶變得格外清晰：雙腿無法移動、膝蓋癱軟跪地的暈感，頸凹處的疼痛、嘴巴被壓、呼吸不到空氣、口腔被布塞住，然後……什麼都記不得了。那是她先前的記憶，但直到此刻才驚覺不是如此，都是因為腿內的那股微癢，那晚當她準備離開急診部的時候，也有相同的感覺。她抓了一下大腿，當時閃念應該是有東西勾到了衣服，希望不要扯壞了纖細的布料。她現在終於知道他是怎麼綁架她的。「瑪姬，妳說對了。」她昏沉低語，手臂垂放到側邊，然後癱倒在地。

她依然睜著雙眼，腦袋正常運作，但是卻沒有辦法叫喊。當她臉頰碰到粗礪地面的時候，她聽到腳步走近的嘎吱微聲。黑鞋鞋尖停在她的面前，距離眼睛只有兩三公分，讓她根本不可能看清一切。她擔心他可能會收腿，然後狠狠踢她一腳。

她在心裡對身旁的那個男人憤恨喊話，你之前只是假裝迷昏我，混淆我的視聽。

你知道不會有人相信我說的話。

屁股與大腿的那股刺癢感告訴她，她的判斷沒錯。他用針筒讓我失去意識，瑪姬，他用的是針筒，哦，拜託幫幫我。

43

案情偵查室裡面擠滿了人，大家依然在忙著打電話，士氣還是很高昂。兇案調查的第一天，大家為求進度而全力以赴。葛雷格望向證物板，心想今天的成果寥寥可數，話說回來，他們取得的線索也不多，只有準備逮捕的嫌疑犯。

板子上貼的是艾莉克絲的照片：醫院交給他們的頭肩證件照，看起來超年輕，而且每當他望過去的時候，都會有一股深沉憂傷油然而生。

警察們依然在找尋她的下落：機場、火車站、長途巴士站，各大高速公路在監控是否有符合她座車特徵與車牌的車輛，當然，她的照片也已發送到全國的警局。

蘿拉·貝斯特率領警察徹底搜索醫院，以免她躲在那裡，就算這位醫生還有任何殘存的名聲，現在也蕩然無存。

葛雷格心中有個偷偷的期盼，她現在已經飛越大西洋，躲開了這些追緝她的人。他很想看到她打敗蘿拉，希望將來能夠再次看到她開直升機。他發出深沉嘆息，真希望自己現在身處別處，而不是在這裡。

他走向其中一台電腦，準備進行自己踏入這裡的首要任務，他登入電腦，以谷歌搜尋奧立佛·萊恩這個名字，出現了好幾筆結果。他看到其中一個出現了「黑水」與「演員」字樣，點開網頁。

手機響了，他從外套口袋裡拿出來，發現螢幕顯示的名字是喬。他心中發出哀嘆，驚覺已經過了十點，但他卻沒有依約打電話給兒子。他離開電腦，站在其他人聽不到的區域，接起兒子的電話。

他以驚訝語氣問道，「你還沒上床睡覺？」

「我想和你說再見，確定你明天會回來。」

「明天怎麼啦？」葛雷格故意假裝忘記那是什麼日子。

「把拔！是平安夜！」

把拔？這可新鮮了。喬早就不說童言童語。「是嗎？你確定不是後天嗎？喬，我想你弄錯了，提早了一天。」

「不要鬧了，把拔——你明明知道是平安夜。」

葛雷格微笑，他早就買好了喬一定會很愛的禮物，可以飛到六公尺高的遙控直升機。他等不及想要看到兒子拆禮物時的表情，希望明天可以抽空到牛津送過去。

「喬，」他語氣變得嚴肅，「我不能保證，因為我沒辦法，但要是可以的話，我一定會過去。」

電話另一頭陷入沉默。

「喬，你相信我嗎？」

「是啊，把拔。」兒子又安靜下來，葛雷格滿心罪惡感。

「好，小伙子，現在去好好睡一下，明天是你的大日子，我要你精神飽滿早早起床，當你媽媽的助手，讓她明天晚上可以好好休息。」

「她出去了。」

「是嗎？」葛雷格甚是詫異，蘇從來不會在平安夜前一天出門，總是在家準備迎接這個大日子。

他忍不住問她去哪了。

「跟湯尼出去了。」

他喉嚨突然一緊，沒辦法吞嚥口水。這是遲早的事，她是美麗的女子，當然有一堆男人想約她出去。他覺得胸中某一處隱隱作痛，他的第一個真愛，結褵十年的妻子，已經走出陰霾了。

「你現在也可以跟艾莉克絲出去了。」他兒子的語氣儼然把這當成了什麼要務，他的媽媽現在很好，所以他爸爸也可以這麼做。

不過，只有童話故事才有開心結局，主角不是殺人犯，也不是追緝他們的警察。

他驚覺這是他第一次把她當成了殺人犯，全身泛起一股涼意。她真可能殺死費歐娜．伍茲嗎？他緊閉雙眼，心中浮現那死亡護士的畫面，希望她被硬塞入那鋼盒中的時候已經失去意識。她是在一片漆黑，連頭都無法抬起的狹小空間裡流血致死，自己的血噴濺在四周牆面的時候可能還有感覺，甚至聽得到聲音。殘忍無情的殺人手法，只有凶狠兇手才會以這種方式斷人性命。

艾莉克絲．泰勒會是這種人嗎？

艾莉克絲睜眼，卻必須立刻再次閉上，因為頂燈實在太亮。她頭痛欲裂，微微一動都讓她好想吐。有條綁帶扣住她的前額，害她無法側頭，她擔心自己嘔吐的話可能會窒息。

瑪姬，妳在哪裡？拜託快來這裡救我。

她再次大膽睜眼閃避光曜，瞇眼盯著燈光，認出了那圓形輪廓，她知道自己又回到了同一間手術室，原來這並不是出於她的想像，現在證實了這一點，但這卻完全無法令她感到寬慰。她曾經待過這地方，以為自己就要死了，而甦醒之後卻宛若什麼事都不曾發生過一樣。不過，他現在知道綁架自己的人是誰，奧立佛．萊恩。

她準備迎向眼前的困境，專注盯著胸前，看到了披在身上的綠色手術覆蓋巾，一看到自己被抬高的彎腿形狀，她屏息無法呼吸。又是截石位——放置膝蓋的凹處撐住小腿，腳踝被固定在蹬具——手術覆蓋巾底下的肌膚接觸的是冰涼空氣，她知道自己全身赤裸。

她聽到背景傳出器材的聲響——金屬互相交疊的聲音——她因恐懼而全身顫抖，幾乎馬上就要吐出來了。他逐步逼近，準備要處理她。

她屏住呼吸，牙齒不斷打顫，終於，下巴挺住了。她努力壓抑不斷漲升的恐懼。她必須堅強，想辦法脫離現在的險境，她必須相信自己終將得救。

她必須要努力保持不動，千萬不要驚動他，以免他發現她醒了。她想要搞清楚他究竟綁得多緊，如果他只是以魔鬼氈固定她的身體，那麼她還是有機會可以弄鬆脫逃。

她的雙手被擱在托架，但是她沒辦法看到到底是被什麼綁住，因為也被手術覆蓋巾蓋住了。

她同時移動雙臂，發覺根本動彈不得。

她耳朵附近的某個監視器突然發出嗶嗶警示聲響，她聽到了自己的恐慌心跳節奏，她越來越害怕。怦怦心跳節奏急快，讓她更加恐慌，因為這就等於會讓他知道她清醒了。想必他就是因為這個理由開啟這機器，現在就可以準備玩弄她。

拜託，上帝，慢一點，不要讓他知道我醒了。

這是可悲的祈求，但諷刺的是，她的心跳真的變慢了，她的牙齒咬住整個下唇，因為他突然挨近她。她看不到他的頭肩，但藍色外科手術衣與戴著紫色手套的雙手就出現在她的面前。他伸手，把某個輸液袋掛在點滴架上面。

「奧立佛，拜託別傷害我，」她牙齒在打顫，「我求你。」

他沒有回應，反而離開了手術台，過沒多久之後，她聽到了他站在某個金屬櫃前面。藥，他在拿藥。

她的膀胱空了，屁股之間湧出一股熱流。

她的憤怒尖叫響徹整個手術室，在那珍貴的幾秒鐘之間，她覺得自己控制了局面。一定有人會聽到，有人衝過來，他們會在走廊聽到她的尖叫。經過的醫生或護士、工友甚或是訪客，一定會聽到她的呼救。這一次，她不會，絕對不會在他面前讓步。她嚐到了口腔裡的血味，朝著她認定他站立的方向吐口水。「你是混蛋！懦夫！垃圾！我會殺了你這個混蛋！」

一股無法控制的怒火充滿全身，她的臉龐與胸膛都是汗，拚命想反擊的需求賜予她力量。她盡可能抬高身體，胸部與腹部真的離開手術台好幾公分。她的頭拚命想要掙脫那條不動如山的綁帶，疼痛傳導到她的大腿、進入下體，因為蹬具的綁帶越來越緊，金屬刺入了她的踝骨。她的手腕與前臂像是被火燒一樣，因為她想要掙脫而狂扭摩擦束帶。她運用身體的每一吋肌肉，每一分氣力，不斷蠕動，希望有哪裡鬆脫或斷落，可以讓她恢復自由，但這樣的期盼並沒有實現。

最後，她精疲力竭又氣喘吁吁，只能承認失敗。她額前的那個束帶依然一樣穩固，手臂與雙腿依然被綁在托架與腳蹬裡面。

沒救了，她無助得像個小嬰兒，他可以對她為所欲為，沒有人會衝過來。

啊，瑪姬，千萬不要死，她在心中祈求，趕快過來救我，千萬不要死。

44

葛雷格啜飲濃烈黑咖啡，努力爬梳艾莉克絲．泰勒過去這幾週以來所牽涉的所有事件：她指稱有人綁架了她、艾咪．阿博特斷氣的時候她在現場、莉莉安．阿姆斯壯瀕死的時候她在現場、某次幾乎致死的用藥失誤她也在現場。

艾莉克絲．泰勒全在現場。難道被蘿拉．貝斯特說中了嗎？艾莉克絲．泰勒是唯一的元兇？

現在，費歐娜．伍茲慘死，這起案件也與艾莉克絲有關。她是艾莉克絲．泰勒最要好的朋友，而且，根據卡洛琳．柯沃恩的說法，艾莉克絲．泰勒發生嚴重用藥失誤的時候，她也在現場。她是不是因為知道什麼而喪命？她知道自己的閨蜜犯下什麼不法情事？葛雷格是不是全程固執盲目而嚴重錯估情勢。費歐娜．伍茲死了，他也該負部分責任？他深深嘆了一口氣，艾莉克絲．泰勒在哪裡？她會跑去哪裡？或是投靠誰？派翠克．佛特似乎認為她會去找他，他對於自己在她生命中的位置太過自信，完全沒有去詢問或懷疑她接下來的舉動。其實，葛雷格突然發覺他從頭到尾都沒有詢問任何事，甚至也沒有探詢警方為什麼要找她。顯然不正常吧？也許他錯判了派翠克．佛特，也許這傢伙已經給了艾莉克絲．泰勒某個地方藏身。

他的思緒被打斷，因為周邊的警察紛紛挪椅，地板刮擦出聲，而且詢問聲此起彼落，原來是蘿拉進入案情偵查室。葛雷格發現某些警察圍繞在她身邊的那種方式，儼然像是歡迎英雄從沙場歸來，大家的語氣充滿讚美，而且他看得出來，她也很享受這樣的光榮。她身穿海軍藍精緻訂做套裝，櫻桃紅上衣，他猜這樣的精心打扮是為了面迎高層。

顯然她在期盼或認為要是成功逮捕之後，這些大頭們會來到警局，而且，她很可能是對的。畢竟要有人對媒體宣布消息，而且還得有警察接受本地媒體記者的訪問。他們不會挑他擔任這個工作，他現在穿的襯衫或西裝都不夠得體，而且還是沒空剪頭髮，所以她成為注目焦點的機會很高。

他心想，她為什麼要回來？他最後聽說的消息是她押寶守在醫院外頭，她因為什麼事而超興奮，雙眼發亮，咬唇的時候還露出了門牙。他不需等待太久，答案就出來了。

「我已經封鎖了現場，你必須要趕快到那裡去。」她只對他說話，但卻刻意拉高嗓門讓其他人也聽得見。

她語氣很跋扈，儼然老大是她，而不是他。

他喝了一小口咖啡，態度悠緩從容。「什麼現場？又在哪裡？」他語氣冷靜，不想讓她看到他急忙關注而得意洋洋。

「她把車留在醫院的北側，駕駛座沒鎖，車門大開，一定是大約一個小時之前的事，因為先前那裡沒有車。她跑不遠，我猜她一定是在醫院的某處。」

「誰？」他問道，「誰跑不遠？」

「當然是艾莉克絲．泰勒。」她不耐地回答，彷彿這明明是想也知道的答案。

他緩緩步向另外一頭，朝她走去，因為他想要站在距離她超近的位置，告訴她講話的時候收回她的尖酸刻薄，還有，要是她膽敢再不尊重他，他就會呈報上級。

不過，正當他要訓人的時候，卻有兩件事讓他閉上了嘴巴：蘿拉・貝斯特的得意賊笑臉龐，還有他先前打開的那個網頁。喬打電話來，他來不及細看，之後他就忘了這件事。

網頁裡的內插圖片是名英俊金髮男子，時尚有型，看起來是過著奢華生活的人。

葛雷格覺得依稀看過他，照片旁邊有男子的姓名與生卒日期：奧立佛・萊恩，生於一九七九年，卒於二〇一六年。

他需要尋訪的那個男人已經死了。

她緊閉雙眼，閃避燈源的光曜。她剛哭過，光束讓雙眼好刺痛，唯一的舒緩之道就是閉眼。她心臟狂跳，但已經不像先前那麼急快，成了比較能夠耐受的節奏。

她覺得自己雖然年輕健康，但要是驚恐到一定程度，很可能會心臟病突發。這個念頭差點讓她覺得好安慰，她可以死個痛快，他就再也無法控制她了。

他接下來靠近她的時候，她不會反抗自己的恐懼，不會排拒自己即將面臨的難關，以及他對她採取的舉動。她會在心中記下他的一切，然後期盼自己的心臟會背叛她，她終能死去。

當她發覺他到來的時候，她屏住呼吸，然後，逼自己睜開雙眼。

超級強烈的喜悅突然盈滿全身，眼眶裡積滿了更多的淚水。她喉嚨卡得死緊，無法開口，她的祈禱終於得到了回應。瑪姬低頭看著她。

她的思考速度不夠快，沒有詢問她是什麼時候，又是靠什麼方法來到了這裡，因為她馬上想到的念頭就是她們得盡速離開這裡。他就在附近，要是他抓到了瑪姬，那麼她也會陷於危險之中。

「快讓我起來，」她急切低語，「快，要趁他回來之前。」

瑪姬回頭張望，然後又低頭看著她朋友。「他不在這裡。」

「那就是距離這裡不遠的地方，」艾莉克絲焦急回應，「趕快！瑪姬！他隨時會回來，快鬆開我的手臂。」

瑪姬拉起綠色手術覆蓋巾，又把它放下。「妳沒穿衣服。」

「不重要！」艾莉克絲咬牙切齒，「快讓我離開這他媽的手術台！」

瑪姬咬下唇，在那一瞬間的表情簡直像是快要哭出來了，低聲說道，「他忘了這些東西，」然後，她舉起手術器材，浪費寶貴時間。「我早就告訴妳，事發經過不可能像是妳說的那樣。」

「瑪姬，我們沒時間了！」艾莉克絲壓低聲音，十分著急，「拜託，他會殺死我們兩個人。」

瑪姬伸手拿了某個東西，語氣興奮，「艾莉克絲，妳看！看看我找到了什麼？」

她的指間夾著一個小型黑色橡膠片，下方還懸垂了一條細金屬線。「妳知道這是什麼吧？」

她在金屬盤裡亂翻，忙著找東西，器材發出哐啷噪音。

「不要！」艾莉克絲低聲懇求，語氣絕望，「拜託別這樣！瑪姬！」

「我沒辦法！妳知道這是什麼嗎？」瑪姬離開手術台的床頭，艾莉克絲聽到她在拚命找東西。「一定是在這裡的哪個地方，我確定！」她又回到艾莉克絲旁邊，迅速拍摸艾莉克絲頭部周邊的區域，然後，發出鬆了一口氣的嘆息，「天哪真是……」她揚起某個銀質方形物體，大小不超過火柴盒，她將她找到的那兩個東西熟練地接合在一起，再次嘆氣，「真的是……」

她把那塊黑色橡膠片放在嘴邊，開口說道，「騙妳太容易了。」

艾莉克絲宛若遭電擊，全身震晃了一下，睜大雙眼，盡是恐懼。那聲音！他的聲音！正從瑪姬的口中冒出來！天，不可能吧？瑪姬，她信任的人，唯一相信她、幫助她的人……

瑪姬殘酷冷笑，那陽剛聲音嚇到了艾莉克絲，她根本不會想到是女人在講話。

簡單的小型變聲器，藏在外科手術器材裡的小東西混淆視聽，害她誤以為是某名男子在對她說話。從頭到尾都是瑪姬待在她身邊，戴著口罩、身穿手術袍，還戴著紫色手套進行偽裝。由於手術室的強光，再加上她雙手被平置束綁，她甚至以為自己靜脈真的有插管，其實她的皮膚根本沒有針孔，只貼有一小塊膠布將插管黏在皮膚上，就像是醫療劇裡面的手法一樣，真的，瑪姬說得對，騙她很容易。

瑪姬把變聲器移開嘴邊，嘆氣，低頭對艾莉克絲微笑。「妳開心了吧？」

馬路兩旁都拉起藍白相間封鎖線，裡面停了兩輛警車，這個方向的車流並不多，葛雷格知道為什麼。醫院北邊的出口夜晚封閉，因此所有進出醫院的車輛都是使用大門，鄰近屋舍也能稍減噪音之苦。

醫院警衛在寒風中踱步，葛雷格來到現場的時候，他已經在這裡了。蘿拉·貝斯特一發現狀況，就叫他過來駐守，葛雷格心想這可憐男人應該快凍死了。

「你！」他大叫，那男人望向他。「離開吧，去喝點熱飲。」

那男人僵硬抖肩。「太好了。要不要我去叫我同事過來替班？」

葛雷格搖頭，「不需要，等一下會有足夠的警察過來。你可以轉告醫院協調主任現在的狀況，我們還沒有通知院方的任何人。」

警衛回道，「好，我過去處理。」

對方活動冰冷僵硬的四肢，小跑離開，葛雷格也在此時為雙手戴上乳膠手套，準備檢查那輛車。他小心翼翼走過去，以免破壞任何可能的跡證，然後，小心翼翼透過車窗往裡面看，空的，她並沒有躲在那裡。他跪在駕駛座旁邊，找到了鬆開後車廂的開關。他從口袋取出筆型手電筒，準備朝裡面一探究竟。他的心頭浮現費歐娜·伍茲窩縮的畫面，他這才驚覺自己擔心會發現另一具屍體。

他掃視行李廂裡的其他東西，鬆了一口氣，幸好沒有藏屍。印有「菲力斯第一」健身中心商標的運動袋，他打開拉鍊之後，發現裡面有運動衣、盥洗用品，以及毛巾。一雙綠色雨鞋，六罐裝的五百毫升礦泉水，有一瓶不見了。裝有醫療器材的紙箱，藥膏、繃帶、各式各樣的封裝針頭與靜脈輸液管。他把藥箱移到一旁，發現裡面有衣物，看到某間黑色兜帽上衣的時候，不禁心跳漏拍。

他把它拿起來，又看到了一捆藍色的醫院塑膠布，手術時使用的那一種，從折疊的方式看來，已經使用過了。他為了要分開疊層，稍微拉開邊角，靠著手電筒的光，他看到了暗紅色的血漬。他雙手顫抖，歸回原位，然後把塑膠布移到一旁，最底下是備胎，一個倍耐力輪胎。

他把手電筒對準橡膠胎紋，看到裡面卡滿了黑色的細礫。他把手指伸入某條胎紋，藍色橡膠手套的指尖立刻變黏，瀝青。現在他知道蘿拉為什麼如此興奮，她早已檢查過後車廂，她也就知道他會發現哪些跡證，但她卻沒有留守現場，反而急忙趕回警局，這樣一來，他就成了找到證物的人，當他在所有同仁面前宣布這個消息的時候，她也會站在裡面，然後，就能浸沐在被證實自己判斷無誤的光環之中。想也知道她會說要是當初他們早一點搜查她的車，那就不會讓費歐娜·伍茲枉死，他很有機會可以避免她喪命。

他聽到柴油車引擎的聲音，抬頭向小路張望，看到鑑識小組的廂型車駛來。他向那位看不清面孔的駕駛揮手，示意可以繼續前進。

葛雷格心情糟透了。每次當他堅持相信艾莉克絲·泰勒是清白的時候，就會有地方出現他失誤的證據。而現在這些物品，鐵證如山，車內的一切都指向她殺害了莉莉安·阿姆斯壯。

「長官？」

「什麼事？」

開車送他過來的警察拿著手電筒，對準那輛迷你庫柏的車內。

葛雷格走到他面前。

「副座有空的錫箔包裝盒。」

對方將光源對準駕駛座，葛雷格看到了三個全部被挖空的錫箔包裝盒。他伸手拿了一個，從破爛的錫箔碎片辨認藥物名稱：煩寧。

他心想，靠，我他媽的靠，她吞藥了。

45

艾莉克絲依然無法從被朋友欺瞞的驚嚇中回神。瑪姬的雙眸告訴她了，這是真的，充滿了憎惡、憤怒、想要殘虐的目光。

她還來不及恐懼，因為在那一刻，與驚嚇混雜在一起的情緒是悲傷，她失去了一個自己曾經這麼喜歡的人。

「我做了什麼？瑪姬，我不明白，我是做了什麼？」

噴濺在她臉上的口水，就像是被狠狠毆打一樣嚇人，這種可怕的舉動簡直令人無法想像。然而，那坨從她臉頰往下滑落的唾液，正是瑪姬看待她這個人的表徵。

瑪姬貼得超近，所以兩人的臉龐相隔只不過幾英寸而已。她開口講話，熱氣直往艾莉克絲臉頰狂噴，「妳有沒有看過別人死亡的過程？」

面對這樣充滿仇恨的臉孔，艾莉克絲暫時閉上了雙眼。

「當然有，」瑪姬維持同樣的冰冷低語，「妳每天都在看……但如果那是妳深愛的人，那就另當別論。我看著奧立佛死去。很不舒服，繩子……他的臉……他黑色的舌頭……我心頭每天都浮現那畫面。

「艾莉克絲，我責怪她們，我怪她們每一個人，而且我理直氣壯。這世界有那樣的女人……賣騷、當娼妓，招搖自己的優勢，然後說不要。也有那種引誘挑逗的女人，像妳這種，自以為有權力可以耍弄男人，好男人。」

艾莉克絲身旁的心跳監測器洩露了她的秘密，她的心跳速度超過了安全界線。今天早晨，她得到重生，看到瑪姬站在廚房裡，揮舞著從網路印下來的那些紙頁。奧立佛．萊恩為了某齣歷史劇而待在巴斯，他沒死……除非瑪姬說謊。當然是這樣啊，這是圈套，讓艾莉克絲受騙，誤以為自己要與他見面。

她終於恍然大悟，這一切都是出於事先謀劃，讓她覺得更加毛骨悚然。瑪姬早從許久之前就想要狠狠惡搞她。

「瑪姬，我從來沒有引誘他，是他對我性侵。」

突然塞入她嘴裡的那塊布差點害她的牙齒後移，下巴的劇痛傳至頸脖，瑪姬出手使出了全身的氣力。

「閉上妳的臭嘴！奧立佛絕對不會性侵任何女人，他根本不可能為了妳這種女人而玷污自己。」

瑪姬移動那塊布的位置，同時也蓋住了艾莉克絲的鼻子，她完全無法呼吸，拚命想抬頭，讓鼻子躲開塞布，她快要吸不到氣了。

瑪姬拿開了那塊布，艾莉克絲已經上氣不接下氣。

「我差點就棄守，直接殺了妳，」瑪姬呼吸急促，「我猜妳現在期盼的就是一死了之吧。不過，艾莉克絲，我們接下來的這一夜還很漫長，時間充裕，可以依照我的計畫行事。妳需要休息，我要妳照我的規劃，不過，妳最好乖乖保持安靜。」

她舉起外科皮釘，讓艾莉克絲看個仔細。

艾莉克絲雖然恐懼，但還沒有打算放棄。她本來下定決心不抵抗了，而是期盼自己可能會嚇死，那麼就一了百了。但她不能如是想，她必須相信自己依然有機會。

「瑪姬，妳逃不了的。等到警方找到我的時候，就會追查妳的下落。他們會發現艾咪她們與妳之間的關聯，他們會從奧立佛那裡找上妳，查出他是妳男友。」

瑪姬哈哈大笑，但笑聲很虛假。「奧立佛是演員，他的私生活很保密，沒有人會把我與他聯想在一起。他愛我，想要保護我，所以一直沒有公開。」

艾莉克絲想要講出傷人又嚇人的話，只要能夠讓瑪姬跳脫現在的心態，什麼都好。「他才不愛妳！八成是在利用妳。瑪姬，妳有錢，擁有豪宅，妳曾經告訴我，他去妳家的唯一原因就是要使用妳父母的錄音間，他在利用妳！而他一直沒有公開妳的原因就是因為他可以欺騙別的女人。」

外科皮釘的尖銳喀擦聲響，讓她剛吸入肺部的氣全吐了出來，瑪姬拿著它、猛釘她的頭骨，一直不停手。

「妳這個臭婊子，一直在撒謊的小賤人！要是妳不閉嘴，我現在就把它縫起來！」

艾莉克絲淚水泉湧而出，透過模糊的雙眼，她看到了瑪姬的臉。繼續勇敢嘲弄下去。她寧可冒著立刻被殺的危險、激怒對方，也不要忍受這種凌遲式的死法。

「理查德．希克特會把我們兜在一起。他會告訴警察是妳叫我過去那裡。瑪姬，他們會因為他而找到妳。」

這一次瑪姬的笑聲似乎是真的。「妳好白痴。妳覺得我為什麼要送妳去找專業協助？大家都知道妳精神崩潰，而希克特醫生就能夠證明大家沒猜錯，妳真的瘋了。」她的大笑表情好瘋狂，講話的音調是高亢的噁心少女腔，「哦瑪姬我好怕，幫助我，瑪姬。」她伸出手指狠戳艾莉克絲的額頭。「我不知道奧立佛為什麼要浪費時間和妳攪和在一起，妳真的超蠢。但現在這一切都不重要了，他死了，妳明天也一樣。現在，我有很多事要準備。妳給我乖乖躺在這裡休息，妳需要飽滿元氣。」

她露出燦爛微笑，「我有沒有把我的計畫告訴妳？」

艾莉克絲只能死瞪著她。瑪姬一定是瘋了，才會出現這種態度，她的恨意已經完全失控。現在，艾莉克絲才恍然大悟，自己的生活逐步崩解，全都是被操弄的結果，瑪姬．菲爾丁刻意進入她的生活，目的就是要摧毀她。

「瑪姬，他們會找上妳的。」

「不會，他們絕對不會，妳已經告訴他們了，我是男人。」

醫院協調主任已經為了這一場會議特地開放員工餐廳，裡面聚集了一大群警察，葛雷格下令大家注意。

他大聲說道，「安靜，專心聽我講話！」

蘿拉．貝斯特坐在前面，依然看起來精神煥發，衣裝一絲不苟，即將展開的追捕行動讓她腎上腺素大爆發。

醫院協調主任緊急呼叫執行長，他們拿到了醫院的建築平面圖，消防處長也過來待命，因為他對於醫院樓層的了解，幾乎是無人能出其右。

他已經弄來一張餐廳的桌子，把所有的繪圖都擺了上去。等到他準備好了之後，就會對員警解釋平面分布圖，然後，葛雷格將進行任務分組進行搜索。他現在終於接受蘿拉．貝斯特所言無誤，艾莉克絲．泰勒很可能躲在這裡的某個地方。她有地利之便，知道該躲在哪裡。醫院的停車場與建物讓搜索變得困難，這裡的規模儼然是一座小鎮。

就在進入員工餐廳之前，葛雷格手機響了，聽到是賽巴．默里賽，還有直升機槳葉清晰的規律旋轉聲響，他嚇了一跳。

「賽巴，你在幹什麼？你不可以插手，你現在飛是幹嘛？」

他冷冷回道，「我們找到了一具浮屍。」

葛雷格的氣卡在喉嚨。「是艾莉克絲嗎？」

「不是，」賽巴稍減敵意，「中年男性——他們剛從河裡把他打撈上岸，還說他身穿有識別牌的軍服，所以你應該可以找出身分。」

葛雷格鬆了一口氣，不是她。

「不過我還是會在這裡繼續飛，幫忙找她。」

「賽巴，你還是不能插手，這是警方的事。」

「透納，你大錯特錯，」可以從這位飛行員的聲音中清楚聽到他的怒火，「艾莉克絲連打死蒼蠅都下不了手，你就算是只有那麼一時半刻認定她是兇手，也絕對是大錯特錯。費歐娜．伍茲與她情同姊妹，而殺死費歐娜的兇手已經挾持了艾莉克絲。」

「賽巴，我們得找到她問案，」葛雷格語氣平靜，「要是你聽到她的消息，一定要讓我知道。」

「透納，我錯看你了，我本來以為你是正常人，誤以為你多少比別人看得遠。我會一直在這裡飛，別想阻止我。艾莉克絲身陷危險，你居然蠢到無法認清現實。」

對方的想法——不是指責私人的部分，而是他所判定的現今狀況——嚇到了葛雷格。假設他說得沒錯，艾莉克絲·泰勒並沒有躲起來，而是落入真正兇手的手中，那麼在她車內找到的藥品包裝空盒很可能是故意栽贓。她可能死了，而大家以為她畏罪自殺，其實是誤會了。猶豫與不確定感讓他心頭沉重，但他已經不能再讓自己受到情感蒙蔽，抑或是躲避真相。

他已經再次檢查昨天下午的監視器影像，差點漏掉那名在走廊推籠車的工友。不久之前，他曾經找那男人問話，對方告訴他裡面裝滿了髒污的器材與洗衣袋。通常每天都是在那個時段會運用大型籠車帶走那堆物品，而升降機只是為了迅速歸還之用，通常是某種特殊或專門的器材。監視器拍到工友的時間是剛過六點，而費歐娜·伍茲是在六點二十分出現在二樓的大手術室附近。艾莉克絲·泰勒可能知道工友的習慣，猜想升降機可能一時不會有人使用，趁機塞藏費歐娜·伍茲的屍體。根據納森·貝爾的說法，當晚他前往她家的時候，她在家裡還穿著外套，也許目的是為了要掩蓋費歐娜·伍茲的血跡。

不過，最要命的證物是彼得·史賓塞半個小時前交給他的東西，他們在艾莉克絲·泰勒的置物櫃裡找到她的手機。

最後一封訊息是寄給費歐娜：「跟我在手術房會面，那裡沒人，不要告訴任何人。」發送時間是六點零二分。

有了這最後一塊的殘酷鐵證，他再也無法忽略真相。

他面前的這些員警神情專注，他們正在等他開口。

「大家要記得，這裡還有病患，他們依然需要被好好照顧，千萬不要驚嚇到那些不需被干擾的醫護人員。仔細搜索，所以就不需要重複查核，然後，再轉移到下一個地方。封閉所有出口，所以她要是在這裡的話也無處可逃。等一下消防處長會解釋醫院與停車場的配置圖，要仔細聆聽，才不會有任何遺漏。」

他深吸一口氣，不想與蘿拉·貝斯特四目相接。「最後，要是找到她的話，一定要小心，她可能有武器，很危險。我再重複一次——千萬不要讓自己身陷危險之中。只要一看到人，立刻呼叫支援。」

蘿拉·貝斯特問道，「要不要找武裝警察過來？」

他搖頭，「不用。」

「你剛才說她可能有武器，很危險，」她的語氣裡聽得出冷酷，「長官，我認為你應該要重新考慮。」

葛雷格已經受夠了她的傲慢以及她那種「我高興說什麼做什麼都可以」的態度，他想要一次解決這個討厭的賤貨，即便要付出慘痛代價，他也豁出去了。

「貝斯特警員，如果我想要知道妳的意見，我會問妳。請不要因為我們不慎亂搞過五分鐘，就可以給予妳對我與其他員警頤指氣使的權利。」葛雷格刻意望向因驚詫而滿臉通紅的丹尼斯・摩根。「妳就跟其他人一樣，依照指示聽令執行，聽清楚沒有？」

屋內一片靜默，就連針落地的聲音都可以聽得見。葛雷格知道剛剛這一招已經是自毀前程，但很值得。他看到許多同仁驚訝地盯著他，然後又不以為然猛搖頭。只要能夠就此脫離她的勢力範圍，這一切當然值得了。

46

艾莉克絲因天冷而發抖，剛才尿失禁，她後腰與屁股下方的床被一片濕。她全身顫慄，而且口好渴。她頭部上方的輸液袋依然滿滿的，她猜測的結論是瑪姬刻意不打開，不然就是導管並沒有接到她身上，手術覆蓋巾下方的手臂可能完全沒有針頭。如果是這樣的話，那麼也許其他的部分也是騙局。她等一下醒來，會發現一切又是自己的發瘋幻想。沒有針痕，沒有任何證據顯示自己所歷經的遭遇。

瑪姬真是聰明。第一起綁架案是場完美無缺的設局，確保不會有任何人相信她。當艾莉克絲拚命向警方解釋，說服同事與派翠克相信她的時候，整個人就像瘋子一樣。但他們又怎麼會信呢？她除了被迷昏之外，明明什麼事都沒有啊？

只有她一人的狀態已經好久了，也許是一個小時左右，她現在沒有時間感。一切靜悄悄，監測器被關掉，燈光也是。在毫無預警的狀況下，瑪姬切斷一切，獨留她身處一片漆黑之中。

瑪姬會把她一直留在這裡，這個念頭一直悄悄鑽入她的腦海，盤據心頭不去。她會因為口渴或是天寒而慢慢死去，器官會漸漸停止運作，心臟會變得衰弱，皮膚蒼白冰冷。她會變得昏沉，煩躁，然後是混亂，腎臟停止運作，最後身體棄械投降。

艾莉克絲想到自己所愛且即將要永別的那些人，她不知道他們會在多久之後發覺有異狀。她母親——當然，就是明天。平安夜到來，她會覺得奇怪，為什麼艾莉克絲沒有打電話討論聖誕節的安排。卡洛琳也會緊張，因為艾莉克絲要上早班，費歐娜也是早班，她早已查過費歐娜的班表，因為她要準備送禮物。費歐娜喜歡秀氣的東西，當艾莉克絲一看到那件珠灰色緞面睡衣的時候，立刻毫不猶豫下手，她知道送這給她準沒錯。

不過，更早開始掛念她的可能是納森，甚至可能打電話給她道晚安。要是她沒有回電話的話，他可能會誤會她與派翠克在一起。希望不要，因為要是她無法撐過這個難關，她不希望他留有任何罪惡感。

與他做愛，是她前所未有的體驗，就連剛跟派翠克談戀愛的時候也沒有。除非有需要，派翠克才會撫觸她。但納森對她的親吻與愛撫卻像是他的極度渴望，就連他緊擁她睡覺時，也可以感受到那樣的急切之情。

突如其來的拍手聲讓她整個人顫晃了一下。瑪姬回來了，站在暗處的某個地方。艾莉克絲怕得全身發抖，難道她一直站在那裡？只是在等待下手時機？

拍手聲沒了，燈光再次大亮，艾莉克絲拚命眨眼，這種光曜一直是痛苦折磨。

瑪姬在手術台前彎身，那張臉暫時擋住了光，她語氣開心，「快醒醒哦！快醒醒哦！」

艾莉克絲聽到她在床頭後面移動，她開了某台機器，發出嗶嗶噪音，接下來是一陣陣排氣的軋軋聲，艾莉克絲立刻認出那是什麼：呼吸器。

終於來了，等待期已經結束。這一次，瑪姬．菲爾丁要讓她陷入昏迷，對她做出讓她無法度過生死難關的舉動。對於即將歷經的各種肉體痛楚，艾莉克絲已經有了心理準備。很可能是狠狠劃開，甚或是取出臟器，完全要看瑪姬打算發揮多大的創意。

終點將至，她發出了恐懼的嗚咽。

然後，她克服了部分恐懼，看到她母親的臉。她在微笑——和藹慈祥的笑容——艾莉克絲沒那麼擔心了，很快就會結束，接下來她什麼都不會知道。她將母親的畫面緊緊懸念心中，哭聲停歇。

呼吸器持續發出聲響，模仿正常呼吸的節奏。艾莉克絲聽到開啟氣瓶之後的釋壓聲，安全檢查機制持續運作，發出高頻嘯音與嗶聲。

瑪姬的臉映入眼簾，藍色手術服，外罩一件外科手術袍，頭上戴有可棄式藍色頭帽，雙手戴了紫色橡膠手套，她準備動手術了。

詭異的是，這熟悉的裝扮並沒有讓她感到害怕，反而帶來了某種安心感。艾莉克絲發覺她可以轉換自己的恐懼。瑪姬．菲爾丁是醫生，我很安全。她不斷重複這句話，宛若把它當成了某種祈禱文，她專注集氣，希望對方能夠有所感應。

瑪姬．菲爾丁是醫生，我很安全。

瑪姬打斷她，「我一直沒時間把我的計畫告訴妳。」

瑪姬．菲爾丁是醫生，我很安全。

「艾莉克絲，妳記得麻醉的基本原理吧，是不是？妳當然記得。但要是妳忘記的話，我好心提醒妳：麻醉就是在沒有知覺與苦痛的狀況下睡著了。

「想像一下，萬一妳體內只有肌肉鬆弛劑的話，會出現什麼景況。當然，還是得靠呼吸器幫妳，因為妳沒辦法呼吸。妳會保持清醒，但無法移動，而痛苦……哦，妳將會感到痛，妳能夠感受妳身上所發生的一切。」

瑪姬拿起一支灌滿藥液的注射器。「艾莉克絲，這計畫很精采，妳說是不是？」

搜尋第二小時將近尾聲的時候，蘿拉．貝斯特的完美打扮發生了一些變化。頭髮被雨水淋濕，有些睫毛膏也溶流而下，外套右側袖子出現一道小裂口，因為被垃圾桶護柵的尖銳邊角勾破了。她滿頭大汗，而且高跟鞋咬得腳好疼。

她又累又渴，而且葛雷格．透納讓她非常、非常之火大。他怎麼敢在其他人面前這樣羞辱她？她先前聽到某名女警在她背後竊笑，她發誓一定要找到方法讓那女人付出代價。至於葛雷格，要是他以為他這樣公開他們之間的風流韻事卻可以全身而退的話，那麼他就大錯特錯了。她會講出她自己的故事版本——當初拒絕他有多麼困難，尤其他是她的資深長官。他這樣對待她，絕不能放過他。

她走向下一個護柵，刻意後退，讓丹尼斯走在前面，她的衣服已經受損。丹尼斯打開柵門的鎖，拿手電筒往裡面探照。

「你要好好檢查，把垃圾桶拉出來看仔細，」她對著護柵的方向大吼，「泰勒醫生，妳可能就躲在裡面，對不對？」

丹尼斯站在柵門邊，沒有進一步的動作。他把手電筒照向蘿拉的臉。「妳要翻垃圾桶，妳自己來。我不是妳的奴隸。」

她愣了一會兒，最後只能瞠目結舌。「靠！你怎麼敢這樣對我說話！」

「原來妳一直跟長官幹砲！現在卻和小警察混在一起。所以我是怎樣，蘿拉——妳拿來激怒他的可憐笨蛋嗎？」

蘿拉氣得跺腳。「丹尼斯．摩根，我要舉發你！膽敢拒絕命令！」

他把手電筒的光對準自己，讓她能夠看到他的反應。他臉上露出微笑，還對她以兩指敬禮。

葛雷格聽到從餐廳牆壁穿透而來，持續不斷的直升機槳葉轟隆聲響。在剛才那半個小時當中，賽巴一直在繞圈，以聚光燈探照醫院停車場，急診室外頭的藍色警示燈已經打開，宛若燈塔等待他準備降落。葛雷格放在胸前的手機突然發出震動，讓他嚇了一跳，正好是他心懸的那個人打電話過來，這樣的巧合讓他覺得毛骨悚然。

「賽巴，你想幹什麼？」

「只想知道你是不是恢復理智了？」

葛雷格為了要盯著那架直升機，走到某扇窗前，但他猜賽巴應該是看不見他。

「賽巴，我只是盡自己的本分罷了。」

「喂，你真的是錯判她了。艾莉克絲絕對不會殺人，她當初是怎麼救了我一命，我也告訴你了。」

「賽巴——」

「我知道，你不需要聽我嘮叨，你只是盡自己的本分罷了。好，你已經把她貼上了殺人犯的標籤，而你根本不認識她這個人。」

葛雷格嘆氣，「人是會變的，賽巴——他們內心的某些螺絲鬆了，就會做出自己平常絕對不會做的事。」

賽巴憤怒回嗆，「你的意思是殺死最要好朋友之類的事？」葛雷格聽到對方狠狠倒吸一口氣，然後，繼續開口。「艾莉克絲沒有做這種事，你最好加快腳步，相信我的說法，不然，接下來就會見到她的屍體了。」

47

「拜託，瑪姬，告訴我為什麼要殺死她們，至少讓我知道原因好嗎？」

瑪姬口罩上方的雙眼閃爍有光，盯著她不放。「艾莉克絲，妳耍這招也阻止不了我。該來的跑不掉，妳只是在拖延罷了。」

「妳當然想要讓我知道答案。為什麼第一次留我生路？為什麼要殺死艾咪．阿博特？」

瑪姬拉低口罩，把它抵住下巴。

「艾莉克絲，妳自以為很聰明，妳以為妳可以勸服我，我最後會原諒妳。我的生命早就在奧立佛認識妳的那一天就結束了，妳引誘他，最後還指控他！」

她說出這些話的語氣很平靜，沒有怒氣，但艾莉克絲不會誤以為瑪姬的心已經軟化。

「他想要強暴我！」

「強暴？」她語氣嘲諷，「他根本不需要逼迫任何女人，大家都會上鉤。」

「對，當然啊，」艾莉克絲開始奚落她，「只是要付錢罷了！這就是妳殺死莉莉安．阿姆斯壯的原因？因為妳親愛的奧立佛找她買春？」

瑪姬咬唇露牙。「她活像個胖芭比，站在那裡等待一個根本不會到來的客人。我主動說要送她回她家，然後說我得去自己公寓拿東西，只會暫停一分鐘。我用妳的鑰匙卡開了妳家公寓停車場的門，請她站在停車格裡幫我注意一下——妳也知道我的車有多大。

「她很樂意幫忙，站在那裡對我揮手。第一撞只是讓她摔倒在地，我當然是立刻去幫忙。」

「她抬頭看著我，就像個蠢肥豬一樣。裸露的大腿，鬆垮垮的乳房，濃妝豔抹的臉孔，我真的好想告訴她，妳快掛了。

「不過，我卻彎身，『不要亂動，』我說道，『我是醫生，現在要檢查妳的狀況。』其實，我應該要說的是，我得要開車把妳壓死。」

艾莉克絲一陣噁心。「我不想聽。」

「但明明是妳要我講的，」瑪姬嘲弄她，「妳應該要聽最精采的部分。當妳在急救的時候，我正在監視妳。艾莉克絲，妳差點就把我逮個正著，我聽到妳回來的聲音，立刻停好自己的車。我坐在那裡，盯著妳的一舉一動，艾莉克絲，妳的表現真是不錯，我本來想要留在那裡聽妳解釋怎麼又發生另一起命案，但太危險了，所以我直接下車，把自己的車留在妳家停車場，徒步離開現場。」

「瑪姬，妳是惡魔，警察一定會抓到妳。妳自以為聰明，但她的胸膛有妳汽車的壓痕！」

瑪姬微笑，「哦哦！艾莉克絲，又錯了。是妳的輪胎，妳車子的備胎。我把它拿到醫院，滾了一些瀝青進去，然後壓過她的胸膛。不過，現在輪胎又放回妳車內了，所以妳不需要擔心買新的備胎。」

挫敗的淚水，從艾莉克絲臉龐撲簌簌落下。「艾咪呢？」

瑪姬搖頭，「艾莉克絲，不准再問了。現在該……」

納森・貝爾進入員工餐廳，帶了兩杯濃烈的咖啡，坐在葛雷格的那一桌。他身穿急診室上衣與長褲，葛雷格感到十分意外。「你明明上早班，我的意思是，昨天早上的班啊。」他修正之後，瞄了一下自己的手錶，已經過了半夜兩點。

「他們人手不足，我先前已經休息了好幾個小時。反正，能夠保持忙碌也好。」

葛雷格拿起其中一個馬克杯，心懷感激，啜飲了一小口咖啡。

「我們得要盡快找到她，她可能已經失去意識。你搜索醫院還得需要多久？要是她在這裡的話，鐵定早就找到她了對吧？」

葛雷格聳肩，這也是他納悶的事。他們翻遍了每一吋地方，而且他已經叫大多數的手下回去警局，現在只剩下幾個依然留在這裡搜索，蘿拉・貝斯特也在其中，她堅信這位醫生一定躲藏在醫院的某處。葛雷格就由她去了，她要做什麼他根本不在意，只要離他越遠越好。由於他先前發了那一頓脾氣，現在的心情是久違的平和。他不在乎明天可能必須與警司正面交鋒，自己可能會被停職。如果真的是這種結果，他就會瀟灑離開去看兒子，和喬消磨一整天。

他很清楚，之前都是因為疲憊感作祟，才會讓他對整個情境有些鬆懈了。但話說回來，他挺身對抗她，已經得到了真正的快感。多名員警拍了拍他的背，而且還不止一個人開口讚美，他聽到了好幾個人說「幹得漂亮」以及「老哥，有你的」。他們的語氣暗示他做得好，不過葛雷格知道他們搞錯了，他和菜鳥警察上床，而且完全沒有考慮到後果。他之前犯下了卑劣惡行，現在必須要面對自己所做過的一切。

「你依然認定她是兇手。」納森・貝爾開口，打破了他的沉思，這是陳述句，而不是問句。

葛雷格的答覆很有技巧，「所有證據都指向她有罪。」

這位醫師眼眸中的挫折與焦慮明顯可見，葛雷格真的很想要好好安慰他一下。

「等到一切結束之後，她需要像你這樣的人給予支持。貝爾醫生，她能有你，很幸運，身處在這種狀況的人，身邊不會有太多的支持者。」

納森．貝爾立刻搖頭，還嘖嘖作聲表示反對。「幸運？幸運的人是我。我自小孤單，因為我有個無知的母親。她從我很小的時候就不斷對我耳提面命，注重外表是一種罪，我應該要接受自己的天生模樣，我學到的是不要看自己的臉，當其他人別過頭去的時候，才會想起究竟是為什麼。」

他指了指自己臉上的胎記。「我遇到了艾莉克絲之後，才終於擺脫孤單，督察，她不是殺人犯，這是不可能的。」

既然有感情牽扯，自然無法當最佳裁判，葛雷格不想提醒他這一點，寧可保持沉默。

納森問道，「你搜查還需要多少時間？」

「很可能還要半小時，現在需要查看的地方只剩下幾個而已。二樓、三樓，以及四樓都已經檢查完畢，他們現在想要找到打開通往醫院地下室大門的鑰匙。消防處長說那裡已經關閉多年，但我們必須檢查之後才能確保沒有問題。」

「然後怎麼辦？你們就放棄了嗎？結束了？」

一想到這一點，葛雷格就覺得胸口變得好沉重。

他的手機又發出震動，這一次是貼住桌面。又是賽巴，他講話有回音，但字字句句清晰可辨。「我找到她了，她在停車場西側，躺在地上。葛雷格，她動也不動。」

48

復甦急救區已經在待命狀態。在強光映照之下，卡洛琳．柯沃恩的黑眼圈更加明顯，她身邊還站了另一名醫生與兩名資深護士，準備接收病患。某名空中救護隊的隊員與納森．貝爾已經到了外頭的停車場，馬上要把她帶回來。卡洛琳沒有艾莉克絲病況的資料，只知道可能服藥過量，所以她已經準備面對各種可能狀況。

她已經發出最緊急狀況呼叫創傷小組，包括了婦產科，就算最後證明是浪費時間也管不了那麼多了。為了以防萬一，她要他們在這裡等待艾莉克絲，畢竟，她是他們當中的一員。

她已經把艾莉克絲先前所做的事拋諸腦後，一定會全心全意給予治療。她的職責是幫助傷者，而艾莉克絲比大多數的病患都來得嚴重。她這一整天都有預感，艾莉克絲一定會做出什麼傻事，所以先前已經聯絡納森，要是他聽到任何消息，一定要呼叫她。當他告訴她警方猜測艾莉克絲服藥過量的時候，她立刻拋下入睡或是待在家中的念頭，一路超速飆到醫院，還被測速照相機閃了兩次。

他們在十分鐘前發現了艾莉克絲，也就是卡洛琳剛到醫院沒多久，而且，站在為納森著想的觀點，她很慶幸自己當初決定一定要趕過來。

卡洛琳猜納森正在與她交往，雖然他是這麼優秀的醫生，也不能讓他主導治療。

要是艾莉克絲狀況危急，她希望他不要進入復甦急救區，她曾經有過因為某名醫生無法處理狀況而火冒三丈的經驗，她不希望重蹈覆轍。

走廊外頭的雙開門突然砰一聲開了，兩名護士立刻奔向復甦急救區，為他們開門，趕緊讓輪床進來。

艾莉克絲戴了頸圈，躺在長背板上面。她睜著雙眼，人很清醒，氧氣罩蓋住她的臉龐，情緒顯然相當激動。

她猛扯頸圈，扭動肩膀，雙腿亂踢，拚命想要離開輪床，而且她還對著納森·貝爾與賽巴·默里賽大吐口水、鬼吼鬼叫，「滾！你們這兩個人渣，我要殺了你們！誰敢靠近我，我一定扭斷你的頭。」

卡洛琳關掉了嗶嗶作響的監視器，減低現場的噪音，她數一二三，與那兩名男人將艾莉克絲轉到復甦急救區的輪床。艾莉克絲突然猛力揮打她的手，而且指尖掐入卡洛琳的手腕，賽巴·默里賽必須扳開艾莉克絲的手指，才讓主治醫生得以解脫，他語氣溫柔，「放輕鬆，醫生，妳現在安全了。」

她露出了森森白牙，顯然是想要咬他，隨便哪裡都好。都是靠頭部固定器與束帶將她牢牢定在輪床，才讓賽巴逃過一劫。

卡洛琳向最靠近身邊的護士下令，「準備樂耐平，我們要讓她冷靜下來。」

納森·貝爾伸手擋下那名護士，然後從剛才推送艾莉克絲的那台輪床下方取出了一個黑色手提包。「我們得先檢查她服用了什麼藥。」他面色蒼白，雙眼充滿苦痛。「她包包裡有煩寧與K他命，也有注射器與針頭。」他把包包壓在胸前，呼吸變得急促，動作卻變得遲緩，他對卡洛琳說道，「這是我的錯。我知道她有在吃藥。我應該要阻止她，應該要事先告訴妳才是。」

卡洛琳立刻站到他身邊。「納森，這完全不是你的錯，如果要怪任何人，是我。現在我要你離開這裡——由我們來協助艾莉克絲。」

憂心忡忡的納森搖頭，「我得要幫忙。」

卡洛琳抓住他肩膀，「納森，我要你保持堅強，我需要一個我能夠信賴的人照顧急診部的其他病患。我在這裡照顧她的時候，你必須要待在那裡。」

她知道還有其他醫生在，人力足夠，足以負擔她剛剛交代納森的任務，但他在現場會是一大干擾，現在最優先的是艾莉克絲。賽巴向前，取走納森緊抓的包包，然後，輕輕摟著他的肩頭，帶他到外頭去了。

卡洛琳深呼吸，面向其他的人：創傷小組的醫生、婦產科醫生、急診部研究醫師、兩名護士，以及葛雷格．透納。她覺得這位資深警官內心的激動程度幾乎與納森．貝爾一樣，讓她十分訝異。她的病人依然在吐口水與狂罵髒話，粉紅色裙裝被掀到了大腿處，露出了內褲，艾莉克絲需要被好好照護，接受詳細檢查。

她望向創傷治療小組以及其他被她叫來的專科醫生，大家的肩上都揹著裝滿緊急設備的背包，她對他們露出歉然微笑。這裡不需要他們，現在他們可以走了。

然後，她交代護士，「打電話叫警衛過來，要是她開始吵鬧，我們需要更多人手讓她冷靜下來。」

然後又對其他急診室的醫護說道，「我們需要做完整的骨盆檢查、心電圖，以及血液檢查。

檢查她的包包，如果可以的話，確認她到底吃了什麼藥以及用量。打電話給病理實驗室，請他們準備做乙醯胺酚與水楊酸鹽類的含量測試，我們要知道她過量服用的是什麼藥物。」

她面向葛雷格．透納。「這可能需要一些時間，你還是找個地方坐一下，我會讓你知道最新狀況。要是你還沒打電話通知她家人，讓他們知道她在這裡的話，麻煩你處理一下，感謝。」

幾個小時之後，卡洛琳進入家屬室，與葛雷格．透納會面。他一整晚幾乎都在等待最新狀況，她也很感謝他，因為當艾莉克絲的父母與妹妹抵達醫院的時候，他也待在這裡。卡洛琳向他們簡述狀況，讓他們知道艾莉克絲很穩定，不過，至於其他部分，她懷疑的那些恐怖罪行，就交由葛雷格．透納去解釋了。他們返家的時候，世界已然崩裂。

他閉眼休息，一睜開的時候，她看到他眼裡都是血絲。他來回扭動脖子，眨眼眨了好幾下，意識漸漸清楚多了，然後，立刻恢復到警戒狀態。

「現在怎麼樣？」

卡洛琳坐在面對他的座椅。「她目前正在熟睡，但她意識清楚，知道自己在哪裡，現在只是靠睡眠消解先前吞藥所產生的影響。」

「有沒有任何後遺症？」

卡洛琳搖頭，「沒有，我原以為她用了其他藥，不過乙醯胺酚濃度正常。她先前服用了大量的煩寧，也有K他命，所以現在才會入睡，而且，這也是她入院時那種行為態度的肇因。」

卡洛琳疲倦仰頸。「等到她再清醒一點，精神科醫生會過來做評估。」

葛雷格記得派翠克．佛特手術室裡的K他命，不知道她是不是從那裡偷的，不過，這位主治醫師卻自己說出最可能的藥物來源。「我先前說過的那句話，的確是認真的，如果要怪罪任何人，就是我，我非常確定她除了酗酒之外，還有濫用其他藥物。我早該開始檢查庫存。她在我面前走向崩潰之路，我卻沒有放在心上。」

她閉眼，沮喪嘆氣，然後又定睛看著他。「現在呢？」

「這要看精神鑑定結果而定，如果她不適合問案，我不會逮捕她，而她住院的這段期間，我會找警員看守她。她現在必須接受哪些治療？」

「持續的血液檢測與觀察，還有等待精神鑑定結果。」她嘆氣，「要是我當初多留神，就能發現她精神崩潰了。」

他挑眉，「我認為她的程度不只是崩潰而已，她涉嫌殺害兩人——如果艾咪．阿博特也算受害人的話——那就很可能是殺了三個人。」

這位主治醫師絕望閉眼了一會兒。「天哪，難道這一切都是因為那個演員？」

葛雷格解開襯衫的第一顆鈕釦，然後又稍微鬆開髒兮兮的領帶，開口說道，「這倒是提醒了我，可否借用你們的電腦？我上谷歌，查詢妳說的那位去年待在這裡的演員，但我沒辦法找他問案，因為他死了。」

卡洛琳嚇了一大跳，「怎麼死的？」

葛雷格聳肩，「我也想要找出答案。」

有人輕敲房門，某名護士探頭進來，露出客氣微笑。「抱歉打擾了，不過，卡洛琳，她說她想找妳。」

卡洛琳起身，葛雷格．透納也一樣，他開口問道，「可否讓我也跟著進去？」

卡洛琳點點頭，她很樂意讓警官待在病房裡。她身為資深主治醫師，理應可以面對急診部內的各種狀況，但是她從來沒有治療過殺人嫌犯的病患。她沒有過往經驗，也不知道接下來該怎麼處理。

艾莉克絲看到大家圍繞在她身邊，不禁又哭又笑，滿懷感激。大家拚命救她，每個人看起來都很驚恐，而且精疲力竭。這是卡洛琳．柯沃恩第二次負責救治她，她的淒慘瘀傷臉看起來好憔悴。賽巴與納森站在她病床兩側，宛若保鑣，兩人同樣崩潰。艾莉克絲對於她生命中的這兩個男人無比感激，他們一直苦尋她的下落，現在找到了人，她終於能夠放下這場惡夢，將它交到警方的手中，然後開始療傷，大家終於會相信她了。

「啊，卡洛琳，感謝妳待在這裡，我以為我要死了。」

卡洛琳凝望她，露出和善微笑。「妳現在安全了，艾莉克絲，妳不會死的。」

「謝謝你，賽巴，拚命找我，」她淚眼婆娑對好友道謝，「還有你，納森，」她握住他的手，「謝謝大家一直在找我。」

賽巴．默里賽親吻她的額頭。「只是投桃報李而已。醫生，妳要記得，妳永遠是我的超級貴賓。」

納森沒說話，只是緊握她的手。

艾莉克絲的注意力又轉向卡洛琳。「我不太敢問，但還是想知道我狀況有多糟？」

卡洛琳露出愉快表情，語調沉穩，「目前不錯。血壓微升，心跳比較快，體溫低了一點，除此之外一切都很正常。」

「身體損傷？」

「完全沒有。」

艾莉克絲露出苦笑，「所以又是在惡搞我。」她將某隻手臂高舉過頭，撫摸頭皮，過了一會兒之後問道，「所以其實沒有打進去？」

卡洛琳皺眉，「打什麼進去？」

艾莉克絲的聲音提高了一分貝，「皮釘啊！」她咬住下唇，然後又繼續說道，「抱歉，我不是故意大聲。我以為自己的頭上都是皮釘，我聽到了皮釘的喀嚓聲響，我覺得釘進了頭皮。」

卡洛琳慢慢靠過去，仔細檢查艾莉克絲的頭皮，「是有幾處刮傷，」她說道，「但是並沒有皮釘。」

艾莉克絲嘆氣，「所以這都是在演戲？她真是厲害？」她眼睛睜得好大，似乎是想起了什麼。「可是我的屁股與大腿被注射了東西！一定是麻醉槍，甚至是吹箭！我要那些部位的照片，仔細檢查。顯然我被麻醉的時間並不是很長，我不知道自己到底被注射了什麼，但絕對不只是對方所揚言的肌肉鬆弛劑而已，不然我一定會記得。」她停頓了一會兒，深吸一口氣，「警方應該在檢查手術室吧？」

卡洛琳回她，「警察在這裡。」

「瑪姬・菲爾丁呢？找到她了嗎？」

卡洛琳一臉困惑盯著她，目光十分謹慎。「為什麼要找菲爾丁醫生？她是不是出了什麼事？」

艾莉克絲盯著卡洛琳的雙眼，直勾勾不放，祈求她能夠理解一切。艾莉克絲覺得胸臆中某處的悲嘆開始發作，扭轉鑽穿緊繃的喉頭，最終成了尖吼，「不要再這樣對我了！瑪姬・菲爾丁就是惡搞我的大混蛋！她之所以綁架我，是因為去年性侵我的演員是她男友，而他最後自殺。她做出這一切都是要報復我。而其他的女子——艾咪・阿博特、莉莉安・阿姆斯壯、我犯下的用藥失誤——全都是她幹的。妳要叫警察趕快去逮捕她，不然等到她逃跑就來不及了。」

「艾莉克絲，妳要聽我說。」

「卡洛琳！沒時間了！瑪姬・菲爾丁這女人很危險，一定會繼續殺人！」

「住嘴，艾莉克絲，住嘴就是了。」卡洛琳語氣溫柔，但帶有一絲警告的意味。

艾莉克絲的目光投向賽巴與納森。「賽巴！納森！你們一定要找到她，你們——」

「**閉嘴！**」這句話在牆面不斷跳飛，病房瞬間鴉雀無聲。卡洛琳的目光將艾莉克絲牢牢定在病床上面，然後，又走了幾步，挨到她身邊。

「艾莉克絲，妳給我仔細聽好。警察在妳的車內找到了一堆煩寧的空包裝盒，我們也在妳的手提包裡找到了煩寧與K他命。妳服藥過量，入院的時候神智不清，妳沒有其他外傷，頭皮上也沒有皮釘。」

艾莉克絲忿恨抬頭，賽巴立刻靠過去，她望著垂頭喪氣的他，他當然不會覺得她是危險人物吧？她怒火難抑，眼珠子差點掉了出來，她馬上否認這樣的指控，「我從來沒有濫用藥物！妳怎麼可以這麼說？明明是她對我下藥。」

卡洛琳向前傾身，差點碰到了艾莉克絲，這是她第一次語調與目光含有真正的怒氣。「妳是要說妳沒吃藥？而且也沒喝酒？」

艾莉克絲立刻搖頭，緊閉雙眼，她絕望大叫，「煩寧！我只有吃那個而已。我已經好幾個禮拜沒碰酒了！」

艾莉克絲看到納森立刻低垂目光，而她也注意到卡洛琳把他的反應都看在眼裡，她知道自己必須要講清楚，讓他們明白真相。「我只是要說，我並沒有任何成癮的問題。」

艾莉克絲閉上雙眼，不想要理會這些指控。她需要冷靜下來，深呼吸，不然這種狀況就會一發不可收拾，她會被貼上患有精神問題的酒鬼的標籤。顯然他們並不接受她對自身遭遇的說法，也就是說，瑪姬再次掩蓋了犯案跡證。她必須要讓他們相信她，等到瑪姬逃走就來不及了。卡洛琳現在離開輪床邊，給了艾莉克絲一些空間，現在她語氣很平靜。

「艾莉克絲，妳得聽我說。」

艾莉克絲睜大雙眼，往後貼靠枕頭，疲憊至極，她盯著卡洛琳。

卡洛琳露出悲傷笑容。「昨天深夜妳被匆忙送進來的時候，我擔心有需要，發出最緊急狀況呼叫創傷小組，也呼叫了婦產科。瑪姬．菲爾丁沒辦法過來，所以就由她的某名同事處理。而她之所以沒辦法過來，是因為她被困在手術室裡面，正忙著動剖腹手術，接生雙胞胎。艾莉克絲，瑪姬．菲爾丁並沒有對妳做出那種事，妳現在也該承認自己需要協助了。」

艾莉克絲激動盯著周圍的人。「你們沒有人相信我，你們大家要讓她逍遙法外。瑪姬．菲爾丁殺死了那些女人，你們卻覺得是我犯案。她謀劃了整起事件，她在報復我，只要是與她男友有任何牽扯的人也一樣遭殃！」

卡洛琳已經再也無法控制自己，語氣十分激動，「艾莉克絲，那費歐娜呢？也是被她殺的嗎？」

49

葛雷格行經空蕩蕩的走廊前往產科手術室。經過某些病房的時候，聽到了瓷器的碰撞聲響，他猜想這些病患正在享用今天的第一杯茶。

他一直很喜歡醫院，從來不曾出現多數人所感受到的那種恐懼。一想到大家能夠在這裡得到照料，就讓他覺得很安心。

他到達走廊的盡頭，右轉，走到了鎖控的大門前面，按下對講機，報出自己的身分之後，對方開門讓他進去了。他必須要見菲爾丁醫生一面。

艾莉克絲．泰勒的指控再怎麼瘋狂，也應該要好好追查下去。葛雷格曾經聽過類似的藉口，大部分都是男人，當他們被逮捕的時候都聲稱自己是無辜的，犯案者另有其人，不然就是怪罪他們聽到的異聲或所見到的幽靈。他剛當上探長的時候，曾被召到某名十四歲死亡少女的家中辦案。她的屍體塗滿了她自己的鮮血，而且全身都是鸚鵡的羽毛。她父親坐在手搖椅裡，撫摸自己大腿上的光禿禿鸚鵡，而他割斷女兒喉嚨的理由是自己的寵物鸚鵡吩咐他要這麼做。

艾莉克絲．泰勒告訴每一個人，是某個打扮成醫生的男子綁架了他，又說是同一名男子殺死了這些女子。然後，昨天晚上在急診部，她一直要讓他們相信她又被帶入某間手術室，被注射肌肉鬆弛劑與麻醉劑，頭骨還被皮釘敲了多針，她對他們拋出了另一名醫生的名字。實在難以置信。

靠著護士指路，他走到了某道敞開的房門前，看到那名醫生坐在辦公桌前，嘴裡咬著筆閱讀病歷。她有一頭深色頭髮，長得漂亮，而且顯然很忙，當他自我介紹的時候，她幾乎連頭都沒有抬起來。

她身穿手術服，脖子上隨意掛了個紙口罩。他緊盯著她的臉，說出自己必須找她一談的理由。她迅速抬頭，五官流露明顯詫異神色，尤其是當他提到泰勒醫生認為她是真兇的那一刻。

她用力吞嚥口水，臉色變得蒼白。

「她為什麼這麼說？我根本不認識她。我的意思是，不是很熟。為什麼要說這種話，真是莫名其妙……我真想哭。」

她顯然是很難受，拿起旁邊的水杯，以顫抖的手喝了一小口的水，然後雙唇又立刻含住筆尾：葛雷格猜那應該是她的習慣，他發現她的辦公桌有另一支被咬爛的筆。

「她為什麼要說這種話？」她再次問道，「為什麼是我？我不明白。我是不是得要提供口供啊什麼的？證明我沒有做這種事？」

葛雷格點點頭，「對，我們會詢問妳在特定日期與時間的行蹤。」

「天，你是認真的。我真的得要配合嗎？她說了我什麼？」

他緊盯她雙眼，語調冷靜，「她說妳綁架她，想要取她性命，而且還殺害了另外兩名女子，還有，妳昨晚又再次想要對她行兇。」

她的目光驚呆，他看得出來她想要吞口水，她聲音緊繃，「昨晚……昨晚我在這裡。我從晚上九點開始值班，你也看得出來，我還是待在這裡。我們整個晚上超忙，三個剖腹，其中一個還是生雙胞胎，還有一名產後出血的女子。她死了……可怕的一夜，現在又給我搞這個。」

「妳待在這裡一整晚嗎？」

「對，」她態度堅決，「一直在這裡，在這間辦公室、手術室，還去了加護病房察看我的病患。需要我把曾經看過我的工作人員全找過來嗎？」

「不用，現在不需要。如果泰勒醫生堅持指控，我們就得要取得口供。」

她的睫毛淚濕，她立刻伸手取了張面紙。

他讓她鎮定心情之後，繼續說道，「柯沃恩醫生告訴我，兩個月前，當泰勒醫生被送入急診室的時候，是由妳負責檢查？」

「沒錯，」她取出含在嘴裡的筆，現在的聲音與面容都平靜多了，「湯姆．寇林斯也負責檢查。那天……狀況很詭異。」

「自此之後有沒有見過她？」

她點頭點得堅決，但聲音又變得嘶啞，「在醫院裡當然有，在我家也有。就在幾個禮拜之前。她突然出現，我連她怎麼拿到我家地址我都不清楚。不過，我猜她覺得自己可以來找我吧。我曾在她家的答錄機裡留言，告知結果——她的檢驗結果——我還告訴她如果需要談一談，可以打電話給我。但我萬萬沒想到她居然真的出現在我家，而且她其實並不想要討論結果——她要我幫忙逮住綁架她的男子，我真心覺得她可憐。」

瑪姬．菲爾丁猛揉臉。「我建議她與我認識的某位心理治療師聯絡，過去我曾經找他配合我的一些病人，她們認為很有用。他名叫理查德．希克特，如果可以幫得上你，我把電話給你吧？

她離開之後，我立刻聯絡柯沃恩醫生，她說她會處理。我必須老實說，我覺得很困擾。」

「因為她找妳求助嗎？」葛雷格問得直接，聽到這麼多人拒絕她，已經讓他開始感到厭煩。

「不是！」她忿忿否認，「我非常樂意幫忙，但她所說的那些事超過了我能夠協助的範圍。她家停車場的某具女屍、她接到的電話、她的車……我沒辦法幫她找到一個根本不存在的人。」

葛雷格接受了她的說法。他唯一能想到的是如果遇到同事講出類似這種難以令人置信的故事，自己又會作何反應，應該也是把他們送給專業人士協助。他覺得她說的是實話，而且發生這一切也不是她的錯，他只是想要找人分擔罪責。當初，他站在艾莉克絲病床隔壁的隔間，在她看不到他的狀況下，聽到她說出那一切，讓他的心變得益發沉重，幾乎無法承受。

「再讓我問兩個問題就好，」他說道，「第一：妳有沒有和一個名叫奧立佛．萊恩的人交往過？」

她搖頭。

「他是演員，去年曾經在這間醫院待過一段很短的時間，我不知道確切日期。」

她再次搖頭，「我八月才開始在這裡上班，去年還沒開始，何況我又根本不認識這個人。」

葛雷格單刀直入，「泰勒醫生說他是妳男友。」

「什麼！太離譜了，她為什麼要瞎編這種情節？」

他聳肩，「我們還不知道。另一個我要問妳的問題是：妳是否認識艾咪．阿博特？她是這裡的護士，也許妳曾經遇過她？」

她微微側頭，發出無奈輕嘆。「我唯一見過她的那一次，就是她死亡的那一天，我們之前從來沒有見過面。我再說一次，我八月才到職，我們本來是有機會認識。你詢問她的事，意思是不是我涉嫌致她於死？」

葛雷格起身，準備讓她繼續工作。「抱歉讓妳激動了。」

「你的確害我很激動——不只是因為泰勒醫生所說的話，還有，原來她深陷在這樣的困境之中。她是個好醫生，我當初真的不應該急著找柯沃恩醫生，而是應該自己抽時間，好好與泰勒醫生談一談。」

葛雷格回到走廊，緩步朝出口走去，真心盼望當初大家都能夠花時間好好找她談一談。她一直大哭懇求他們幫忙，但大家都不肯聽。他覺得自己與蘿拉．貝斯特也是直接拒絕她的那種人，而派翠克．佛特、卡洛琳．柯沃恩，就連瑪姬．菲爾丁也一樣，坐視這種事發生，每一個人多少都得要負起責任。

外頭天色依然幽黑，但早晨已經到來。日班的工作人員馬上就會抵達醫院，照護不會間斷。他等一下會回來，正式逮捕艾莉克絲．泰勒，他完全沒有興奮之感。而且，在此之前，他還有堆積如山的文件等著填寫，但可以等一等。

他坐進自己車內，還不打算回到警局。他打算先回家一下，然後前往牛津探望兒子。

瑪姬的目光小心翼翼落在地面，確保現場沒有留下任何痕跡。這地方還是與她初探時的情景一樣：幽暗、潮濕、荒涼。當初是奧立佛告訴她還有這個地下室，他帶她參觀這間醫院的時候介紹了此地，他覺得這裡是拍恐怖片的好地點，他說是另一部《沉默的羔羊》，而領銜主演的就是他。

在過去這一小時當中，她來來回回，這已經是第三趟了，也是最後一次。警察還在這裡四處尋索，她不想冒著被人看到的風險。她再也不需要這個空間了，已經把暫借的鑰匙與各種器材歸回原處。為了艾咪·阿博特造訪而特地鋪在地上的那塊塑膠布，等到血跡乾涸之後，早已小心翼翼捲好，現在應該還放在艾莉克絲·泰勒座車的後車廂，不然應該就是在警方手中進行鑑識。她也得丟掉那個希美布施面罩，雖然她很想要把它留下來當紀念品，但還是毀棄比較安全。

假裝敲昏艾莉克絲，然後以迷魂布摀住她嘴巴固然有風險，但瑪姬希望讓艾莉克絲誤以為她是因此而失去意識，這樣一來，當她說出事發經過的時候，沒有人會相信她。

瑪姬在狂風夜特地著裝，頭髮藏在毛帽裡，靠著圍巾蒙住自己的半張臉，專心等待，盯著艾莉克絲離開急診部，她手拿裝滿K他命的注射器，只需要在錯身而過的時候對她扎一下，然後，一路跟她到停車場，佯裝敲昏她，她很有信心，艾莉克絲不會有什麼抵抗，因為體內的藥效已經發揮作用。誇張的戲劇效果讓瑪姬大呼過癮，其實，過去這幾個禮拜她都過得很開心。觀察，靜心等待適當時機，操弄已經曝光的情節，冒險，觀賞自己的所作所為，這一切都不費吹灰之力。

輕鬆將藥品調包，等人發現就大功告成；趁著無人的夜晚朝她的車子噴漆，讓艾莉克絲無法證明這不是她自導自演的故事。這些都只是小菜，就像是那通電話一樣。不過，每一次都是火上加油的大好機會，讓艾莉克絲·泰勒正在崩潰的形象更具說服力。瑪姬本來不期待會有艾莉克絲自行配合演出這樣的大禮，而它的好處就是讓瑪姬省了不少事。要不是因為艾莉克絲酗酒，大家可能會更相信她的說法，但她輕輕鬆鬆就摧毀了自己的信譽。

而且，這樣的禮物不斷源源到來。

艾莉克絲把她的手提包留在醫師派對現場是其中之一。瑪姬朝裡面隨手一撈，就提供了她下一次的殺人地點。不過，把她自己的車停在犯罪現場附近，並非計畫的一部分，不過，萬一警方來找她，詢問她的車為什麼停在那裡的時候，她早就擬好了說詞。她的藉口是要探訪心緒不穩的同事，但卻發現對方不在家，準備要開車離去的時候卻發現車子無法發動。要是他們問她如何進入停車場，她會說大門本來就是敞開的。不過，他們也沒找她，因為他們對於大型車輛的輪胎沒有興趣。

不過，現在這也不重要了。她在那名警官面前做了一場精采表演，而他依然相信艾莉克絲有罪，這才是重點，艾莉克絲最後的言行，證明她是殘害閨蜜的殺人犯。

她也會丟掉麻醉槍——超好用的工具，但她再也不需要了——靠著這東西，她兩次成功搞定艾莉克絲。此外，她也會銷毀錄音帶——為了艾莉克絲而特別在手術室所錄下的真實聲音，讓她誤以為自己聽到的是千真萬確的背景聲。

昨晚是這一段偽裝友誼的終點。艾莉克絲原本以為她見過奧立佛，與他當面對質之後，瑪姬會載她回到瑪姬住家享受一頓晚用的晚餐。但當然不可能啊。當瑪姬在醫院值晚班，艾莉克絲因為殺人而遭到逮捕的時候，兩人怎麼可能會一起用餐呢？無論艾莉克絲怎麼抗辯，她的車裡充滿了犯罪鐵證。當初是瑪姬建議的，赴約時要開艾莉克絲的車。

她拿起自己借給艾莉克絲的那雙鞋，拍去鞋底的砂礫。她懶得套回艾莉克絲的腳，為什麼要給別人機會懷疑那雙鞋為什麼特別大？還是讓他們以為艾莉克絲掉了鞋子比較好。瑪姬再次環顧這間手術室，她專心聆聽這股冷寒的寂靜，不禁打哆嗦，該走了，她準備要好好過日子。

50

艾莉克絲因為好友之死而悲痛萬分。白天的時候幾乎都是醒醒睡睡，部分原因是來自於他們給她的藥物，還有疲憊。精神科醫生在不久之前過來了一趟，艾莉克絲百般堅持自己不需做評估，但醫生還是堅持待在這裡完成評估。

大部分的時候，她只是呆躺在床上，拒絕飲食，害怕說話，擔心會讓自己陷入更不利的狀況。她好想要見到爸媽與妹妹，也許他們可以幫忙，但是精神科醫生說他們已經來過了，當時她正在睡覺，而接下來的這一整天，最好是讓大家努力維持心情平靜。

艾莉克絲猜想她媽媽或帕蜜拉來到醫院的時候可能陷入歇斯底里，被醫護要求離開。她能夠想像母親哭泣與帕蜜拉大吼大叫的模樣，拚命想要知道這到底是怎麼一回事。她爸爸會比較克制一點，擰著雙手，來回走動，靜靜等待院方告知狀況。她心想，她可憐的雙親一定擔心到發瘋了，她好想要向他們保證自己沒問題，但她不知道該怎麼辦才好。瑪姬．菲爾丁掩蓋了一切，甚至當她與艾莉克絲一起待在手術房的時候，她也預先為自己解套，她有完美的不在場證明，現在艾莉克絲才明白她當初為什麼會把她一個人留在那裡那麼久，瑪姬並不是在等她，她表現得一切如常——跑去接生雙胞胎了。

又是一陣淚水帶來的刺癢。在過去這幾個小時當中，她經常如此。突然雙頰淚濕，側頭挨貼的枕面都是淚痕。不過，現在的淚水是為費歐娜而流，她最親愛的貼心好友。沒人告訴她到底費歐娜是怎麼死的，大家都以為她已經知道了，她只能想像好友面臨的絕境與恐懼。瑪姬．菲爾丁行兇的時候充滿心機，艾莉克絲祈禱費歐娜沒有承受過久的煎熬。

瑪姬之所以會留艾莉克絲活口，現在原因已經昭然若揭。瑪姬沒有要她死，純粹是要摧毀她。所有的命案都會被歸到她頭上，也包括了費歐娜，而且瑪姬會排除所有能讓艾莉克絲證明自身清白的方法。最後，她會被判定為精神正常，也可能是不正常，端看她接下來如何面對現在這樣的狀況而定，無論是什麼結果，反正她會被關一輩子。

現在她唯一的寄望是她期盼的那個人會過來——葛雷格．透納。他是好人，而且擅長揪出說謊者，他一定知道她說的是實話。

一想到這一點，她的心情開朗多了，然而，過沒多久之後，這念頭就像是這一整天下來的多數期盼一樣，瞬間粉碎，讓她萬分沮喪。葛雷格．透納只是個普通人，但交手的卻是超強殺人魔，他找不到任何方法能讓她重獲自由。

51

葛雷格透過車窗玻璃向喬揮手道別的時候，兒子露出一臉燦笑。他身穿蜘蛛人的睡衣，雙頰泛紅，頭髮依然是剛睡醒的一頭糾亂，緊緊抱著葛雷格剛剛送給他的鮮黃色玩具直升機。他們享受了美好的早晨，現在，葛雷格已經完全沒有罪惡感，要開車回去巴斯。

中午時分，他行經郊區的時候，手機響了，他把車停在路邊，接聽電話，他要找的那個人的秘書順利達成任務。葛雷格待在前妻家的時候，曾經與她通話，她說她會竭盡一切努力找到羅伯特．費茲傑羅。

羅伯特．費茲傑羅講話有美國腔，葛雷格覺得他聲如洪鐘。「我的秘書說事況緊急，好，督察，有什麼我可以效勞的地方？」

葛雷格把手機稍微移離耳畔。「有關奧立佛．萊恩的事，你是他經紀人？」

「沒錯。」

「可否讓我知道他是什麼時候死的？還有死因？」葛雷格查了網路，只找到這名演員的出生日期與死期。

「七月的事，令人萬分震驚的消息，」羅伯特．費茲傑羅回道，「奧立佛．萊恩是自戀狂，我不相信這樣的人會自殺。他們驗屍時在他體內完全沒有發現任何藥物，只有酒精而已。我唯一能想到的理由就是不小心出包的惡作劇，但是法醫不採信。」

「他是怎麼死的？」

「上吊。」

「你覺得是什麼原因？」

「我甩了他，我告訴他，我不想再當他經紀人了。」

「什麼時候的事？」

「他自殺的前一天。」

「你為什麼要甩掉這藝人？」

「我長話短說吧？他是不受控的危險人物。去年他自己惹了一點麻煩，我給他第二次機會。安排他在好幾齣重點電視劇演出，讓他有戲拍，維持曝光率。然後，到了七月，我與某名電影製片討論要給他主角的角色，鐵定會爆紅的故事，然後你知道他幹了什麼好事嗎？——又惹了麻煩，這一次就沒辦法拍拍屁股走人。那女人打電話給我，大哭，想要知道奧立佛在哪裡。她懷孕了，深愛的男人也溜了。

「好，就這樣，我發飆了。我知道他無論到哪裡都會有醜聞隨身。要是把他放在那部重要電影擔綱演出，等於是送給他胡作非為的執照而已。所以我們談了一會兒，他走出我的辦公室，態度傲慢得就跟走進來的時候一樣，然後威脅要告我。」

葛雷格有些驚訝。他以為經紀人不會因為小小的醜聞甩了旗下藝人，尤其是準備要演出重要角色的時候，也許羅伯特．費茲傑羅是個有原則的人。

他一聽到懷孕，立刻開始心算，他想要搞清楚那女子是誰。

「所以這一切都發生在七月？討論新角色？有女人打電話給你，說她懷了奧立佛的孩子？」

「這一切都出現在同一天，七月三十號。我花了幾乎一整個早上的時間與這名製作人、他的秘書通話，討論合約細節。到了午餐時間，我正準備要打電話給奧立佛宣布好消息，卻在這時候接到了那個懷孕女子的來電。」

「她有沒有說出自己的名字？」

「沒有，我也沒問，但我猜她來自巴斯。她問我奧立佛什麼時候回去。我猜她應該是護士或女警，因為她請我轉告奧立佛她在值班，能否打電話到她的辦公室。這個蠢蛋去年在那裡和另一個女子惹出麻煩，然後回到同一個地方又惹了更多的事端。反正，就像我剛才所說的一樣，我超火大。我請他過來一趟，直接打開天窗說亮話。我告訴他，你本來到手的重要角色沒了，而且我永不錄用。奧立佛的問題就是他褲子拉鍊拉不緊，撐不到五分鐘一定脫下來。」

葛雷格心想，懷了他小孩的女子一定就是艾咪．阿博特。她是在十一月中的時候被送入急診部，根據驗屍結果，她當時已懷孕十六週。

他之前利用前妻的電腦查詢這名男演員的資料，已經知道了這名演員演藝生涯的基本資料，他得從其他來源蒐集有關此人的更多線索，而且，他還得重新研究艾咪．阿博特與莉莉安．阿姆斯壯這兩起案件。艾莉克絲．泰勒堅稱這兩名女子都是被瑪姬．菲爾丁所殺害，但其實她可能才是真兇。那麼，可能就被蘿拉．貝斯特說中了——艾莉克絲的確有某種孟喬森症候群，或者，她以冷血手法殺害與奧立佛．萊恩有牽扯的女人。也許，正如同卡洛琳．柯沃恩所暗示的一樣，艾莉克絲陷得太深，對他很癡迷。

「去年的那名女子？那是怎麼回事？」

這位美國經紀人嘆氣，「她是醫生，奧立佛在她的醫院學習扮演醫生的角色。他在那裡不過幾天，她的上司就打電話給我，要求他不可以再過去那裡了。她說那裡有狀況，她底下的某名醫生被性侵。當然，奧立佛否認，而且指控的那名醫生並沒有報警，所以沒事。」對方停頓了一會兒，「我根本不相信這傢伙，只要有女人出現的地方，他就是危險人物。」

「他生命中有沒有什麼格外重要的人？」葛雷格問道，他決定直接拋出另一個女人的名字，將她也納入案情的考量因素當中，「有沒有聽過一個叫作瑪姬．菲爾丁的人？」

「沒有，從來沒聽過，不過，對，是有個格外重要的人。」

葛雷格的胸膛突然抽緊了一下。

「奧立佛．萊恩，這就是他生命中的特殊之人，除了自己之外，他容不下任何人。」

葛雷格繼續開車，腦中不斷回放與這位美國人的對話內容，心情益發沉重。費茲傑羅不相信這名演員會自殺，反而認為是一起意外。葛雷格懷疑那並非自殺，也不是意外，他得找負責那起命案的警察談一談。對於那面孔的某段模糊記憶，一直觸動著他，他知道那段記憶很可能是來自於電視，但也不知道為什麼，他的直覺並非如此。他感覺自己曾經見過奧立佛．萊恩，但想不起來是在哪裡。

他們還在搜尋艾莉克絲．泰勒的公寓，現在他有了方向，可以給他們一點協助，他們應該要找的是與奧立佛．萊恩、艾咪．阿博特、莉莉安．阿姆斯壯，甚至是她差點在急診部殺死的那個老人的相關線索。他們會把他的名字輸入警方電腦資料庫，也許有機會找出之間的關聯。

要是他們證實了她真的殺死了這些人，包括了費歐娜．伍茲，那麼她將會與其他惡名昭彰的殺人魔一樣留名永存，而且，他也會因為負責偵辦這起巴斯有史以來的最嚴重兇案而聲名大噪。

一想到這樣的未來，他完全沒有任何喜悅。與艾莉克絲．泰勒相處的短暫時光當中，她讓他暖到骨子裡。也許他的解方是一走了之，等到這一切結束之後，他可以要求調到牛津，把這一切拋諸腦後，與兒子更親近，可以更常見到兒子，而不是在短暫會面的時候塞滿一堆活動。過去這幾個禮拜以來，讓他有所領悟：追緝一個自己喜歡的人，是全世界最艱難的任務。

有位警員手裡拿著一捲黃色膠帶，正準備封圍公寓的門。葛雷格請他查閱執勤紀錄本，他翻了一下，看到葛雷格的小組是在十二點十五分離開，一個小時前的事，葛雷格詢問那名警員是否知道原因。

「長官，我想他們在裡面沒找到什麼東西。他們待了好幾個小時，帶走了一台電腦與一堆文件，但就這些而已。明天就是聖誕節了，我猜他們想要把那些東西帶回去警局整理，我正準備封門。」

葛雷格懷疑小組成員便宜行事，他知道應該要對他們發脾氣才是，知道他們理應要好好搜查公寓，是否有任何的犯罪明證——沾血的衣物、費歐納．伍茲的血——然而，他們在這裡待的時間這麼短，當然不可能仔細搜索。他猜他們應該是想提早下班，去酒吧開始歡慶聖誕節。

他請這名警員暫時不要貼封，等他查看之後再說。他穿上鞋套，戴好手套，後頭的電梯門叮一聲開了，一名男子走入地毯鋪面的走道，是約翰．泰勒，他身材削瘦，一頭灰髮，身穿牛仔褲與藍色麻花毛衣。

葛雷格發覺他與女兒的顴骨與唇形十分相像，他看來面容憔悴。葛雷格趨前開口，「午安，泰勒先生，可否請教您在這裡做什麼？」

他的下巴朝大門點了一下。「也許跟你一樣吧——找尋答案，只不過，我在找尋的是證明她無辜的線索。」

葛雷格充滿憐憫點點頭，對他說道，「我不能讓你進去，我想你也很清楚為什麼。」

對方低頭盯著牆邊那個標示「重大事件專用」的配備盒，裡面有泰維克拉鍊式白色防護衣、塑膠鞋套、紙口罩與手套，所以無論是誰在這裡進出都不會留下任何痕跡，也不會帶走任何跡證。他開口問道，「如果我穿上那些東西呢？」

葛雷格搖頭。約翰．泰勒嘆了一口氣。

「我女兒被控犯下兩起殺人案，這對你來說可能沒什麼，畢竟你是警察。但她是我的女兒，我知道她是無辜的，所以在你想要證明她犯罪的同時，我只需要在她的住所待一下而已，醫護給她打了鎮定劑，所以我無法和她講話……我只是想要近距離感受她的存在而已。」

對方眼眸中的痛苦越來越深重，葛雷格做出決定。

他本來就是待宰羔羊，被警司叫去詢問他與蘿拉之間的不當情事也是遲早的事。

葛雷格交給他一雙手套。「不准碰任何東西，而且不能離開我的視線範圍。」

他們兩人進入公寓，端詳這個寂靜又井然有序的環境。與葛雷格上次造訪的時候相比，一塵不染的程度幾乎完全一樣，地板沒有鞋子，咖啡桌上沒有亂丟的報紙，而靠墊也全都放得端正。如果其他空間亦是如此，也難怪員警進來之後就以如此迅速的速度閃人，搜索一定很輕鬆。

唯一破壞整潔度的就是以保麗龍紙襯靠在真皮沙發、拆了一半的某幅大型畫作，旁邊斜放著一個扁平狀的紙盒。畫中有個躺在床上的裸女，露出乳房，雙手抓著正準備離開的男子手中的紅色圍巾，彷彿要把他拉回到身邊一樣，用色大器，活潑明亮。艾莉克絲的父親蹲身仔細研究，然後開口說道，「最好的人被誣陷犯下最邪惡的罪行，而且指控者自己就是最恐怖的罪犯，這已經不是新鮮事了。」

葛雷格完全摸不著頭緒他到底在說什麼。「你的意思是？」

「創世紀三十九章。」

葛雷格內心一驚，「泰勒先生，你是虔誠教徒？」

「不，只是對藝術有興趣罷了。這是現代版的《波提乏的妻子》，雖然這故事有好幾種版本，但其實講述的都是相同的情節。」

「所以是？」

「某個有權勢的女子控訴奴僕強暴她。約瑟是一名忠心耿耿的僕人，而他主人的妻子想要引誘他上床，他拒絕之後，她告訴她先生是約瑟強暴了她，約瑟因而入獄。」

葛雷格又盯了那幅畫一會兒，然後，突然有了靈感，立刻展開行動，打電話給納森．貝爾。葛雷格很幸運，因為接線員說他剛到班。納森才剛說了一聲喂，葛雷格立刻搶話，「納森，我是葛雷格．透納。你去找艾莉克絲的那一晚，沙發上是不是有一幅畫？」

這位醫生語氣冷淡，但倒是立刻給出答案，「對。看起來是剛收到，拆了一半。為什麼問這個？」

「她有沒有說是自己買的，還是從哪裡拿到的？」

「沒有，她沒說。為什麼？這很重要嗎？」

葛雷格不知道。他只知道這幅畫背後的故事讓他很不安。她為什麼要為自己買這樣的畫？尤其她曾經指控過奧立佛．萊恩性侵？

他聽到電話另一頭的猛然吸氣聲，然後納森．貝爾又開口，「那是禮物！我問她是不是前男友送的，她說不是，但那的確是禮物——她告訴過我。」

艾莉克絲．泰勒的父親一臉期盼盯著他，但葛雷格還沒有準備給他任何答案。他知道對方正豎耳傾聽他的對話內容，他小心翼翼對納森．貝爾說道，「還記得我們沒有搜查的醫院地下室嗎？」

「對，當然。」

「我們那裡會合？」

「好，給我一個小時找代班人，然後我們那裡見。」

葛雷格面向艾莉克絲．泰勒的父親。「我現在得請你離開了，因為我得要回去警局。」

他點點頭，「我不在乎你去哪裡，只要你能夠抓住正確方向就行了。」

葛雷格不知道自己有沒有找到正確方向，這可能是死巷，而且他所帶來的希望可能只是再次碎滅。也許根本沒有任何機會挖出線索，但是他得要一試。

他步出公寓的時候，交代那名警員打電話給寄畫的藝廊，查出到底是誰買了那張畫，一有答案就要立刻通知他。

52

瑪姬在煮菜的時候，才突然想起自己犯下的錯誤。她想到了聖誕節與自己購買的禮物，也觸發了那一段記憶，她留下了可能查出她與艾莉克絲．泰勒有關的線索。要是他們搜查艾莉克絲的住所，發現了她送的那張聖誕卡，雖然她並沒有署名，但可能會推斷她寫下的那段話與畫作有關。

那樣的低級錯誤很可能會讓她慘跌一跤。

何況，她現在已經達成了這麼多的成就。殺死艾咪．阿博特絕非易事。當被綁在某張手術台的那個女人醒來的時候，立刻殺死她的念頭卻暫時被擋下，因為有新的想法冒了出來。讓她活下去，可以加快摧毀艾莉克絲．泰勒的進程。讓她多活個幾天是真正的挑戰。當她叫得太大聲的時候，瑪姬就會以膠帶貼住她的嘴巴。倒不是因為擔心被別人聽見叫聲，而是那噪音會害瑪姬抓狂。

最後，她變得精神錯亂，趁她快要斷氣的時候，把她丟棄在醫院停車場就很簡單了。但瑪姬萬萬沒想到這護士居然還能說話，當她氣若游絲講出「妳說過妳會幫我」那句話的時候，當然是衝著瑪姬而來。

現在，這段回憶毀了，結果已經再也稱不上是心滿意足。她努力機關算盡，最後卻自己搞砸了。她本想要讓艾莉克絲活下去，被百般折磨，但她現在必須要改變結局。

大鍋裡的番茄醬汁開始冒泡，她立刻調降火力。義大利麵已經煮好了，但她現在沒辦法吃，一想到自己得做的那些事就讓她胃口盡失。泡泡逐漸消失的芳香紅汁色澤太過鮮豔稀淡，根本不像是真正的血。不過，她腦中想到艾莉克絲．泰勒死去的畫面，眼前看到的當然是血。

瑪姬擰絞十指，既生氣又挫敗。送她畫是一大錯誤，她想要艾莉克絲終有一天明白那幅畫的意義，但她現在才驚覺這等於給了警方質疑她的證據。

她可以說泰勒醫生愛上了她家那幅畫，所以苦苦哀求瑪姬送她一幅，她憐憫這女子，所以就答應了。而她當初接受問訊的時候並沒有提到這一點，因為她覺得不重要。不過，她不能冒這個險，等到他們開始調查到她身上的時候，將會詢問醫院員工有關她當晚的行蹤，而她的不在場證明就會開始出現破綻。比方說，由於她的資淺研究醫生無法處理接生雙胞胎，所以她在手術進行到一半的時候接手，而當她被找去急診部的時候，她說自己沒辦法，因為她正在忙著動手術。而她萬萬不想讓人知道的是，她在手術的第一個階段下落不明，她必須在艾莉克絲．泰勒重獲自由之前迅速展開行動。

狄倫靠近被蓋起來的義大利麵餐盤，想要趁機偷吃蓋子下方露出的一根麵條。瑪姬盯著那老鼠伸出裸爪，露出長牙，把那根麵條拖走了。圓滾滾的黑眼珠無辜地望著她，她對艾莉克絲．泰勒的恨意越來越強烈，宛若打在心中的一記重拳，她忘了自己好愛這隻棕色小老鼠。她毫不遲疑，把那一大鍋滾燙的紅色汁液，全部澆在牠身上。

老鼠尖叫，拚命想要甩開身上的熱汁，鼓凸的雙眼轉為白色，牠在濕燙的平面不斷盲目滑行，痛苦萬分，完全找不到解救的餘地。小老鼠尖叫聲越來越淒厲，瑪姬的心跳也越來越飛快，這種噪音害她無法思考，她也無法放任那絕望的小動物繼續掙扎，乾脆把牠狠狠丟向廚房的牆面。老鼠落地，可憐兮兮抽搐了幾秒，然後，就動也不動了。

在奧立佛死後，這是瑪姬．菲爾丁第一次掉淚。

「小瑪，都是她們的錯，」他當初一一講出了她們的姓名，「我丟掉了那個角色，都是她們的錯。」

他帶她出去吃晚餐，說出經紀人甩掉他的事，還有，他丟掉了可能是截至目前為止最棒的角色。他說，這都不是他的錯，是這些女人自己鎖定他為目標。

在酒精的催化之下，再加上她保證絕對不會怪他，他就講出了艾莉克絲．泰勒的事。他說這女人一天到晚在引誘他，到了最後一刻卻拒絕他。「小瑪，我是男人，不是聖人。你說我會怎麼辦？我會和一個臭婊子扯上邊都是她的錯。要不是她一直挑逗我，我也不需要這樣。我只是需要紓壓，小瑪，我只是需要紓壓而已。」

瑪姬忍住，沒問他為什麼六個月前又回到巴斯，找另外一個女人紓壓，而且這一次還留下了他的種。她從他收到的簡訊裡找出了那個護士，只要瑪姬搬回巴斯，追查出對方的下落輕而易舉。

她還忍住了另一件事沒說，她知道他有時候會為了需求找另一個女人——她找到的那張粉紅色名片，與莉莉安一起奔放，這女人出賣靈肉的廣告詞。

「小瑪，這都是她們的錯。」他整個晚上都在不斷重複這句話，瑪姬真的想要相信他，回到他的地方，他把自己的計畫告訴她之後，就是另一回事了。

納森．貝爾身穿綠色急診部上衣與長褲，加了件訂製外套。他與葛雷格都帶了手電筒，因為那條三十公尺長走道的日光燈管太昏暗，外膜佈滿灰塵，幾乎無法發揮照明功能。

他們所在位置差不多是大手術室區域的下方，納森指向那個老舊的廢棄升降通道——以往都是靠著它載運人員與器材——進入地下室區域。位於二樓以及三樓的通道外頭都已經砌了牆，大部分的人都不知道那層灰泥後方別有洞天。

他們望向升降梯，裡面堆滿了老舊的床邊櫃、兩張老人輪椅、拆開的老舊病床與棕色橡膠床墊，這個廢棄的升降梯已成了垃圾堆。

低矮的天花板黏附了綿長的電纜與管線，兩人忙著撥開蜘蛛網，經過了更多的廢棄設備，持續往前探索。葛雷格進入地下室區域之前所抱持的微薄希望，立刻迅速消失，截至目前為止，他們還沒有看到任何類似手術室的地方，他心想剛才要是想到請納森帶平面圖就好了。

在第二道走廊的盡頭，出現了交叉口，葛雷格對納森點點頭，示意走左邊。十分鐘之後，他們回到了交叉口，以緩慢又沮喪的步伐回到起始點，搜尋結束，一無所獲。

納森開口，「好，要是艾莉克絲說的是真話，那麼真正的兇手一定對地下室走廊十分熟悉。如果瑪姬．菲爾丁是兇手，她一定有同夥，不可能一個人把艾莉克絲扛下來。」

「我也在想類似的事……」葛雷格努力想像那個畫面，一名女子扛著另一人，以一己之力走到這麼遠的地方。他懷疑自己與納森很可能找不到這個神秘手術室，也許這地方根本不存在。

葛雷格很好奇那張畫，是奧立佛．萊恩寄的嗎？他已經死了，當然，這也可能是他生前的安排，本來就買好要送她當聖誕禮物。也許，是為了要挖苦她？或者是其中哪名死亡女子寄的？也許這些女人身亡是因為艾莉克絲・泰勒曾與奧立佛・萊恩談戀愛，奧立佛・萊恩——

他突然停下腳步。他想起自己曾經見過奧立佛・萊恩。他想起餐廳經理向這男人致歉，因為放這女子進來騷擾他。葛雷格還想起他想要靠菜單遮臉，當時他以為這人是因為不好意思，但奧立佛・萊恩企圖遮掩自己的臉是因為他覺得自己會被認出來，因為這名不受歡迎的訪客是莉莉安・阿姆斯壯——顯然是一個他在公眾場所不想與其有任何關聯的女子。尤其是莉莉安・阿姆斯壯——她雖然忙著叫每一個人滾開——但也不忘講出自己是受邀進來。

當時葛雷格並不相信她，但他現在覺得也許她真的是接受了邀請。也許奧立佛・萊恩其實不是邀她進入飯店的餐廳，也許只是要叫她進飯店的房間。

納森說道，「我們必須要找出菲爾丁醫生的涉案證據。」

葛雷格搖頭，「我們必須找出艾莉克絲無辜的證據，不然就玩完了。」

他在某張豎起的床架後面看到了某扇門的形狀，真的是運氣好。他拿手電筒照了一下，看到牆上有一塊鐵板，近看之後發現鐵板黏連了某塊門板，原來那以前是開關把手的位置。他放下手電筒，把床架移到旁邊，然後靠著他的指尖撬開了門。

他們兩人都把手電筒對準裡面，掃視地板、天花板、牆壁之後，發現這地方大約只有六坪左右。其中一面牆壁放有四個上鍊的生鏽氧氣筒，另一面牆則堆放了金屬矮凳與折疊的輪椅，還有個被老舊濁色塑膠布蓋住的高大巨型物件。房間的正中央是他們一直在尋索的目標——手術台。

「這是安適美手術台，」納森說道，「我們已經不用了，很可能多年前就放在這裡。」他走到那塊布前面，把它拉開，露出一架老舊的手術燈，幾乎與納森同高。它的可調式臂桿呈彎折狀，宛若長頸鹿的頸脖，支撐的是一盞接電即可大亮的寬型玻璃燈，如果挺直臂桿，那麼高度還可增加一公尺左右。「不應該是這個，它的光亮對外科醫生來說太刺眼，還有，那個，」他的手電筒照向輪椅，「那就是瑪姬．菲爾丁的共犯，靠那個就可以了。葛雷格，艾莉克絲說的是實話，她一定是被帶到這個地方。」

葛雷格的雙眸流露疑色。眼前這個男人已經急到昏頭，他們找到了老舊的手術台與輪椅，納森．貝爾立刻迫不及待跳到艾莉克絲是無辜的結論。葛雷格不買單，他仔細觀察，找尋是否有最近活動的痕跡，但完全沒有，這裡的空氣冰冷凝滯。地板乾淨，手術台乾淨，而輪椅——當他掃視全場的時候，有一股顫動流竄他的背脊。他們兩人的外套佈滿灰塵與蛛網，然而，這個必須要撬開才能進入的地方，卻乾淨得一塵不染，沒有任何斑污，也沒有蜘蛛網。還有，讓他吃驚的是，先前並沒有搜索過。蘿拉說麥金泰爾探長已經發動過全面搜索，應該是有，但他的目標是找手術室或是外科醫生裝扮的在逃男子。如果他們搜尋的是失蹤人口的話，不該遺漏了這個地方才是，而根據艾莉克絲．泰勒的說詞，她是失蹤人口，不是逃犯。

葛雷格拚命想拋開這個令人不安的念頭。他知道他們還沒有足夠的證據能夠證明她的清白，必須要找出更多的證據為艾莉克絲背書。檢方大可以辯稱艾莉克絲早就知道這個地方，所以細心編造故事以符合這項證據。他們必須證明她無辜，而且兇手另有其人。他開口問道，「你有沒有看過《人骨拼圖》那部電影？」

納森搖頭。

「沒關係，」葛雷格說道，「聽我的話就是了，我們現在要靠手電筒摸索這裡的每一吋地方。很可能什麼都找不到，但我們得試試看，艾莉克絲值得我們全力以赴。」

53

傑奇．傑克森，大家都這麼叫他，就連他的妻子也一樣，當火警警報器大響的時候，他正好站起來活動雙腿。警報器就在病房外的牆面，尖銳聲響震耳欲聾。

他的犯人突然起身，顯然是嚇壞了，而且想要丟掉毯子下床。

傑奇覺得她好瘦弱無助，深深覺得她很可憐。坐在這裡一整天的感覺，讓他很不舒服，監看某名醫生感覺很奇怪，而且，根據他的多年經驗，她看起來根本就不像是殺人兇手。他知道這種想法很傻，任何一本書裡都不會有兇手的標準長相，兩眼間距過窄、連心眉的刻板印象根本是鬼扯。只有等到你知道真相的那一刻，兇手看起來才會像兇手，而問題就在這兒，雖然他知道這瘦巴巴的女子是兇手，但看起來就是不像。

他的大吼聲蓋過尖銳的警報聲響，他揚了一下手銬。「我去看一下是不是真的有火警。」

艾莉克絲回吼，「不要！拜託！我會乖乖留在這裡！」

傑奇．傑克森陷入遲疑。他們還沒有正式逮捕這名醫生，他的職責是保護她，等到透納督察回來逮人。「只要一分鐘就好。」

「拜託，火警可能是真的，你恐怕沒辦法回來找我。拜託，我會留在這裡，乖乖等你，但千萬不要把我銬在這地方。」

「讓我去查看一下狀況，不可能是真的，等一下我就回來。」

房門突然開了，有名護士對這位警察猛揮手。「可不可以過來一下？我現在立刻需要人手幫忙。火警是真的，我有個病人被困在廁所，媽的門居然卡住了。」

傑奇．傑克森做出他在這三十四年警界生涯中從來沒做過的事，直接丟下負責看管的人犯。

「我馬上回來。」

瑪姬待在走廊，看著大家從她身邊飛奔而去，護士與工友們靠著輪床與輪椅將病患推到安全的地方，而醫生們依然沿路忙著治療。時逢平安夜，這裡擠滿了因為意外、鬥毆、生病而衝入醫院的人，也有無法預約到家醫，只求明天能夠身體好轉歡度佳節的病人。

這位高大強壯的警察幾乎是衝在最前面。

先看到的是納森，但他已經不需要向葛雷格多作解釋。葛雷格曾經在停車場、小巷、公共廁所地板看過許多針頭蓋，這種白色塑膠護套是針頭的保護筒。

納森宛若老道警探一樣，從口袋裡取出一個橡膠手套。「全新的，我從來沒用過。」他以那個手套包住護套，交給了葛雷格。

「我跟你保證，我們一定沒辦法採到指紋，這東西太小了，而且兇手一定是全程戴手套。」

納森．貝爾露出罕見微笑。「你絕對沒看過瑪姬．菲爾丁手裡拿著注射器的模樣，她總是靠嘴巴咬掉護套，然後把它當成了火柴棒一樣一直含在口中。葛雷格，你會有DNA——這甚至比指紋更好用。」

警報依然在尖嘯，艾莉克絲聽不到外頭的動靜。她不想冒險與那警察碰個正著，但她知道這是她逃走的唯一機會。她小心翼翼推開了一點門縫，往外張望，看不到那名警察或類似的人，大家都匆匆逃出去，留下她一人。她聽見他們在走廊的聲響，激動地大聲說話，她也聞到了煙味，猜測可能是某人——病患、訪客，甚或是醫院工作人員——在某間病房偷抽菸的時候，燒到了橡膠垃圾桶。

她又大膽將房門推開了好幾英寸，看到走廊依然空無一人。要是她想逃走，必須要趁現在，因為不可能有其他機會了。這是她昨晚入院之後，第一次只有自己一個人而已。她必須抓住這一刻努力一試，修補瑪姬造成的所有傷害，想辦法證明她的無辜。要是她能夠聯絡到賽巴的話，就能請他幫忙。她需要時間，也需要找個地方好好思考。

她立刻進了走廊，以免等一下自己改變心意。她從窗戶可以看到許多人衝出去，當她經過員工室的時候，她悄悄溜進去，過了兩分鐘之後，她穿著醫生白袍與綠色上衣長褲現身，她打赤腳，但周遭沒有人注意到。

她得要穿過群眾，現在場面這麼混亂，她覺得應該是輕而易舉。她看到那警察在外頭，立刻停下腳步，決定放棄這條逃逸路線。她決定改走醫院北側，而不是從這裡離開。他正好背對著她，她不浪費機會，匆匆經過窗邊，低著頭，快速通過南廂長廊，多次迅速回頭查看後頭是否有人跟蹤她。這裡比較沒那麼嘈雜，安靜到可以聽到自己忽快忽慢的呼吸。她顫顫巍巍深吸了一口氣，思索接下來的行動。她必須要找到電話，打電話給賽巴，決定接下來該怎麼做。她需要衣服、錢，還有證明瑪姬犯罪的證據。她會找到奧立佛．萊恩的經紀人，問出他是怎麼死的，然後要找出知道他與瑪姬有關係的人，曾經見過他們在一起的人。

她現在幾乎在狂奔，到達了走廊的底端，她突然左轉，然後，差點因為恐懼而癱倒，因為瑪姬．菲爾丁扣住她的脖子，把某一尖銳物品刺入她皮膚之中。

「妳敢開口，我就刺破妳的喉嚨！」瑪姬語氣兇惡，整張臉因為仇恨而泛白，刀鋒抵住了艾莉克絲的脖子，她可以感受到瑪姬的手晃得好厲害。

艾莉克絲動也不動，努力思索自己的各種選擇。與瑪姬搏鬥，冒著被殺的風險？還是與對方合作，面臨更可怕的威脅？她想到了自己所發生的一切，還有即將發生的一切，她清楚看到了結局，宛若腦中播放的某部電影，然後，她下定決心。她已經厭倦了狂跑與恐懼，對這一切感到疲累。她岔開雙腳，確定自己重心平衡，然後，毫不猶豫，突然側頭，讓刀口劃破她的脖子。她的鮮血立刻開始噴流，瑪姬盯著她，彷彿把她當成了瘋子。

「妳這個瘋女人，這只是劃破皮而已。艾莉克絲，不管妳怎麼逼我都一樣，我不會在這裡殺了妳。」

瑪姬一手抓住艾莉克絲的頭髮，用力扭她的頭，然後把刀子送入她身體側面，劃破了衣料，然後是肉，當刀子插入她體內的時候，她痛得倒吸一口氣。

「這樣的痛，剛好可以讓妳乖乖受控，」瑪姬在她耳邊咆哮，「現在，給我往前走，不要逼我下重手。」

54

傑奇．傑克森掃視空蕩蕩的病房，期盼艾莉克絲．泰勒會突然現身。他越來越焦急，他已經查過了床底下，還有病房的淋浴間，甚至回到部門外頭眾人聚集的地方，但完全看不到她的蹤影。

他拿出手機，撥打警局電話，尋求更多人手過來支援，才能搜尋這位失蹤的醫生。然後，他自己跑回走廊，開始獨自找人。當他看到上司朝他走來的時候，他鬆了一口氣，他不擔心自己惹了麻煩，只擔憂自己負責看管的那名年輕女子的安危。

葛雷格．透納已經猜到狀況，「她人在哪？」

傑奇沒花太多時間解釋，也不覺得上司這麼快就過來有什麼好奇怪的。「火警警報器大響，我出去查看，留她一個人在這裡，等到我回來的時候，她就不見了。」

「你讓她跑了？」警報器依然在狂叫，葛雷格．透納必須大吼。

「是，長官，我覺得很歉疚。」

葛雷格的手機發出震動，他從襯衫口袋取出來，一手接電話，另一手緊戳另一側的耳朵，他對著手機大吼，「哪位？要幹什麼？」這時候警報聲也突然停了。

「長官，是我，」對方開口，「我是諾曼警員，找到你要的資料了，那幅畫的事。」

葛雷格心跳變快，等待名字公布。也許是兇手的名字？他一度心情低迷，擔心也許會聽到艾莉克絲．泰勒的名字，其實那是她寄給她自己的畫。這位年輕警員說出了名字，葛雷格驚訝，也鬆了一口氣，艾莉克絲一直說的是實話，但他也覺得太不可置信了。

「一個叫瑪格麗特．菲爾丁的人，她以威士卡付款，然後把它寄到了我在看守的那個地址。」

葛雷格謝過他，掛了電話。然後，他面對納森．貝爾與傑奇．傑克森，「我們快去找她。」

艾莉克絲的側邊有灼燙感，她猜那道傷需要縫針——如果她還能撐那麼久的話。

在這幾個月當中，這已經是瑪姬第三次把她綁在手術台上面。只不過，這一次她知道她躺在哪一張上面：創傷手術台。瑪姬已經用魔鬼氈扣住了她的雙臂，而且還以繃帶綁住，纏得更緊實，又拿了一條床被把大腿固定在輪床，現在，瑪姬站在那裡，拿著手術刀。

「艾莉克絲，妳可以完成心願，不會再出事了。我們在這裡做個了斷。他們會發現妳死在這裡，判定為自殺。」

「自殺？」艾莉克絲一臉不可置信盯著她，「妳刺傷我的側面，我脖子還有刀傷，沒有人會信的。」

瑪姬沒有回答，但艾莉克絲不在乎，她已經不再恐懼，她的心已經完全免疫。現在她想到的只有她的母親、父親、帕蜜拉，還有她的好友。

「瑪姬，妳為什麼要殺她？為什麼要挑費歐娜？」

瑪姬搖頭。

「拜託……」

瑪姬終於看著她，艾莉克絲覺得這是她第一次見到真正的瑪姬．菲爾丁，一個良心不安的女人。她的胸膛劇烈起伏，然後，目光閃躲，避開了艾莉克絲。「她發現我有妳的手機，我想要打發她。她說她傳簡訊給妳，而妳卻一直沒有回。我說妳剛才撥了自己的手機號碼，這才發現把它忘在辦公室了。費歐娜不相信我。我說我要與妳見面，叫她大可以自己問妳。我告訴她我要去哪裡，然後她就大步離開了。」瑪姬停頓下來，沉默不語許久，似乎正在為了什麼而下定決心，然後，她盯著艾莉克絲不放。「要是她沒有回頭，我也不會被她跟蹤。但她居然這麼做，還說她不相信我。艾莉克絲，我該怎麼處理？只能讓大家以為妳犯下惡行……比方說，殺死了自己的閨蜜。」

「瑪姬，妳做出這種事會下地獄。」

突然之間，刀子出現在她眼前，她一陣劇痛，因為深切她的右腕，鮮血噴濺得又高又快，艾莉克絲看著它噴到了上方的手術燈。

「瑪姬，我喜歡過妳，真的。」

刀口又迅速滑動，劃破了她的左腕，這一次更痛，因為她早就有心理準備。她感覺到自己的手立刻就濕了，手指變得溼黏。

她快死了，再過幾分鐘就會心跳停止。下個月就是她的生日，但她活不過二十九歲。她深吸氣，感受到緊貼胸骨下方的怦怦心跳。

「握住我的手，瑪姬，」她低聲呢喃，「千萬不要讓我孤單死去。」

沒有回應，因為瑪姬已經離開了手術台。但艾莉克絲知道瑪姬還在那裡，等著看她斷氣。然後，她會鬆開所有的束帶，把刀子放在她旁邊，發現她的人一定會誤以為她自戕身亡。而她的其他傷口可能會被認定是自殺未遂的傷口。瑪姬最後成了贏家，而所有認識或深愛艾莉克絲的人，都會以為她是因為殺人而畏罪自殺。

她口乾舌燥，身體冰冷，再也看不到鮮血噴出的弧線，也聽不到怦怦心跳。她在漂游，耳內低鳴作響。

然後，她的眼皮不斷顫動，閉上了。

他們沿著走廊上規律形狀的血痕前進，每個人都不說話，擔心最後看到的情景。

不過，血跡帶引他們進入那個手術室之後所映入眼簾的情景，卻讓他們猝不及防。手術台兩側的地板都是血，那三個男人依然全都站在手術室門口。失血嚴重，想必流出了好幾品脫的血，黏稠，鮮紅，到處都是。艾莉克絲躺在手術台上面，雙手被緊緊綁住，頭側向一旁。

第一個往前衝出去的是納森，他立刻對那兩個衝向她身邊的男人下令，「撥打三三三，告訴他們地點在創傷手術室。按下我後面的紅色緊急按鈕，只要看到的布都拿過來蓋住地板，葛雷格，過來這裡幫我。」

傑奇．傑克森奔向電話，葛雷格小心翼翼避開血灘，走到醫生旁邊。

「摘掉你的領帶，用力纏住她的手腕，然後把她的手高舉過頭。」

葛雷格乖乖照做，納森在這時候以血壓計的壓脈帶綁住她的另一隻手腕，按下某個機器的開關，壓脈帶立刻膨脹，功能宛若止血帶。然後，他又拿了另一個正常的止血帶，緊纏葛雷格的領帶。他踩下腳踏板，降低手術桌床頭的高度。然後，他衝向某個抽屜，取出橘色插管。「抬高她的下巴，耳朵貼住她嘴巴，確定她是否有呼吸。」

葛雷格繼續依照吩咐行事，納森拿了兩支大型靜脈注射針頭插入她的手臂，他抓了兩個輸液袋，不過幾秒鐘的時間，已經連接到滴注線，輸液立刻進入艾莉克絲的靜脈之中。「有感覺到她在呼吸嗎？」

葛雷格抬起絕望眼眸，搖頭。納森接替他的位置，站在床頭，同時伸出兩指貼住她的喉嚨。「她還有脈搏，沒有呼吸。葛雷格，對她嘴內吹氣，等我拿氧氣罩來。捏住她的鼻孔，抬高她的下巴，用你的嘴蓋住她的嘴。」

貼住他嘴巴的那對雙唇好冰冷，葛雷格的內心因恐慌而顫抖不已。妳千萬不能死，他在祈禱，妳還這麼年輕，撐下去，艾莉克絲，拜託一定要撐下去。

納森拿了一個氣囊與呼吸面罩，準備接替他，讓他十分感恩。他猛吸氣，平穩自己的心情，看到她胸膛升起，他開口問道，「她有呼吸了嗎？」

「不是她自己的呼吸。葛雷格，她太虛弱了，我要你幫她送氣，就像我剛才操作的方式一樣，我得盡快繼續為她輸液，而且需要盡快拿到血袋。」

幾分鐘之後，又有幾個人到來，二十分鐘過後，這地方已經忙得團團轉，兩袋血已經填補了一些艾莉克絲的失血，還有第三與第四袋已經吊起，準備進入溫血器。

葛雷格靠在牆邊，以免妨礙大家工作。而傑奇．傑克森則靠在另一側牆面，似乎是嚇壞了。他已經打電話通知警局，通知他們要立刻逮捕瑪姬．菲爾丁。葛雷格已經不在乎抓另一個女人的事，他只掛記艾莉克絲。他看得出來她尚未脫離險境，聽到他們在討論凝血因子的事，由於她失血嚴重，新血無法產生凝血功能。他腦中浮現她稀薄、沒那麼黏稠的血，宛若加水稀釋的番茄汁。他盯著她蠟白的臉龐，發現自己從來不曾這麼認真祈禱。

三根小導管插入她的頸脖，雙臂都有導管，股動脈還有另一根導管，可以準確監測血壓，導尿管也已經置入膀胱，讓他們可以觀察她的排出量。她的周邊放了好幾台精密儀器，還使用了呼吸器，覆蓋全身的是一片極為輕薄的塑膠布，看起來很容易破裂。他們在等待她轉趨穩定之後，送到加護病房。他聽到某人提到她失血的程度是百分之六十到七十，而且從納森．貝爾的緊繃神情看來，她狀況很嚴重。

護士們刻意盯著葛雷格好幾次，意思很明顯，他不該待在手術房，但他不想離開艾莉克絲或是納森．貝爾，萬一狀況不妙，他想要留在那裡陪伴他們兩人。

某名外科醫生正在縫她的雙腕，還有一位麻醉醫師在檢查她的呼吸道，現場瀰漫一股緊張氣氛，顯然危機尚未解除。

55

救護車司機全神貫注，緊盯著眼前的路面。轉入醫院大門的時候，他已經關掉響笛，但依然保持藍光不斷閃動。他看到有輛車想要上路，短暫開了一下響笛，但對方定住不動，他又再次關掉聲音。

他的搭檔在救護車後面，陪伴子宮頸口已經全開的女子，她馬上就要生了，他應該要停車協助生產才是，但根據他搭檔的說法，胎兒是臀位，他們距離產科不到兩分鐘，他覺得這對母嬰的最好機會就是直衝過去，途中不能有任何耽擱。

瑪姬看到藍色閃光朝她直衝而來，立刻猛踩煞車。她全身上下都是艾莉克絲的鮮血，她知道這女人現在一定已經死了，但她並沒有任何的釋然，反而對未來充滿恐懼。

結束了，她沒有其他目標。艾莉克絲死了，其他的女人死了，而她摯愛的奧立佛也死了。狄倫的燒傷雙眼、滿身是血的毛，還有絕望尖叫，一直縈繞不去，奧立佛死亡面容的記憶也是她揮之不去的陰影，她完全無法擺脫那醜惡的畫面。她最愛的人從她身邊離開，現在她只剩下回憶相伴。

藍光越來越近，救護車依然飛快，瑪姬想起了自己與奧立佛的最後一夜。吃完晚餐之後，他們回到他的住所，他把自己的計畫告訴了她，他想要搬去洛杉磯。他會重新開始。他喝醉了，心情樂觀，對於剛剛拒絕他的那個重要角色依然耿耿於懷。他覺得好萊塢的某些製作人也許會想要拍攝那部電影的美國版。他對於自己搞抄襲完全不以為意，他說總是找得到自圓其說的方法。

「小瑪，可以稍微改一下，這是很棒的題材，所有的製作人都不會放棄這樣的機會。」

她微笑，然後，他一屁股坐在她腳邊，想要告訴她這故事是如何精采，一定會讓他變成大明星。「一開始的時候就是這個殺人魔登場，警方在圍捕他。他是醫生，警察追到他家。然後，你看到他上吊自殺，警方找到人的時候，他已經死了。不過，其實呢，他並沒有斷氣，只是偽裝自殺。因為他是醫生，所以知道要怎麼讓心臟停止，搞得像是他已經死了一樣。然後，兇案又開始不斷發生，警方以為他們遇到了模仿犯，他們收到了他的訊息之後才恍然大悟。」

她說這聽起來很荒謬，慫恿他示範，嘲弄他、激他不敢證明的那個當下，其實她心裡只有一個念頭。反正這絕對安全，畢竟，她是醫生。而她心裡只有那個念頭：他想要她一起跟他去洛杉磯嗎？

他站在小凳上面，醉醺醺，拿著一條繩子繞住脖子，他告訴她要如何操作他的攝影機，該怎麼拉近鏡頭拍特寫。「拍我的腳五秒，然後把小凳子放回原處，我可不想搞出什麼意外。」

她開口問道，「要不要我和你一起去？」

他隨便笑了一下：當然啊。但也許不是馬上，他需要一點時間打通關係，重新出發。但之後他會帶她過去——等他一安頓好就立刻著手。

他把繩索綁住他頭頂上方的那根橫樑，她在一旁等待，然後，她推開小凳，他大腿懸晃空中，雙腳垂落而下。「瑪姬，趕快！」他氣喘吁吁，「媽的我太重了，快把小凳子放回來，放回來！」他拉扯繩子，整個人並沒有突然墜下，繩結反而越套越緊，最後緊鎖他的脖子。她立刻拿起攝影機拍他，在一開始的那三十秒，他雙眼絕望爆凸，靜脈浮起，成了白色肌膚的一條條紅河，舌頭腫脹發紫，吐出唇外。他緊抓脖子超過了三分鐘之久，最後，他雙手軟垂，指尖抽搐，腳尖空踩了幾下最後的舞步。

在她離開之前，她踢倒了那個小凳，取走了自己的所有東西，她抹去了自己在他生命中留下的所有痕跡，也刪除了他攝影機裡的死亡影像。他最後的角色——要是他還活著能看到的話，一定會驕傲到不行——足以拿下奧斯卡金像獎。

她摯愛的奧立佛死了，要不是因為最後他的雙眼說出這一切都是謊言，不然他本來可以安然無恙。

瑪姬看到了那輛單層公車，清楚看到公車司機的臉，正從她的左側衝來，而右方的藍色閃燈幾乎就要撞上她。她盯著那兩名駕駛，就在剛剛好的那一刻，她猛踩油門而去。

救護車駕駛在撞上之前及時踩了煞車，但是公車駕駛就沒那個機會了，瑪姬的探險者休旅車被近乎十五頓重的鋼鐵重撞側邊。兩名駕駛事後回憶，看到車內駕駛是深髮色的女子，兩人都說她是刻意自殘。

56

把消息告知葛雷格的是蘿拉·貝斯特。瑪姬·菲爾丁在醫院外頭遭某輛救護車與公車撞擊，已經被宣告死亡。兩名司機都在急診部接受治療，救護車內的另一名工作人員也因為疑似心臟病發而入院，現場還有個寶寶出生，而母親已經身亡。

葛雷格聽到消息，心情消沉。她又奪走了另一條人命，還有兩人的傷勢也有待觀察，而艾莉克絲依然狀況危急，所以他還是待在醫院。

蘿拉·貝斯特拿著夾板，彷彿在巡邏一樣。她的巧克力色套裝與奶白色襯衫都很高檔，她頭髮光亮，皮膚與妝容完美無瑕。如果以貌美程度來做判準，她總有一天會升官。

她問道，「艾莉克絲·泰勒可以準備接受問訊了嗎？」

葛雷格挑眉，「妳覺得呢？」

她拿筆不耐地敲打夾板。「葛雷格，我在問你。」

他搶下她手中的筆，把它折成兩半。

「貝斯特警員，妳要叫我督察。妳為什麼要找泰勒醫生問訊？」

她臉色漲紅，目光立刻流露怒氣。「因為我想要釐清狀況，我聽到了她是無辜的一堆鬼話。」

蘿拉·貝斯特還搞不清楚狀況或開口抗議，就已經被葛雷格拖到手術室的走廊。

他把她推進雙開門，讓她親眼看到艾莉克絲·泰勒差點身亡的現場。地板上依然有被血浸染的衣物與毛巾，搶救她之後的廢棄器材。他們才剛把她送入加護病房，根本來不及清理。

「妳看到的血是艾莉克絲．泰勒的血，她在做生死搏鬥！妳這個蠢女人！」

此刻蘿拉的臉色變得煞白。「哦，她自殺未遂對不對？傑奇．傑克森居然讓她脫逃，她一定是想要自殺。」

葛雷格抓住她的雙肩，把她拖到了手術台前面，指向染血的扶手。「艾莉克絲．泰勒被綁在這張手術台，而瑪姬．菲爾丁割破她的雙腕，留她在這裡等死。艾莉克絲．泰勒告訴我們的是實話，句句為真。瑪姬．菲爾丁綁架了她，而且還對她施加令人無法想像的折磨。瑪姬．菲爾丁也殺死了艾咪．阿博特、莉莉安．阿姆斯壯，還有費歐娜．伍茲，而她今晚又想要殺害艾莉克絲．泰勒。

「貝斯特警員，妳大錯特錯，我也是。但妳知道嗎？我下令逮捕瑪姬．菲爾丁，很可能會讓我升官，而妳，蘿拉．貝斯特，妳只要在我手下工作，永遠都只會是個小警員。所以妳最好考慮一下調職，離我遠遠的，去找妳可以拐騙另一個笨蛋上床的地方。」

她沉默了一會兒之後，離開了手術室，現在，站在他對面的換成了納森。「這是基於私人因素考量才講的話？」

葛雷格搖頭，語氣堅定。「不，再也不是了，純粹是工作考量。」

納森露出淺笑，「艾莉克絲狀況穩定，一定能夠撐下去。」

然後，納森突然彎身嘔吐。葛雷格趕緊抓起他唯一找得到的乾淨布料，也就是放在縫合器材盤裡的墊巾，他丟掉了上頭的棉花棒，然後交給了納森。

他覺得心中的頹喪消失無蹤，取而代之的是希望。「太好了，納森，靠，你真是厲害的醫生。」

納森聳肩，劇烈嘔吐之後抹了一下嘴巴。「我有個好助手。」

葛雷格記得很清楚，抵住自己嘴巴下方的毫無血色的冰冷雙唇，他也知道那是生死交關的時刻。他望著對面牆上的那兩只時鐘——其中一個是計算分鐘數，另一個是純粹報時——居然已經過了午夜，他嚇了一大跳。

「你什麼時候下班？」

納森回道，「四個小時之前。」

「要不要來杯聖誕酒？」

納森點頭，「好啊，我要一大杯，超級大杯。」

他們回到走廊，看到地板上依然有艾莉克絲的血，現在已經乾涸，不久之後就會被洗得乾乾淨淨。葛雷格盯著一路帶引他們前進的血痕，恍然大悟。是艾莉克絲讓他們知道她被帶到了哪裡，是她引路。他不知道她是怎麼辦到的，但他確定她一定是想出了什麼方法割傷自己，才能為他們留下這條血徑。

他對她更加崇拜，他從來沒見過像她這麼勇敢的人——在沒有任何人相信她的狀況下，她依然辦到了。

艾莉克絲睜開雙眼，知道自己安全無虞。她聽到排風機在運轉、監測器發出嗶聲，還有同事們的忙碌聲響。先前她睜開雙眼的時候，看到的第一張面孔是納森，他立刻向她保證，大家都知道她是無辜的，現在警方正在追查瑪姬・菲爾丁的下落。他也通知了派翠克，讓他知道她沒事。根據他的說法，派翠克哭了。

納森的語氣簡直像是要她可以原諒派翠克，可以拋下納森。她看到他臉龐的蒼白神色，眼神中的緊張之情，而在種種情緒之中，最突出的是他的猶疑不定。懷疑自己在她的生命中是否有權佔有一席之地？他們在這條全新道路只跨出了第一步而已，才剛剛開始。當他把手貼住她臉頰的時候，她立刻沉浸在那股暖意之中。

也許，將來會有那麼一天，她將會告訴他當時是怎麼動念自戕。當瑪姬・菲爾丁在走廊裡綁架她的時候，她就下了斷然決心。她多麼盼望就在當下死去，就此終結自己的恐懼。當她把刀刃往脖子一抹的那一刻，她很可能就此斷氣，一切已經不重要了——只要能夠結束就好。

也許，將來會有那麼一天，她再次成為勇敢的人，她將會告訴他一切。等到她接受自己是救人無數的醫生艾莉克絲・泰勒，卻必須面對大多數人根本無法想像的絕境……

致謝

要不是有我先生麥克以及三名子女的支持與鼓勵，絕對不可能有這本書。麥克，我們的三個寶貝，洛爾坎、凱瑟琳，以及亞歷珊卓拉，還有我的繼女，哈蕾特。你們以絕對的無私與成為好人的決心，成為激勵我的鼓舞力量，感謝你們給了我時間，讓我終於大功告成！

還要感謝我的六位兄弟與五位姊妹，尤其是蘇、伯妮和我的姊夫凱文，幫我讀了初稿——我們能夠共享這麼多，真是幸運，尤其是我們了不起的父母。

特別感謝麻醉主治醫生莫妮卡・貝爾德、內外全科醫學士與英國皇家麻醉科醫學院院士彼得・佛爾斯特醫生，非常感謝兩位，書中任何錯誤當然都算在我頭上！

感謝馬爾汀・佛克斯，總是提供誠實意見！

雖然放在最後，但同樣感謝的是喬・理查森，感謝這位了不起的編輯與發行人。感謝你與Twenty7團隊讓這本書以最棒的面貌問世。

要不是在醫學領域工作，我不可能利用自己過往的經驗（我保證沒有做任何下流卑鄙的事，除了吃病人剩下的冷吐司之外）進行創作，而且也不可能對於那些為了讓我們生活更加美好而不斷努力奮戰的醫療與警方專業工作者給予真誠的讚美，全世界找不到比他們更好的人了。

感謝妳，媽媽——想念與妳一起看書的日子。

還有達希——我熱愛為妳朗讀。

Storytella 135

千萬別醒來

Don't Wake Up

千萬別醒來/麗茲.勞勒作 ; 吳宗璘譯. -- 初版. -- 臺北市 : 春天出版國際文化有限公司, 2022.08
面； 公分. -- (Storytella ; 135)
譯自 : Don't Wake Up
ISBN 978-957-741-562-2(平裝)

873.57 111009963

ISBN 978-957-741-562-2
Printed in Taiwan

DON'T WAKE UP by LIZ LAWLER

作　者　麗茲・勞勒
譯　者　吳宗璘
總編輯　莊宜勳
主　編　鍾靈

出版者　春天出版國際文化有限公司
地　址　台北市大安區忠孝東路四段303號4樓之1
電　話　02-7733-4070
傳　眞　02-7733-4069
E－mail　bookspring@bookspring.com.tw
網　址　http://www.bookspring.com.tw
部落格　http://blog.pixnet.net/bookspring
郵政帳號　19705538
戶　名　春天出版國際文化有限公司
法律顧問　蕭顯忠律師事務所
出版日期　二〇二二年八月初版

定　價　370元

總經銷　楨德圖書事業有限公司
地　址　新北市新店區中興路二段196號8樓
電　話　02-8919-3186
傳　眞　02-8914-5524
香港總代理　一代匯集
地　址　九龍旺角塘尾道64號 龍駒企業大廈10 B&D室
電　話　852-2783-8102
傳　眞　852-2396-0050